宋詞選粹述評

王宗樂著

中華書局印行

例言

一、本書主旨，在選錄宋詞精粹之作，解析其義，並加評論，以爲讀者鑑賞研究之參考。

二、宋詞卷帙浩繁，非專門研究詞學者，自難全部涉獵；而選本之較爲精審者，對一般讀者而言，仍嫌數量過多，不免望而卻步。故本書所選宋詞只九十首，意在擇其至精，發其奧蘊，俾學者易於着力，體會所得，當能用之於此九十首之外。

三、每詞述評，先揭示其主題，並盡量採取逐句解說之方式，俾讀者漸次明瞭詞意，不致淆亂思緒。詞中章法結構，亦隨時指陳其要，希望對於初學作詞之讀者，有所助益。

四、本書附有作者小傳及其作品簡介，使讀者對於作者之生平事迹與詞作內容，獲有概略之認識。凡宋代傑出詞家在詞學發展史上佔有重要地位者，則將其作品特色作較詳細之說明。

五、爲便於讀者通曉文義，凡詞中引用之典故及較爲艱深生僻之字句，皆附有簡要之注釋，以省查索之勞。其因版本不同而有之異文，則斟酌從其善者，不再引注。

六、本書所選，計有宋代作家三十一人，具備宋詞演變發展過程之各種風格，且多是歷來膾炙人口之名作。其中少數出乎性靈自然妙造之佳詞，雖非大家手筆，亦予採入。惟筆者才識淺陋，所選未必盡當；而解析評論亦多出於個人之主觀，疏失之處，在所難免，尚祈高明指教。

宋詞選粹述評 目錄

晏殊

晏殊，宋臨川人，字同叔。七歲能文，景德初，薦神童，賜同進士，累官同中書門下平章事。性剛簡，善知人，范仲淹、歐陽修皆出其門。詞甚婉麗，風格亦高，有珠玉詞。卒諡元獻，故後人稱爲晏元獻。

他最喜愛馮延己詞，故其所作亦受延己的影響，仍然承襲五代婉麗的詞風，但工於造語，是其特詣。由於他在當時是一個富貴顯達的人物，故表現於詞的，也有一種雍容華貴的氣度，平和幽美的風格。

王灼碧雞漫志云：「晏元獻公長短句，風流蘊藉，一時莫及，而溫潤秀潔，亦無其比。」

馮煦於宋六十一家詞選例言中亦云：「詞至南唐，二主作於上，正中和於下，詣微造極，得未曾有。宋初諸家，靡不祖述二主，憲章正中。晏同叔去五代未遠，馨烈所扇，得之最先，故左宮右徵，和婉而明麗，爲北宋倚聲家初祖。」此足說明同叔在北宋詞壇之地位。

清平樂

金風細細，葉葉梧桐墜。綠酒初嘗人易醉，一枕小窗濃睡。　紫薇朱槿花殘，斜陽卻照闌干。雙燕欲歸時節，銀屛昨夜微寒。

(1)金風—秋風。

(2)紫薇—夏日開花，花紫紅色，花期頗長。

(3)朱槿—木槿花瓣有紅紫白等色，此處指開紅色花的木槿。

此詞係寫秋日的悠閑生活。

上闋起頭二句：「金風細細，葉葉梧桐墜」，寫西風輕拂，梧葉飄墜，一片秋意。接二句「綠酒初嘗人易醉，一枕小窗濃睡」，是說在節序變更時不免有所感觸，初嘗綠酒很容易就有了醉意，而在小窗前睡熟。

下闋起頭二句：「紫薇朱槿花殘，斜陽卻照闌干」，仍寫秋日景象，紫薇花和朱槿花都凋謝了，斜陽卻仍然照在闌干上，只是眼前所見，其中並無個人的情感成份。結尾「雙燕欲歸時節，銀屛昨夜微寒」二句，寫秋天已到，是樑間雙燕將要歸去的時節了，對於雙燕欲歸似有依依不捨之情，亦即是對於節候變更起了淡淡的幽怨。此時再想到昨夜睡傍銀屛時已感覺到微微的寒意。

此詞寫個人對於節候變更的感受；寫景，是淡淡着筆；寫情也是淡淡着筆，而且是似有若無，沒有感時傷老的激越情緒。意態悠閑，平和渾厚，是此詞的最大特色。讀之使人有一種純美的感覺。

先遷甫云：「情景相副。宛轉關生，不求工而自合，宋初所以不可及也。」自是高見。

浣溪沙

一曲新詞酒一杯，去年天氣舊池臺。夕陽西下幾時回？　無可奈何花落去，似曾相識燕歸來。小園香徑獨徘徊。

此詞係寫年光易逝之感。

上闋寫回憶過去而觸發了年光易逝之感。起頭「一曲新詞酒一杯」一句，寫詞人飲酒作詞的悠閑生活。飲一杯酒，作一闋新詞，是多麼使人留戀的風雅愉樂的事。「去年天氣舊池臺」一句，是說今天還是去年的天氣，自己還是在舊時的池臺上，但流光易逝，轉眼間又是一年了。「夕陽西下幾時回」一句，是深沉的感嘆，也是全篇的主意所在。用一種詰問語氣，實含有無限傷感、無限癡情。夕陽西下，明天還要從東方昇起，可是明天的太陽再出，時間已過了一天，便不是今天的太陽了。其中含有人生哲理的意味。時光一去而不可復返，是人生一大恨事。善感的詞人，對此自不免有深深的根觸。

下闋頭二句：「無可奈何花落去，似曾相識燕歸來」，是說歲月無情，春來春去，眼見枝頭的花到了暮春時節就自然凋落下來，想留也留不住，這是「無可奈何」的事情。縱然明年春回可以再見花開，但已不是今天凋落的花了！王靜安玉樓春詞有云：「君看今日樹頭花，不是去年枝上朵」，卽是此意。再說今年歸來的燕子，看來就像是去年在這裏營巢的燕子，所以說：「似曾相識」。其含意是：雖然燕子在春天回來的時候可以重來舊處，但時光又過了一年，今年的春天已不是去年的春天了。這兩句的意思看似平常，實含有流光易逝的深沉感慨。更由於此兩句對仗自然工巧，成爲千古名句。

結句「小園香徑獨徘徊」，一句喚醒全篇，也是作詞一法。至此，前面所寫的「落花」、「歸燕」等，皆是「香徑徘徊」時所見，年華易逝之悲，也是在「香徑徘徊」時內心的感觸。含蓄蘊藉，耐人尋味。

此詞抒寫年華易逝之感，意致纏綿，聲調諧婉。尤以落花歸燕一聯，自然工巧，爲評詞家所激賞。楊升庵云：「無可奈何二語工麗，天然奇偶。」卓人月云：「實處易工，虛處難工，對法之妙無兩。」均盛讚此二句鍛鍊技巧之卓絕。

劉融齋云：「詞中句與字有似觸著者，所謂極鍊如不鍊也。晏元獻『無可奈何花落去』二句，觸著之句也。宋景文『紅杏枝頭春意鬧』鬧字，觸著之字也。」可知詞中句與字之工巧，看似「觸著」，實從窮思冥索中得來。

踏莎行

小徑紅稀，芳郊綠徧，高臺樹色陰陰見。春風不解禁楊花，濛濛亂撲行人面。　翠葉藏鶯，朱簾隔燕，鑪香靜逐游絲轉。一場愁夢酒醒時，斜陽卻照深深院。

(1)鑪香—香鑪中燃燒檀香的煙縷。
(2)游絲—蟲類所吐的絲，飛揚空際，謂之游絲。

此詞寫暮春之愁，似有寄託。

上闋寫暮春郊外景色。起頭「小徑紅稀，芳郊綠徧」二句，寫花稀葉盛，點明暮春季節。下接「高臺樹色陰陰見」一句，寫高臺在濃密的樹陰中，隱隱可見。「春風不解禁楊花，濛濛亂撲行人面」二句，說楊花濛濛亂飛，撲到行路人的臉上，而春風卻不知道去加以禁止。楊花本是在空中飄浮着的東西，由於春風緊吹才亂撲到行人的臉上，而此處却不責怪楊花輕薄，而埋怨春風多事。

下闋轉而寫室內之景，「翠葉藏鶯，朱簾隔燕」二句，說翠的樹葉把黃鶯遮藏起來，紅的簾幕把燕子隔着，使它飛不出去也飛不進來。下接「鑪香靜逐游絲轉」一句，說金鑪中燃燒檀香的煙縷，靜靜的追逐着空中的游絲迴旋。前二句是靜態的，這一句是動態的，都是寫景，看來並沒有攙入作者的感情。「一場愁夢酒醒時」一句，才說出作者的心緒，但底下結句，只說斜陽正照着深深的庭院。至於爲何而醉，爲何而愁，卻含而不露。使人對此詞的意蘊，尋味無盡。

此詞通篇多是寫郊外及室內之景，與作者清平樂（金風細細）一詞，似有彷彿之處。但細玩其字句，則完全不同，此詞沒有清平樂詞中那種平和閑靜的境界；相反的，如「樹色陰陰」，「深深庭院」，都顯出一種凝重幽暗的氣氛。除此而外，「撲面楊花」，使人厭惡；「藏鶯」「隔燕」，也使人有不快之感。似不是單純的傷春之作。「一場愁夢」句，似已透出「醉」「愁」的消息，但又咽住。只是以「斜陽」之景作結。似有難言之隱，然不能判定其寄託之所在。

張皋文云：「此詞亦有所興，其歐公蝶戀花之流乎？」

黃蓼園云：「首三句，言花稀葉盛，喩君子少小人多也。『高臺』，指帝閽。『東風』二句，言小人如楊花輕薄易搖動君心也。『翠葉』二句，喩事多阻隔。『鑪香』句，喩己心鬱紆也。『斜陽卻照深深院』，言不明之日難照此淵也。」以上兩家之說，皆有所見，值得玩味。

范仲淹

范仲淹，字希文，宋吳縣人。幼孤貧力學。大中祥符間，舉進士。仁宗朝，元昊反，以龍圖閣直學士與夏竦經略陝西，號令嚴明，夏人不敢犯。羌人稱爲「龍圖老子」，夏人稱爲「小范老子」。尋召拜樞密副使，進參知政事，復出宣撫河東、陝西。卒謚文正。仲淹才高志遠，常以天下爲己任，是一位「先天下之憂而憂，後天下之樂而樂」的大政治家。彊村叢書輯有范文正公詩餘一卷。

范詞今僅存六首，但他所作的邊塞詞如漁家傲，胸襟豪邁，氣勢磅礴，卻突破了「綺情」的範疇。王曉湘詞曲史云：「至范仲淹，更不限於綺情，並兼氣勢揮灑議論宏肆之長矣。其御街行、蘇幕遮，情語入妙；而一觀其漁家傲，則又極駘宕之致；剔銀燈，更議論慷慨，導蘇辛之先路矣。」可見范詞在宋代詞風演變中，實有啓導的作用。

漁家傲

塞下秋來風景異，衡陽雁去無留意。四面邊聲連角起，千嶂裏，長煙落日孤城閉。濁酒一杯家萬里，燕然未勒歸無計。羌管悠悠霜滿地，人不寐，將軍白髮征夫淚！

(1)塞下——指西北邊地。
(2)衡陽雁——湖南衡陽縣南衡山有囘雁峯，爲諸峯之首，峯勢如雁之迴旋，故名。按世俗相傳，雁飛至此，不過，遇春而囘。
(3)角——即畫角。軍中吹器，以司昏曉而爲軍容也。
(4)嶂——山之高險者。山峯如屛障者。
(5)燕然未勒——燕然，山名，在今蒙古境內。據後漢書本傳載：竇憲破北單于，登燕然山，刻石紀功而還。勒，刻識之也。燕然未勒，即尙未平羌勒石立功之意。
(6)羌管——指羌人所吹樂器。

此詞係寫戍邊之苦及思鄉之情，悲涼中寓有沈雄豪壯之氣。

上闋寫邊塞秋來的蕭索景象。首二句：「塞下秋來風景異，衡陽雁去無留意。」是說西北邊地秋日的景色與中原迴異，衡陽雁鳥對此荒漠苦寒的地方也無留戀之意，足見戍守邊塞生活之苦。此處係爲後面所寫的思鄉之情作伏筆。

下接三句：「四面邊聲連角起，千嶂裏，長煙落日孤城閉，」寫征人身臨之境。對「風景異」再加描繪。前面二句只是憑空着筆，此處才落實到「塞下秋來」景象上面。所謂「邊聲」，可以想像得出，如山谷風嘯、馬鳴、羌笛等淒厲之聲，從四面傳來；而傍晚時分軍中畫角又吹起激越之音，混成一片。征人聽來，眞有無限蒼涼之感。使人聯想到李陵答蘇武書中「胡笳互動，牧馬悲鳴」的景況。「千嶂」、「孤城」是對照的，寫一座孤城在羣山環繞中間，以「千嶂」之多，襯托出「孤城」之「孤」。此即王之渙「一片孤城萬仭山」詩意。孤城緊閉，自然是爲了防範羌人的進犯。一個「閉」字，戍邊征戰的肅殺氣氛自出。「長煙落日」，是多麼壯濶的景象。此與王維詩「大漠孤煙直，長河落日圓」的境界極相似。

下闋寫懷鄉之愁及未能平羌立功之感。首句「濁酒一杯家萬里」，寫戍邊生活枯寂，念及家山萬里，不得不借濁酒以澆鄉愁，次句「燕然未勒歸無計」，說出有家歸不得的原因，在於邊患未靖。由此可見，平羌勒石的壯志未酬，才是他內心眞正的憂患之所在，也是他萬里鄉愁的來由。一片報國雄心完全流露出來。

接下三句：「羌管悠悠霜滿地，人不寐，將軍白髮征夫淚！」再寫邊地蕭秋之景，以抒發其憂患之情。「羌管」，是從上面的「邊聲」而來，在眇遠淒沉的羌笛聲中，秋霜滿地，加強了塞外的蕭條苦寒之況。結尾一句，將「白髮」與「淚」並舉，是用重筆以加深壯志未酬的感慨。意思是：戍邊的人由於終日在「燕然未勒」的深憂大患之中，所以夜不能寐，將軍頭上不知要增加多少白髮，征夫眼中也不知要灑下多少熱淚。

綜觀此詞，以沉雄之筆，寫秋塞壯濶之景。以憂國之情，寓征戍懷鄉之感。氣勢磅礴，胸襟豪邁，開蘇辛詞之前路，眞不愧是千古名作。沈東江云：「小令中調有排蕩之勢者，吳彥高之『南朝千古傷心地』，范希文之『塞下秋來風景異』是也。」賀黃公云：「按宋以小詞爲樂府被之絃管，往往傳於宮掖。范詞如『長煙落日孤城閉』、『羌管悠悠霜滿地』、『將軍白髮征夫淚』

，令『綠樹碧簾相掩映，無人知道外邊寒』者聽之，知邊庭之苦如是，庶有所警觸。此深得采薇出車楊柳雨雪之意。」前者論其氣勢，後者揭其意旨，均是對此詞玩味有得之言。

蘇幕遮

碧雲天，黃葉地，秋色連波、波上寒煙翠。山映斜陽天接水，芳草無情，更在斜陽外。
黯鄉魂，追旅思，夜夜除非、好夢留人睡。明月樓高休獨倚，酒入愁腸，化作相思淚。

(1)鄉魂—謂異地懷鄉之魂魄。
(2)旅思—謂作客他鄉之意念。思，讀去聲。

此詞係寫鄉愁，寄託遙深。

上闋重在寫景。起頭三句：「碧雲天，黃葉地，秋色連波、波上寒煙翠。」寫深秋曠遠之景象。這裏用「碧」、「黃」、「翠」三字，點染天上的雲彩、地上的落葉和波上的寒煙，秋色如畫，秋意已深，而波上煙光帶着寒意，便含有眇遠蒼茫之感。下接「山映斜陽天接水」一句，寫遠山映照着落日餘暉，凝煙的秋水與遙天相接，晚秋暮色，更顯得迷茫無際。至此，作者的着眼之處，仍在遠方。「芳草無情，更在斜陽外」二句，筆觸更遠。雖是寫景，卻是想像的境界，因爲芳草比斜陽更遠，豈是目光所能觸及？可知「斜陽外」，只是作者的心思到達了那個更遠更遠的地方而已。此處「芳草」下加了「無情」兩字，在表面上是說：斜陽已是很遠很遠，而芳草連綿不斷，更遠在斜陽之外，撩起征人鄉愁，故說「無情」。可是作者內心似乎是另有所指，才發出如此沉重的感歎。蓋作者此時，身在邊塞，遠離朝廷日久，自不免有憂國之思。以景寓情，頗堪玩索。

換頭以後，重在寫情。「黯鄉魂，追旅思」二句，是從上闋結句發展而來，揭出羈旅懷鄉之愁，是全篇主意所在。說還鄉魂夢使得羈旅的情思更爲激切，而羈旅情思也使得還鄉的魂夢更爲淒黯；在「鄉魂」「旅思」交相追迫中，夜不安枕，征人之愁苦實難以解脫。所以說：「除非夜夜、好夢留人睡。」「好夢留人」，固可獲得一時的安寧；但「好夢」又怎能輕易而得？想「夜夜」都有「好夢」，更不可能了。

接下「明月樓高休獨倚」一句，是自爲惕警之語，也是有感而發。暗示作者自己在斜暉中眺望，已撩起了無限的鄉愁，等到月明時候，切莫獨倚高樓。原因是：塞外景象，無一而非鄉愁。話雖如此說，怎奈塞外景象，歷歷猶在心目，縱不登樓，鄉愁也不可收拾了。結拍「酒入愁腸，化作相思淚」二句，是說鄉愁難解，如果想借酒澆愁，也是不可嘗試的，因爲酒入愁腸會化成相思的眼淚，更令人黯然魂斷。

此詞前半寫景，寄託遙深。後半寫情，極言塞外鄉愁，一層深一層，步步進逼，歸結到根本無法解脫，情深意遠，語重心長。黃蓼園云：「文正一生並非懷土之士，所爲『鄉魂』『旅思』以及『愁腸』『思淚』等語，似沾沾作兒女想，何也？觀前闋，可以想其寄託。開首四句，不過借秋色蒼茫以隱抒其憂國之意。『山映斜陽』三句，隱隱見世道不甚清明，而小人更爲得意之象。芳草喻小人，唐人已多用之也。第二闋因心之憂愁不自聊賴，始動其鄉魂旅思，而夢不安枕，酒皆化淚矣，其實憂愁非爲思家也。文正當宋仁宗之時，敭歷中外，身肩一國之安危，雖其時不無小人，究係隆盛之日，而文正乃憂愁若此，此其所以先天下之憂而憂矣。」此說自有見地，可供讀者玩索。

張先

張先，字子野，宋烏程人（一作湖州人）。康定進士（一作天聖八年進士），嘗知吳江，官至都官郎中。工詞，與柳永齊名，人稱之曰「張三中」，謂其詞中有「心中事、眼中淚、意中人」也。而先自稱則曰「張三影」，蓋所作詞中有句云：「雲破月來花弄影」，「嬌柔嬾起，簾壓捲花影」，「柳徑無人，墜輕絮無影」，皆得意之作也。卽以其天仙子詞「雲破月來花弄影」句，最爲當時人所稱道，故又有「雲破月來花弄影郎中」之稱。著有子野詞。

子野洞曉音律，能自度新聲。北宋前期詞家，集中慢詞最多者，當推張先、柳永二家，故當時齊名。惟子野小令極有韻味，而慢詞則不如耆卿之工。晁无咎云：「子野與耆卿齊名，而時以子野不及耆卿富，然子野韻高是耆卿所乏處。」所論亦是。

陳亦峯云：「張子野詞，古今一大轉移也。前此則爲晏歐、爲溫韋，體段雖具，聲色未開；後此則爲秦柳、爲蘇辛、爲美成白石，發揚蹈厲，氣局一新，而古意漸失。子野適得其中，有含蓄處，亦有發越處；但含蓄不似溫韋，發越亦不似豪蘇膩柳；規模雖隘，氣格卻近古。自子野後，一千年來，溫韋之風不作矣，益令我思子野不置。」此係就宋代詞風由含蓄而至發越的演變而言，子野確是一個「適得其中」的人物。

天仙子

時爲嘉禾小倅，以病眠，不赴府會。

水調數聲持酒聽，午醉醒來愁未醒。送春春去幾時回？臨晚鏡，傷流景，往事後期空記省。沙上並禽池上暝，雲破月來花弄影。重重簾幙密遮燈；風不定，人初靜，明日落紅應滿徑。

(1)嘉禾—今浙江省嘉興縣。
(2)小倅—軍職小官。
(3)水調—歌曲名。相傳爲隋煬帝幸江都時所製，調聲怨切。

此詞係送春之作，實寫自傷之悲。

上闋寫送春自傷之情。起頭「水調數聲持酒聽，午醉醒來愁未醒」二句，敘述他手持着酒，聽遠處傳來水調曲的怨切聲音，午間酒醉醒來以後而愁還未醒，是說聽水調而愁，而醉，而醒，但心上的愁仍然沒有消解，足見其愁之深。下接「送春春去幾時回」一句，揭出送春主題。說春已去，不知道何時才能回來，這是從送春而興起了流光易逝之感。

底下三句：「臨晚鏡，傷流景，往事後期空記省」，再從流光易逝之感興起了自傷之悲。對着鏡子，他察覺到自己在流光消逝中漸漸老大，往事既不堪追憶，未來也難以預期，一切都是渺茫的。這便是他「愁未醒」的原因了。

下闋借景抒情，「沙上並禽池上暝，雲破月來花弄影」二句，是從上闋「午醉」的午時寫到「池上暝」的夜晚。「沙上並禽」而眠，是反映自己的孤單落寞；在池上暝色籠罩中，更顯得心情黯淡。「雲破月來」，眼前突現一種光明的喜悅。可是「花弄影」時那種楚楚可憐的樣子，在作者看來，彷彿就是他自己的寫照，又不禁顧影自憐了。這便是詞中「心與景會」的境界，也是這一句膾炙人口的原因。

下接「重重簾幙密遮燈」一句，是說室內重重簾幙緊密地遮着燈光，無疑，作者自己又墮入沈思之中了。「風不定，人初靜」兩句，是說夜已深沉而風聲未息，這是從傍晚寫到夜深，此時他所關切的仍然是戶外的花。「明日落紅應滿徑」一句，這是對明日落紅的惋惜，再挽合到送春的主題上。至此，惜春之意已盡，而自傷之情亦已和盤托出。

此詞寫傷春自傷之情，心與景會，境界自高。由於「雲破月來」一句，當時膾炙人口，故作者有「雲破月來花弄影郎中」之稱。黃蓼園對此詞有精到的解析，可以參看。他說：「聽水調而愁，自傷卑賤也。『送春』四句，傷流光易去，後期茫茫也。『沙上』二句，言所居岑寂，以沙禽與花自喻也。『重重』三句，言多障蔽也。結句，仍繳送春本題，恐其時之晚也。」

菩薩蠻

詠箏

哀箏一弄湘江曲，聲聲寫盡湘波綠。纖指十三絃，細將幽恨傳。　當筵秋水慢，玉柱斜飛雁。彈到斷腸時，春山眉黛低。

(1)箏—樂器。玉篇：「箏似瑟，十三弦。」隋書樂志：「箏十三弦，所謂秦聲，蒙恬所作者也。」
(2)筵—竹席也。筵席，古藉坐之具。
(3)玉柱斜飛雁—玉柱，指箏柱。斜飛雁，謂箏柱斜列，差如雁飛也。
(4)眉黛—畫眉用黛，故連言之曰眉黛。

此詞題爲「詠箏」，實係寫彈箏人。

上闋起首「哀箏一弄湘江曲，聲聲寫盡湘波綠」二句，是說初聽到箏開始奏起了「湘江曲」，便感覺它的音調是哀惋的。而且一聲聲都能表達出「湘江曲」中的意境，所以說「寫盡湘波綠」，此是寫彈箏者技巧的高超。接着「纖指十三絃，細將幽恨傳」二句，是說彈箏人的纖纖手指在撥弄箏上的十三條絃，很委婉細膩的把心裏說不出的幽恨傳達出來。至此，作者已着重於對彈箏人的描寫。

下闋「當筵秋水慢，玉柱斜飛雁」二句，續寫彈箏人。說她坐在竹席墊子上彈奏時，秋水雙眸在斜列有如雁行的箏柱上緩慢移轉，描繪出她全神貫注的神情。結尾「彈到斷腸時，春山眉黛低」二句，是說她彈奏的曲子，到最使她傷心的時候，畫得像春山形狀的眉黛也低下去了。

此詞主意在寫彈箏人心中的幽恨，情思哀婉。而描述彈箏人的神態，亦極生動逼眞。而結尾兩句，復刻畫出傷心時的掩抑之狀，渾厚含蓄，自是高境。黃蓼園評此詞云：「寫箏耶？寄託耶？意致卻極悽惋。末句意濃而韻遠，妙在能蘊藉。」最能知此詞之妙諦。

宋祁

宋祁，宋安陸人，字子京。累官龍圖閣學士，史館修撰，與歐陽修同修唐書。書成，本紀志表題修名，列傳表題祁名。遷左丞，進工部尚書，拜翰林學士承旨。詞作甚少，以木蘭花（東城漸覺風光好）一首最出名，故當時有人稱他爲「紅杏枝頭春意鬧尚書」。卒謚景文，著有宋景文集等書。

木蘭花

東城漸覺風光好，縠皺波紋迎客棹；綠楊煙外曉雲輕，紅杏枝頭春意鬧。　浮生長恨歡娛少，肯愛千金輕一笑？爲君持酒勸斜陽，且向花間留晚照。

(1) 縠皺－縠，古之絲織品，輕者爲紗，皺者爲縠，縠似羅而疏，似紗而密。按縠皺，即今之縐紗。此處縠皺，係言水波之紋如縐紗也。

(2) 棹－櫂，或作棹，楫也。在船旁撥水曰櫂。

(3) 浮生－人生於世，一切虛浮無定，故曰浮生。

此詞係詠春之作，主旨在及時行樂。

上闋極寫春景之穠麗。首句「東城漸覺風光好」，說在城東郊外察覺到春的脚步漸來漸近了，春的意味越來越濃了，這對於春遊的人們是多麼興奮的消息。以這一句領起，下面便對春日風光作細膩的描寫。「皺縠波紋迎客棹」一句，說像皺紗一樣的水波來迎接遊客的船，寫春波瀲灧之美。一個「迎」字傳神，是說人們及時行樂來遊賞春光，而春光也不願被人冷落，歡迎遊人降臨欣賞，所以這一句有鼓舞遊人意興的作用。

下面「綠楊煙外曉雲輕，紅杏枝頭春意鬧」二句，極寫春光的穠麗。「綠楊」句，是遠處之景。綠楊如煙襯托着藍天輕雲，構成一幅色澤鮮豔的圖畫。一個「輕」字，暗示雲的動態之美，使人如臨天宇晴明的境界。「紅杏」句，是近處之景，一個「鬧」字着力，使人想像到紅杏枝頭蜂蝶飛舞的景況，烘托出春意盎然的濃郁氣氛。讀者於此，彷彿已嗅到春天的氣息而爲之沈醉了。王靜安人間詞話云：「『紅杏枝頭春意鬧』，着一『鬧』字而境界全出。」故此爲千古名句，已成定論。

下闋極寫春遊意興。「浮生長恨歡娛少」一句，係從李太白春夜宴桃李園序「浮生若夢，爲歡幾何」轉化而來。是說人生虛浮不定，長是怨恨歡樂的時光太少。人生宜及時行樂，這是全篇的主旨所在。「肯愛千金輕一笑」一句，用反詰口氣，是說爲了追求歡樂，應該不惜「千金」代價去買得「一笑」，極言人生歡樂之不易得。

結語「爲君持酒勸斜陽，且向花間留晚照」，是奇想，也是癡想。意思是：人們珍惜春光而又嘆良辰苦短，現在爲你把一杯酒來勸說斜陽，希望它在花樹中間多留片刻吧。明知斜陽是不會聽人勸說的，仍然要來勸說，豈不是癡想？至此，作者已把珍惜時光及時行樂之意，發揮得淋漓盡致。

此詞極寫春光之穠麗，以托出其及時行樂的主旨。「浮生長恨」一句，不免帶有消極頹廢的色彩，但作者卻把浮生苦短之悲消融於對時光的熱愛之中，使人不覺。此詞之所以爲高，實在於此。一般論詞者但讚賞其「春意鬧」一句，似未識此詞之妙處。由於「春意鬧」一句之尖新奇闢，膾炙人口，當時人稱作者爲「紅杏枝頭春意鬧尙書」，其受人推重之程度可知。

歐陽修

歐陽修，宋廬陵人。字永叔，自號醉翁，晚號六一居士。舉進士甲科，慶曆間，知諫院，論事切直，累官翰林院學士、樞密副使，參知政事。屢爲羣小所搆，遭罷黜，修志氣自若。後出知青州，以事忤王安石，致仕歸，卒謚文忠。修博通羣書，詩文及史學皆有極高造詣，在宋代文學史上佔有極重要之地位。著有新五代史，又與宋祁等合纂新唐書。其詞婉麗雋永，與晏同叔相近，故後人論詞，每以晏歐並稱。有六一詞傳世。

羅大經云：「歐陽公雖遊戲作小詞，亦無愧唐人花間集。」尤展堂云：「六一婉麗，實妙於蘇。」周止庵云：「永叔詞只如無意，而沈著在和平中見。」從以上三家所說，可知歐詞除「婉麗」外，更有「沈著」之致。

馮夢華於宋六十一家詞選例言中說：「宋初大臣之爲詞者，寇萊公、晏元獻、宋景文、范蜀公與歐陽文忠，並有聲藝林，然數公或一時興到之作，未爲專詣。獨文忠與元獻，學之既至，爲之亦勤，翔雙鵠於交衢，馭二龍於天路。且文忠家廬陵，元獻家臨川，詞家遂有西江一派。其詞與元獻同出南唐，而深致則過之。宋至文忠，文始復古，天下翕然師尊之，風尙爲之一變。卽以詞言，亦疏雋開子瞻，深婉開少游。」此說更指出歐詞對於後來詞家的影響。

蝶戀花

庭院深深深幾許？楊柳堆煙、簾幕無重數。玉勒雕鞍遊冶處，樓高不見章臺路。雨橫風狂三月暮，門掩黃昏、無計留春住。淚眼問花花不語，亂紅飛過鞦韆去。

(1)玉勒—馬之絡頭及銜口，統謂之勒。玉勒，言其華貴。

(2)雕鞍—馬鞍之有雕飾者，言其華貴。

(3)遊冶—謂恣情聲色之事。

(4)章臺—漢朝長安街名。漢書張敞傳：「時罷朝會，走馬章臺街，自以便面拊馬。」後世遂以走馬章臺爲遊冶之代稱。一說章臺街是當年妓女聚居之處，所以後來便以章臺爲妓女住所之代稱。

此詞係傷春之作。

上闋起頭「庭院深深深幾許」一句，寫庭院之幽深，此處用反詰語氣，讓下文來說明此庭院「深深」的程度。接下「楊柳堆煙，簾幕無重數」二句，乃寫此庭院幽晦深邃之甚。「楊柳堆煙」的一個「堆」字，顯出柳煙的濃密。「簾幕無重數」，更把柳煙的濃密比作重重的簾幕，使人愈感覺到此庭院之「深深」了。於此，可以想像在此庭院中的作者，似乎已透不過氣來，其孤寂愁悶之情，實非言語所能描述。

下面「玉勒雕鞍遊冶處，樓高不見章臺路」二句，是說平時人們騎着寶馬遊冶的地方——章臺路，今天由於柳煙的重重遮蔽，在高樓上也看不到了。可見柳煙瀰漫，使得作者眼前一片濛濛，心頭更加迷惘。

換頭以後，明寫傷春之意。「雨橫風狂三月暮」一句，寫暮春三月的淒淸景象，用「橫」「狂」二字，似在強調風雨之無情。「門掩黃昏，無計留春住」二句，揭露出作者的心緒，是全篇的主意所在。既然無計留春，面對黃昏風雨，只有閉門自嘆自怨。於是作者從埋怨風雨之無情又轉而埋怨自己留春之無計。

結尾「淚眼問花花不語，亂紅飛過鞦韆去」二句，是從「無計留春住」句轉出，也是在無可奈何中產生出來的「問花」癡想。他爲春而流淚，再帶着眼淚去問花，而花竟然一無言語，零亂的花片卻又黯然飛過鞦韆去了。似無情又似有情，令人不能爲懷。傷春之意，至此已盡。

此詞結二句，語新意妙，情景融會，渾然天成，自是一篇之警策。歷來評詞者亦多予極高之評價。

毛稚黃云：「詞家意欲層深，語欲渾成。作詞者，大抵意層深者，語便刻畫；語渾成者，意便膚淺；兩難兼也。或欲舉其似，偶拈永叔詞云：『淚眼問花花不語，亂紅飛過鞦韆去，』此可謂層深而渾成，何也？因花而有淚，此一層意也；因淚而問花，此一層意也；花竟不語，此一層意也；不但不語，且又亂落飛過鞦韆，此一層意也。人愈傷心，花愈惱人。語愈淺而意愈入，又絕無刻畫費力之跡，謂非層深而渾成耶？然作者初非措意，直如化工生物，笋未出而苞節已具，非寸寸爲之也。若先措意，使刻畫愈深，愈墮惡境矣。」頗能道出此詞的佳處。

又此詞是否另有寄託，論者卻有不同的見解。玆錄張王兩家之說於次，以供參考。

張皋文云：「『庭院深深』，閨中既以邃遠也；『樓高不見』，哲王又不悟也；『章臺遊冶』，小人之徑；『雨横風狂』，政令暴急也；『亂紅飛去』，斥逐者非一人而已；殆爲韓、范作乎？」

王靜安云：「固哉皋文之爲詞也，飛卿菩薩蠻、永叔蝶戀花、子瞻卜算子，皆興到之作，有何命意？皆被皋文深文羅織。阮亭花草蒙拾謂坡公命宮磨蝎，生前爲王珪、舒亶輩所苦，身後又硬受此差排。由今觀之，受差排者，獨一坡公已耶？」

采桑子

羣芳過後西湖好，狼藉殘紅，飛絮濛濛，垂柳闌干盡日風。　笙歌散盡游人去，始覺春空。垂下簾櫳，雙燕歸來細雨中。

(1)西湖—在安徽省阜陽縣西北，潁河合諸水滙統處也。唐許渾，宋歐陽修、蘇軾等，皆嘗宴賞於此。與杭州之西湖並稱。

(2)狼藉—錯亂不整貌。
(3)濛濛—微雨貌。
(4)簾櫳—櫳，窗牖也。簾櫳，即窗簾。

此詞寫西湖暮春，是作者晚年重返潁州居住時所作，對西湖景象有一種超脫的領悟。

上闋首句「羣芳過後西湖好」，出語不凡，是說萬紫千紅凋謝了以後的西湖是美好的。就常情說：「羣芳過後」的西湖，已是一片冷清的景象，爲甚麼還說是美好的呢？原因是：作者過去爲潁州守的時候，經常來此游賞，對西湖有了一份執着的感情，看它淡粧濃抹，皆有韻致。此日重游舊地，俯仰流年，眞有遼鶴歸來之感，（作者另一首采桑子西湖詞云：「歸來恰是遼東鶴，城郭人民，觸目皆新，誰識當年舊主人！」）對西湖自必有一種新的感受。而且作者此時年事已高，對人生的閱歷更深，胸中已另有一番新的境界。所以，「狼藉殘紅，飛絮濛濛，垂柳闌干盡日風」，在作者心目中，也有了新的體認。花紅柳綠，固然是美；「殘紅」「飛絮」，也是一種美。正如人生一樣，「絢爛」是美，「平淡」又何嘗不是美。他爲甚麼說「羣芳過後西湖好」，原因在此。這是一層領悟。

下闋前二句：「笙歌散盡游人去，始覺春空」，又是一層領悟。這裏是說：在笙歌散盡游人去了以後，就感覺到春天的繁華已空；既覺「春空」，西湖當然也不是美好的了。作者在「羣芳過後」，並未覺「春空」，而在「笙歌散」「游人去」以後，才覺「春空」，可見作者心中是如何關切西湖的笙歌與游人了。本來，西湖的美好與否，繫於游人心中的一念，西湖縱有美景，如果沒有游人來玩賞，也是等於虛設。其中實有至理，自然也是一層領悟。

後二句：「垂下簾櫳，雙燕歸來細雨中」，是寫冷清中突然而來的一點喜悅。因為作者在感到「春空」以後，不願看西湖空虛寂靜的景象而「垂下簾櫳」，此時，一雙燕子突然從濛濛細雨中飛回，使作者得到一種意外的安慰，心中又浮現出新的境界。

此詞寫西湖暮春，由於作者將其感情融於西湖景象之中，而得到一種新的領悟，可以想見其襟懷之超脫。

玉樓春

尊前擬把歸期說，未語春容先慘咽。人生自是有情癡，此恨不關風與月。　離歌且莫翻新闋，一曲能教腸寸結。直須看盡洛城花，始共春風容易別。

(1)尊—俗作樽，酒器。
(2)闋—樂終曰闋。
(3)洛城—即洛陽。

此詞係寫別情。

上闋起頭「尊前擬把歸期說，未語春容先慘咽」二句，寫別時情事。在吃餞別酒的時候，心裏正在盤算要說出一個歸來的日期，好給對方一點安慰，可是想說的話還未出口，就看到對方「春容」已變，悽然哽咽起來，好像她心裏也有話想說而說不出。這是多麼令人心酸的場面！此時心頭縱有千言萬語，也難以傾訴了。不忍別而又不能不別，想安慰卻又無從安慰，眞不知如何是好。把離人心上的糾纏難捨之情，完全刻畫出來。

接下「人生自是有情癡，此恨不關風與月」二句，是從上面敘事中引發出來的議論。說人世上眞是有癡情的人呵！既有「情癡」，必然有「恨」。這種恨是出於癡情，出於眞情，所以說與「風月」無關。這一番議論，分明是從「春容慘咽」的情事而觸發的感嘆之語，「自是」二字，表示出非常肯定的語氣，可見這一句話也就是作者人生體驗得來的定論。事實如此，這次臨別時，對方已流露出一片眞情，而自身也墮於此情網之中而無以自拔，他又何嘗不是「情癡」呢？

下闋開始「離歌且莫翻新闋，一曲能教腸寸結」二句，是從議論再回到餞別的場合，在章法上是承接起頭二句。說「離歌一曲」已令人愁腸「寸結」，不要再「翻新闋」繼續唱下去了。這是在極度悲酸難以寬解之中的一種企望解脫的心情，當然，在淚眼相對無語凝咽的時刻，催人分手的離歌，實在是不忍再聽了。詞意纏綿無盡。

結尾「直須看盡洛城花，始共春風容易別」二句，又是一番議論，是從無限傷心的現實中出來，走入想像中去。他想：人生既有情癡，則人生愁恨難免；眼前的離別之恨，也卽是由於情癡。但此「情」此「恨」，難道就沒有解脫之道了嗎？這裏作者是用比喻的筆法來表達他的看法：以人對花的癡情來說，等到把「洛城花」看盡了以後，就會很平靜的和「春風」告別了。以此例彼，如果人生歷盡了人世的悲歡離合之後，就會心平氣和對於任何事都不致產生激情了。這是以一種豪宕的心懷爲人生的情與恨找出一條解脫的出路。不過，這只是一種虛擬的想法而已。縱使眞的如此，試問誰能看盡洛城的花？又何時才能歷盡人生的悲歡離合呢？所以作者這兩句，似是解脫，又似是無可解脫，耐人尋味。

綜觀此詞，係寫別情。但對於別時情事，卻不作沾滯的描寫，並插入兩層議論，頓挫曲折，別饒姿態。而無限傷感，又復以豪放之致出之。反觀他家寫此等詞，多只是止於傷感而已，足見此詞意境之妙，不同凡響。

王靜安云：「永叔『人間自是有情癡，此恨不關風與月』；『直須看盡洛城花，始與東風容易別』。於豪放之中有沈著之致，所以尤高。」（按王引歐句有異文，疑誤。）自是精到之論。

柳　永

柳永，宋崇安人。字耆卿，初名三變。景祐元年進士，官至屯田員外郎，故世稱柳屯田。有樂章集傳世。

能改齋漫錄云：「仁宗留意儒雅，務本向道，深斥浮豔虛華之文。初進士柳三變好爲淫冶謳歌之曲，傳播四方。嘗有鶴冲天詞云：『忍把浮名，換了淺斟低唱。』及臨軒放榜特落之曰：『且去淺斟低唱，何要浮名！』」又據藝苑雌黃所載：「柳三變喜作小詞，薄於操行，當時有薦其才者，上曰：『得非塡詞柳三變乎？』曰：『然』。上曰：『且去塡詞。』由是不得志，日與儇子縱游倡館酒樓間，無復檢約。自稱云：『奉聖旨塡詞柳三變。』」由上可知：柳永仕途失意，卽流落江湖，悒鬱以終。據方輿勝覽云：「卒於襄陽，死之日，家無餘財，羣妓合金葬之于南門外。每春上冢，謂之弔柳七。」

柳永一生坎坷，仕途失意，故能以畢生精力，專注於詞。又由於他爲教坊新曲塡詞，一時盛行，使他成爲宋代慢詞發展的關鍵人物。

能改齋漫錄云：「詞自南唐以來，但有小令。其慢詞起自仁宗朝，中原息兵，汴京繁庶，歌臺舞榭，競賭新聲。耆卿失意無聊，流連坊曲，遂盡收俚俗語言，編入詞中，以便伎人傳唱；一時動聽，散佈四方。其後東坡、少游、山谷輩相繼有作，慢詞遂盛。」龍沐勛兩宋詞風轉變論亦云：「北宋詞風之轉變，實以教坊新腔爲最大樞紐。而柳氏以『薄於操行』，一掃卑靦里巷歌謠之心理，不惜士大夫之唾罵，轉爲樂工塡詞。於是盛行士大夫間之令詞，始漸爲流傳四方之慢曲所壓倒。惟其易取悅於俗耳，故其發展乃有不可遏抑之勢。柳永之外，以慢曲擅長者，如張先、秦觀莫不受其影響。」又云：「柳氏既極意於慢詞，而自成一系統，其功用則在使歌詞復與民衆接近，而變舊聲爲新聲，使詞體恢張，有馳騁才情之餘地。其長篇巨幅，開闔變化，頓挫淋漓，開後來法門不少。迨秦觀起，而以淸麗和婉出之，風格益遒上，而慢詞復歸於淳雅，爲士大夫所樂聞。作風轉變之由，其來者漸，較然可覩矣。」從以上兩家之說，可知宋代慢詞至柳永而大盛，其影響至爲深遠。慢詞盛行，是詞體形式上的一大進展。疆宇擴大，內涵也更趨豐富，使後來詞家得寫出無數的精心巨構。可見柳永在宋詞發展史上的重要地位。

至於柳詞的價値究竟如何，評者甚衆。按柳詞可分二類：一是寫閨房豔冶之事，一是寫羈旅行役之感。前者多係應教坊樂工的要求而作，爲便於歌妓習唱，故多俚俗淫媟之語，最爲世所詬病。後者是其窮愁潦倒生活的寫照，亦不乏淸雅秀麗之作。且鋪敍自然，在流暢圓融中含有沈雄淸勁之氣，是爲獨特之詣，亦一時莫及。故極爲評家所讚賞。玆錄重要的評語於次：

(一)陳質齋云：「柳詞格不高，而音律諧婉，詞意妥帖，承平氣象，形容盡致。尤工於羈旅行役。」

(二)彭羨門云：「柳七亦自有唐人妙境，今人但從淺俚處求之，遂使金荃蘭畹之音，流入挂枝黃鶯之調，此學柳之過也。」

(三)宋于庭云：「柳詞曲折委婉，而中具渾淪之氣。雖多俚語，而高處足冠橫流，倚聲家當戶而視之。如竹垞所錄，皆精金粹玉。以屯田一生精力在是，不似東坡輩以餘力爲之也。」

(四)介存齋論詞雜著云：「耆卿爲世訾謷久矣，然其舖敘委婉，言近意遠，森秀幽淡之趣在骨。」

(五)馮夢華云：「耆卿詞，曲處能直，密處能疏，奡處能平。狀難狀之景，達難達之情，而出之以自然，自是北宋巨手。然好爲俳體，詞多媟黷，有不僅如提要所云『以俗爲病』者。」

(六)劉融齋云：「耆卿詞，細密而妥溜，明白而家常，善於敘事，有過前人。惟綺羅香澤之態，所在多有，故覺風期未上耳。」

(七)鄭叔問云：「屯田北宋專家，其高渾處不減清眞，長調尤能以沉雄之魄、清勁之氣，寫奇麗之情，作揮綽之聲。」又云：「冥探其一詞之命意所注，確有層折，如畫龍點睛，其神觀飛越只在一二筆，便爾破壁飛去也。」

以上各家之說皆頗精當，於此可見耆卿詞之風格及其造詣之高。

雨霖鈴

柳　永

寒蟬淒切，對長亭晚，驟雨初歇。都門帳飲無緒，方留戀處，蘭舟催發。執手相看淚眼，竟無語凝噎。念去去、千里煙波，暮靄沉沉楚天闊。　多情自古傷離別，更那堪、冷落淸秋節！今宵酒醒何處？楊柳岸、曉風殘月。此去經年，應是良辰好景虛設。便縱有、千種風情，更與何人說？

(1)長亭—道途憩息之所。白帖：「十里一長亭，五里一短亭。」世常用爲送別之詞。王褒詩：「河橋望行旅，長亭送故人。」

(2)帳飮—謂於郊野張帷帳，宴飮爲別也。晉書石崇傳：「崇有別館，在河陽之金谷，送者傾都，帳飮於此焉。」

(3)蘭舟—卽木蘭舟。述異記：「木蘭洲在潯陽江中，多木蘭樹；昔吳王闔閭植木蘭於此，用構宮殿也。七里洲中，有魯班刻木蘭爲舟，舟至今在洲中，詩云木蘭舟，出于此。」

(4)凝噎—徐引聲謂之凝，氣塞音瘖曰噎；凝噎，謂聲音似斷若續也。

(5)楚天—今湘、鄂、皖、江、浙諸省，皆爲古楚國之地，故稱上述諸地之天空曰楚天。

此詞係寫離別之感。以秋日冷落景象，烘托臨別依依之情，淡秀朗暢，意致綿密，是耆卿最有名的作品。

上闋起筆三句，先寫分別之地的秋晚景色，「寒蟬淒切」，是秋天的蟬淒咽顫抖的聲音，點明節令。「對長亭晚，驟雨初歇」二句，說對着長亭的晚色，正是一陣暴雨纔停的時候。在寫離情之前，先出送別的長亭。這一景象已在離人的心上瀰漫着一層愁悶的氣氛。接下三句，寫離別的時刻更爲迫近。「都門帳飲無緒，方留戀處，蘭舟催發。」是說在京城的郊外，設帳宴飲送別，正當留戀不捨的時候，而行船又催着要出發了。至此，縱是不忍離別也不得不起身告別了。再下二句，寫握手道別的情景，「執手相看淚眼，竟無語凝噎。」在握着手淚眼相對時，竟黯然哽咽而說不出一句話來，這是何等悽惻的場面！上闋結尾二句，轉而寫出別後的想像。「念去去、千里煙波，暮靄沉沉楚天濶」，是想念到未來的旅程，行行復行行，去路茫茫，重見無期，內心的淒苦空虛，眞是難以言說。征途中所見的煙靄迷茫，水天遼濶，就是離人空虛淒苦心境的寫照。融情於景，以景喻情，充分表達其懇摰之情，眞是寫情妙筆。

下闋起頭，是用開拓之筆，提出議論，歸納了上闋的涵意。「多情自古傷離別，更那堪、冷落清秋節！」是說自古以來，一個多情的人對於離別總是傷心的，何況又當着蟬淒雨歇蕭瑟清秋的節候？這裡是以一種議論的語調來說明離別的淒苦。下面再承接上闋結尾，繼續想像別後的情景。「今宵酒醒何處？」是從上闋「都門帳飲」一句生出，想念到今天夜裏酒醒的時候，不知離船行到甚麼地方？「楊柳岸曉風殘月」，仍然以設想來回答上面的疑問，設想今宵酒醒應是明天拂曉的時分。舟泊楊柳岸邊，曉風輕吹，殘月將墜，這是多麼淒清岑寂的境界，這也是離人心境的寫照。下面四句，是從設想中而發出感歎。「此去經年，應是良辰好景虛設。便縱有千種風情，更與何人說？」想到這次分別，將經年累月，良辰美景，也無心欣賞而等於虛設，卽使心頭有千種風月的情意，又能向誰訴說？這幾句一貫而下，結束全篇，讀之有淋漓盡致之感。

此詞係寫別情，全詞只有「都門帳飲無緒」以下五句，是寫別時情事，其餘則着重寫景。無論是眼前之景，或是想像中之景，都能與離別的感情相融合。蓋耆卿宦途失意，胸懷抑鬱，離開都門遠行，不僅是愛情遭遇挫折，事業前途也更爲黯淡。雙重痛苦，盡在詞中，故覺其情感之濃摯。

此詞「今宵酒醒何處」三句，以清虛之景寫深摯之情，新奇微妙，爲評家所激賞，推爲千古名句。賀黃公說：「柳屯田『今宵酒醒何處？楊柳岸曉風殘月。』自是古今俊句。」王世貞說：「『今宵酒醒何處？楊柳岸曉風殘月，』與秦少游『酒醒處，殘陽亂鴉』，同一景事，而柳尤勝。」以上評語，都是非常精當的。

八聲甘州

對瀟瀟暮雨灑江天，一番洗清秋。漸霜風淒緊，關河冷落，殘照當樓。是處紅衰翠減，苒苒物華休。惟有長江水，無語東流。　不忍登高臨遠，望故鄉渺邈，歸思難收。歎年來蹤迹，何事苦淹留？想佳人、妝樓凝望，誤幾回、天際識歸舟。爭知我、倚闌干處，正恁凝愁。

(1)瀟瀟—風雨暴疾也。

(2)關河—指關山河川。

(3)是處—到處之意。

(4)紅衰翠減—意謂花草凋殘。

(5)苒苒—狀花草之輕柔。

(6)物華—謂暄妍之景物。杜甫詩：「自知白髮非春事，且盡芳樽戀物華。」

(7)渺邈—渺茫遙遠也。

(8)淹留—久留也。

(9)爭—猶言如何。按唐人詩多作「爭」，宋、元詞曲多用「怎」。

(10)恁—用同「如此」。

此詞係寫羈旅他鄉的落寞情懷。陳質齋稱柳詞「工於羈旅行役」，這一首便是羈旅行役作品中的代表作。

上闋着重寫景，起頭二句，「對瀟瀟暮雨灑江天，一番洗清秋。」以寫暮雨為主，描繪出薄暮的一陣驟雨過後淒清的秋天景色。這在羈人眼中極易引起一種蕭瑟的傷感。緊接三句，「漸霜風淒緊，關河冷落，殘照當樓。」續寫秋日薄暮蕭瑟景象。「霜風」而曰「淒緊」，自必有蕭蕭之聲，令人有一種蒼涼瑟縮的感受，這也必然在羈人心上激起了強烈的震撼。「關河冷落」，是廣大遼遠之景，「殘照當樓」，用筆乃由遠而近，使作者亦融入此一蒼涼暮景之中。蘇子瞻說：「人皆言柳耆卿詞俗，如『霜風淒緊，關河冷落，殘照當樓；』唐人佳處，不過如此。」自是定評。按此數句，實含有沉雄清勁之氣。

再下二句，「是處紅衰翠減，苒苒物華休。」寫花木凋殘，芳菲漸歇，是一種時光易逝的無常之感。底下以「惟有長江水，無語東流」結束上闋。我們看這兩句在用筆上實具匠心。江水東流，千古如斯，此處以「江水東流」的「常」與上面「苒苒物華休」的「無常」作對照，說江水仍然是不因時間消逝而有所改變，似是在沖淡上面的無常之感，其實不然。這須分兩層來說：第一，「長江水」上面加了「惟有」兩字，是說除了江水以外，一切都是無常，這仍然是加重無常之感。其次，「東流」上面加了「無語」兩字，是說江水對着「苒苒物華休」也黯然無語了。這是反襯之筆，更加強了無常的意象。可見運意遣詞，存乎一心。我們說耆卿具有匠心，即在於此。

下闋着重寫情，開始「不忍登高臨遠，望故鄉渺邈，歸思難收」三句，揭出作者的思鄉之情，「不忍登高臨遠」，原因是「故鄉渺邈」，望而不見，既然望故鄉而不能見，望又何用？所以「不忍」。可是作者今天竟又登高望遠了，以致還鄉之思一發而不可收拾。下文便從「歸思難收」一句發抒其內心的傷感，而逼出一個「歎」字來。「歎年來蹤迹，何事苦淹流？」說出歎的由來：這些年來，爲甚麼要苦苦的淹留異地呢？當然是由於遊宦生涯的羈絆，使此身行止不能自主。有家歸不得，已是傷心的事，何況宦途又不得意，思鄉之情更切，自屬必然。這裡用「何事」

二字，不說出身不自主的原因，可見其內心隱含的苦痛之深。下面是從思鄉而想像到故鄉的佳人，「想佳人妝樓凝望，誤幾回天際識歸舟。」是想像到故鄉的佳人一定會在妝樓上凝望着自己，幾次錯把遠處的帆影當是作者的歸舟。這是寫佳人對於天涯未歸人的渴望。由於妝樓凝望誤認歸舟之事，是合乎常情的一種設想，更覺其思念殷切，情意纏綿。結尾二句：「爭知我倚闌干處，正恁凝愁。」轉回頭再說自己，以結束全篇。意思是：佳人在妝樓凝望歸人，怎會知道此時我也在憑闌懷遠，心上凝結着一片離愁呢！輕輕收束，宛轉自如。

此詞上半重在寫景，下半重在寫情。由於景中有情，故能使情景交融一片。詞中充滿了漂泊淹留的羈旅之苦，宦途失意的落寞之感，以及思鄉念遠的懷人之愁。在結構上，雖係平鋪直敍，但在委婉朗暢中，仍有健勁的筆力。最後一段，從自己的「淹留」，說到佳人的「凝望」，然後再說到自己的「倚闌凝愁」，往復之筆，兩相映照。所以梁任公說：「飛卿詞『照花前後鏡，花面交相映』，此詞境頗似之。」

蝶戀花

佇倚危樓風細細，望極春愁、黯黯生天際。草色煙光殘照裏，無言誰會憑闌意？ 擬把疏狂圖一醉，對酒當歌、強樂還無味。衣帶漸寬終不悔，爲伊消得人憔悴。

柳 永

(1)危樓—高樓也。
(2)衣帶漸寬—意謂人漸消瘦也。

此詞係寫春愁。就是春天裏因思念所愛的人而引起的愁悵。

上闋寫作者高樓望極生愁，但不說出所愁何事。起頭「竚倚危樓風細細，望極春愁、黯黯生天際」三句，寫他在春風輕拂裏，倚着高樓眺望，望到天邊遠處而黯然生愁。愁自「天際」遠處生出，必有原因，但未明說。下面「草色煙光殘照裏，無言誰會憑闌意」二句，是寫作者在草色、煙光、落日的餘暉裏，默然無語，誰能瞭解他憑闌望遠時的心事？至此，他心中的事，仍未明說。

下闋寫作者爲了要排遣愁悵而欲尋求解脫，但未成功。最後才揭出心事，說是爲思念所愛的人而愁，誓言爲伊憔悴，永不後悔，表達其一片癡情。「擬把疏狂圖一醉」是想憑着狂放不拘的態度去謀求一醉，好像是找到了解愁的辦法；接着「對酒當歌，強樂還無味」二句，又否定了他的想法，說是縱酒狂歌，勉強尋樂，也沒有趣味。用筆一放一收，饒有姿態，亦表現出一種百無聊賴的心情。至此，解愁既不可能，那只有任憑愁來折磨自己了。結尾「衣帶漸寬終不悔，爲伊消得人憔悴」二句，揭出心事。有此結語，則前面所說：望遠愁生是爲甚麼？憑闌之意又是甚麼？都有了答案。原來作者有所愛的人遠在天邊，不能相見，所以望遠而愁生；當然，憑闌心事，也是在想念伊人。至於想疏狂以圖一醉的原因，也可不言而喻了。

「衣帶漸寬」，是爲了思念伊人而逐漸消瘦，但是他自願爲伊憔悴而永不後悔，這是多麼誠摯而堅決的誓言。又是多麼令人感動！賀黃公對此二句有極其精當的評論，他說：「小詞以含蓄爲佳，亦有作決絕語而妙者。如韋莊『誰家年少足風流，妾擬將身嫁與一生休。縱被無情棄，不能羞。』之類是也。牛嶠『須作一生拚，盡君今日歡。』抑亦其次。柳耆卿『衣帶漸寬終不悔，爲伊消得人憔悴。』亦卽韋意，而氣加婉矣。」

夜半樂

凍雲黯淡天氣，扁舟一葉，乘興離江渚。渡萬壑千巖，越溪深處。怒濤漸息，樵風乍起，更聞商旅相呼。片帆高舉，泛畫鷁、翩翩過南浦。　望中酒旆閃閃，一簇煙村，數行霜樹。殘日下、漁人鳴榔歸去。敗荷零落，衰楊掩映。岸邊兩兩三三，浣紗遊女，避行客、含羞笑相語。　到此因念，繡閣輕拋，浪萍難駐。歎後約、丁寧竟何據？慘離懷、空恨歲晚歸期阻。凝淚眼、杳杳神京路，斷鴻聲遠長天暮。

(1)凍雲—謂凝結而不移動之雲。

(2)乘興—晉時王徽之居山陰，嘗雪夜泛舟剡溪，訪戴逵，造門而返。人問故，曰：「乘興而來，興盡而返。」見晉書王徽之傳。興，讀去聲，興會也。

(3)江渚—小洲曰渚。江渚，指江岸。

(4)樵風—指山風。

(5)商旅—行商也。

(6)畫鷁—晉書王濬傳：「濬作大船連舫，以木爲城，起樓櫓，開四出門，又畫鷁首怪獸於船首，以懼江神。」後因爲船之通稱。皮日休初入太湖詩：「悠然嘯傲去，天上搖畫鷁。」

(7)翩翩—疾飛也。又自得貌。

(8)南浦—屈原九歌：「予交手兮東行，送美人兮南浦。」始言南浦。後遂用爲送別之地。江淹別賦：「送君南浦，傷如之何！」武元衡送柳郎中詩：「南浦離別處，東風杜蘭多。」

(9)酒旆—卽酒帘。酒家所用之標幟，綴布竿頭，懸於門首，用招酒客者也。李中江邊吟：「閃閃招醉客。」

(10)閃閃—閃鑠動搖之貌。

(11)一簇—簇，攢聚之意。一簇，一叢也。

(12)鳴榔—榔，一作桹。文選潘岳西征賦：「鳴桹厲響。」注：「說文曰：『桹，高木也，』以長木叩船爲聲，所以驚魚令入網也。」

(13)浣—洗衣垢也。

(14)丁寧—俗作叮嚀。鄭重囑咐之意。

(15)杳杳—猶窈窈，深冥貌。

⒃神京—京師。

此詞係抒寫去國離鄉之感。共分三疊：

第一疊，寫離別之時與道途所經之地。「凍雲黯淡天氣」一句，首先點明了秋末冬初的季節；「扁舟一葉，乘興離江渚」二句，以及「片帆高擧，泛畫鷁翩翩過南浦」二句，寫去國離鄉之頃，似含有「別時容易」之意。「渡萬壑千巖，越溪深處」二句，言道途之險且長；「怒濤漸息，樵風乍起，更聞商旅相呼」三句，情景奇鍊；而用「漸」、「乍」、「更」三個字，顯出層次，有波瀾起伏之勢，神味最遠。

第二疊，寫途中所見之景。以「望中」二字領起，直貫下文。先寫遠處之景，「酒旆閃閃」，從「一簇煙村」中見；「一簇煙村」從「數行霜樹」中見；秋末冬初之景色如畫，而「酒旆」拂拂飄舞，更具有超越畫面的動態美。「殘日下、漁人鳴榔歸去」一句，乃將目光拉近，描寫近處景物。夕陽西下時分，漁舟緩緩歸去，發出榔木叩船的聲響，也具有動態美，刻畫出江上晚色中的幽淡之境。「敗荷零落，衰楊掩映」二句，寫岸上近處之景，構成了另一幅秋末冬初的風景畫，與遠處的「煙村」、「霜樹」參差映帶，更顯現出一種幽美的境界。接下「岸邊兩兩三三，浣紗遊女，避行客、含羞笑相語」三句，一氣而下，語如串珠，暗以上文中傍岸的「敗荷」、「衰楊」爲襯景，把「浣紗遊女」見到「行客」而含羞躲避的神態，寫得非常生動逼眞。此一動態的情景，更爲鮮明突出。從「兩兩三三」一句，也可以想像出浣紗遊女三五成羣笑語盈盈的風姿。按此一叠的文字，雖然是平鋪直敍，但在靜態的景象中，穿插着「酒旆閃閃」、「漁人鳴榔」、「浣女笑語」等動態的描寫，使情景交融，活潑生動，便不覺其有平淡板滯之病。

第三叠，是寫去國離鄉之感，亦卽是全篇的主意所在。起頭「到此因念」四字，承上啓下，極其自然。按此一叠中所抒寫的感慨，皆是從上面兩叠中衍生出來，與之結合成爲一體，使全詞結構緊密而毫無鬆懈的感覺。從上文的「浣紗遊女」聯想到離別的情人，而產生了「繡閣輕拋」的悔意；從上文的「扁舟離江渚」、「畫鷁過南浦」，而引發了「浪萍難駐」的慨歎；從上文的「凍雲」、「霜樹」、「敗荷」、「衰楊」，而引起「歲晚歸期阻」的感傷；從上文的「離江渚」、「過南浦」、「望中酒旆」，而生出「杳杳神京路」的悵然凝望之情。「歎後約丁寧竟何據」一句，將別時叮囑的柔情和密約的深意，用倒敍的筆法暗示出來，其中含有無限傷心，却說得渾雅而無一點俚俗意味。結句「斷鴻聲遠長天暮」，是以景烘情，歸結其去國離鄉之感。「斷鴻聲遠」，暗示故鄉的音訊遙隔，「長天暮」，則惟有空凝淚眼，黯然魂銷矣。此末句與首句「凍雲黯淡」遙相呼應，詞境渾然融成一片，意趣高遠。

綜觀此詞，語意妥貼，鋪敍委婉，足見其才情富麗。淸秀幽雅，亦不減唐人妙境。而章法新奇，尤能顯出耆卿的蹊徑。

按此詞之主意，在寫其去國離鄉之感，但落筆以後，首寫道途所經之地，次寫途中所見情景，一味鋪敍，令人不能測其用意之所在；及至篇終才揭出主題，抒發感慨，並與前章所寫情景，渾然融化，在章法上實有其獨特之處；與耆卿「雨霖鈴」等詞的蹊徑，大不相同。古今詞話稱：耆卿少讀書時，以無名氏眉峯碧詞題壁後悟作詞章法。耆卿亦自言：某於此亦頗變化多方也。觀此詞可見其章法「變化多方」之妙。

定風波

自春來、慘綠愁紅，芳心是事可可。日上花梢，鶯穿柳帶，猶壓香衾臥。暖酥消，膩雲嚲，終日厭厭倦梳裹。無那，恨薄情一去，音書無箇。　早知恁麼，悔當初、不把雕鞍鎖。向雞窗、只與蠻牋象管，拘束教吟課。鎮相隨，莫拋躲。針線閒拈伴伊坐，和我，免使年少光陰虛過。

(1)是事可可—對事事都無心理會之意。
(2)暖酥消—指肌膚消瘦。
(3)膩雲嚲—指髮絲散亂。嚲，多可切，音哆，垂下貌。
(4)厭厭—懕懕，亦作懨懨，省作厭厭，病態也。
(5)無那—猶言無奈。

柳　永

(6)恁—如此。

(7)雞窗—謂書室也。

(8)蠻牋—謂蜀牋。費著蜀牋譜云：「紙以人得名者有謝公，有薛濤。謝公有十色牋，深紅、粉紅、杏紅、明黃、深青、淺青、深綠、淺綠、銅綠、淺雲，卽十色也；談苑載韓浦寄弟詩有『十樣蠻牋出益州』句。」

(9)象管—筆也；以象牙爲筆管，故云。劉兼詩：「蠻牋象管休凝思。」

此詞係寫春閨少婦思念情郎的心情。

上闋寫閨中愁悶的心情與疏懶的生活，起筆「自春來、慘綠愁紅，芳心是事可可」三句，寫她因爲情郎遠去，心境惡劣，春天的嫩綠嬌紅，在愁人的眼中却變成了悽慘黯愁的顏色，對於任何一件事都無心理會。下接「日上花梢，鶯穿柳帶，猶壓香衾臥」三句，寫其疏懶之態，日高三丈，鶯飛穿柳，她仍然擁衾而臥。再接「暖酥消，膩雲嚲，終日厭厭倦梳裹」三句，進而寫她肌膚消瘦，雲鬢散亂，終日厭厭欲病，懶得梳妝。上闋結語三句，說出心頭的恨事。「無那」，是萬般無奈；「恨薄情一去，音書無箇。」說情郎薄倖，一去不返，連書信也沒有一封。這就是她心情惡劣的原因。

下闋寫她懊悔輕別的心曲。首二句：「早知恁麼，悔當初、不把雕鞍鎖。」與作者晝夜樂「早知恁地難拚，悔不當初留住」之意完全相同。下面便是一種設想，如果當初能把雕鞍鎖住，不讓他走，要他待在書房裡，只給他紙和筆，拘束着他吟詠做功課，終日相隨不離，做針線坐着陪伴他，免得把青春年少的時光辜負了。

這首詞的特點，是用淺詞俗語，描寫少婦孤寂的生活與悔惱的心曲，不免流於俚俗，思涉於邪。惟思致綿密，筆調流暢，算得是耆卿這一類詞的代表作品。

晏幾道

晏幾道，宋臨川人。字叔原，號小山。爲晏殊第七子。能文章，尤工樂府，有小山詞傳世。曾任潁昌府許田鎭監官，職位卑微，迄未顯達。早年過着「浮沈酒中」的優閑生活，其後則以遭逢變故，而至窮愁潦倒。

黃山谷小山詞序謂其有四癡：「仕宦連蹇，而不能一傍貴人之門，是一癡也；論文自有體，不肯一作新進士語，此又一癡也；費資千百萬，家人寒饑，而面有孺子之色，此又一癡也；人百負之而不恨，己信人終不疑其欺己，此又一癡也。」這裏所謂「四癡」，即是小山處事對人的態度，由此可以看出他眞純孤潔的性情。正因爲有此性情，他才會不適仕進而致潦倒；也正因爲有此性情，他才會在詞的創作上獲致極高的造詣。

龍沐勛兩宋詞風轉變論云：「就詞學上之系統言之，則北宋初期作家，實承南唐之遺緒。」又云：「馮氏陽春一集，遂爲一時所宗尙。」這是很正確的。當時晏同叔、歐陽永叔得風氣之先，劉攽貢父詩話云：「元獻尤喜馮延己歌詞，其所自作，亦不減延己樂府。」劉熙載藝概亦云：「馮延己詞，晏同叔得其俊，歐陽永叔得其深。」由此可見，馮延己詞對北宋初期作家影響之大。

小山詞，受他父親的影響最深，自然也受南唐二主以及馮延己的影響。最難能可貴的，是他能融攝衆家之長，故其所作之詞，已超越了同叔永叔的成就。

黃山谷小山詞序云：「叔原樂府，多寓以詩人句法，精壯頓挫，能動搖人心。上者高唐洛神之流，下者不減桃葉團扇。」

碧雞漫志云：「叔原詞如金陵王謝子弟，秀氣勝韻，得之天然，殆不可學。」

陳亦峯云：「詩三百篇大旨歸於無邪。北宋晏小山，工於言情，出元獻文忠之右，然不免思涉於邪，有失風人之旨。而措詞婉妙，則一時獨步。」

馮夢華云：「淮海、小山眞古之傷心人也，其淡語皆有味，淺語皆有致。求之兩宋詞人，實罕其匹。」

從以上各家評語，可見小山詞造詣之高。

綜觀小山之詞，無論言情抒感，均有其獨到之處。而沈著閒婉，意境深厚，亦非他家所能及；且善於融化前人詩句，一如己出，後來只淸眞有此特詣。當時慢詞尙未盛行，就令詞而言，自馮延己而至同叔永叔，到小山實已達登峯造極的境地。所以在宋詞發展史上小山佔有非常重要的地位。

龍沐勛云：「令詞之發展，由陽春以開歐晏，至小晏而集大成。」又云：「令詞境界之高，蓋至小晏而歎觀止矣。」是正確而公允的，並非過譽之詞。

臨江仙

晏幾道

夢後樓臺高鎖，酒醒簾幕低垂。去年春恨卻來時，落花人獨立，微雨燕雙飛。　記得小蘋初見，兩重心字羅衣。琵琶絃上說相思，當時明月在，曾照彩雲歸。

(1)小蘋—指歌姬蘋雲。
(2)心字羅衣—一說是心字香薰的羅衣；一說是婦女衣服領口作心形者。
(3)彩雲—指蘋雲。

此詞係回憶過去的一段戀情。

張詠川詞林紀事說：「按小山詞跋：『始時，沈十二廉叔、陳十君龍家，有蓮鴻、蘋雲，品清謳娛客。每得一解，即以草授諸兒。吾三人持酒聽之，爲一笑樂而已。而君龍疾廢臥家，廉叔下世；昔之狂篇醉句，遂與兩家歌兒酒使，俱流傳於人間云云。』此詞當是追憶蘋雲而作。」可見此詞追憶的戀者就是歌兒蘋雲。

上闋開頭二句：「夢後樓臺高鎖，酒醒簾幕低垂。」康南海稱爲「華麗境界」。「高鎖」與「低垂」，製造出一種陰沉寂靜而空虛的氣氛，是眼前所見。而「樓臺高鎖」見於「夢後」，「簾幕低垂」見於「酒醒」，正是醞釀愁緒勾起回憶的時刻。下面便應該寫出回憶中的事了。但此處還只是把回憶中的事略加點染，並未明說。「去年春恨卻來時」一句，只是說去年春天的恨事又在腦海裡浮現出來了，「春恨」，究竟是指的甚麼，仍未說出。但在此時：作者却寫出：在落英繽紛中獨自一個人佇立着，看到細雨霏微中燕子在雙雙地飛舞着，「人獨立」與「燕雙飛」，恰成對照，由燕子雙飛的樂，襯托出人獨立的苦，這已表明「春恨」的來由，不是別的，而是關於戀情的事了。此二句，妙在以景烘情，不說恨而恨自出，不說愁而愁自見，不說情而情自深。眞是寫情高手。

下闋純是追憶，揭出與小蘋戀愛的事實。頭二句：「記得小蘋初見，兩重心字羅衣，」用「記得」兩字領起，寫初次見面時小蘋美好的形態，「心字羅衣」，解作用心字香薰的柔軟綾料的衣服，或是婦女衣領作心形者，是寫衣着的華美，來襯托其人的柔媚。接着「琵琶絃上說相思」一句，是寫小蘋用琵琶的曲意傳達愛慕之意，當時彈奏琵琶時含情脈脈的神態，可以想像得出，這就是作者和小蘋戀情的開端，也就是作者今天苦苦思念的原由。結尾「當時明月在，曾照彩雲歸」兩句，寫去年明月之夜，小蘋像一朵彩雲歸去的情景。今天明月依舊，人事已非，而昔時琵琶傳意情事，猶在目前，能不令人神傷！但結語仍是不說恨也不說愁，而恨與愁自在其中。詞情渾厚宛轉，言盡而意不盡，耐人尋味。

陳廷焯白雨齋詞話說：「小山詞，如『去年春恨卻來時，落花人獨立，微雨燕雙飛』；又『當時明月在，曾照彩雲歸。』既閒婉，又沉著，當時更無敵手。」實非過譽之辭。

鷓鴣天

晏幾道

彩袖殷勤捧玉鍾，當年拚卻醉顏紅。舞低楊柳樓心月，歌盡桃花扇底風。　從別後，憶相逢，幾回魂夢與君同。今宵賸把銀釭照，猶恐相逢是夢中。

(1)彩袖—指着彩衣的女子。

(2)玉鍾—玉製之酒器。

(3)釭—燈也。

此詞係寫別後重逢的驚喜之情。

上半闋寫過去聚會時的歡樂情形。首二句「彩袖殷勤捧玉鍾，當年拚卻醉顏紅。」彩袖，指女子，此處即係指作者所依戀的人，描寫當年歌者捧着珍貴的玉杯，熱情懇切地勸酒，使他不惜一醉，臉上都泛出紅色了。下面「舞低楊柳樓心月，歌盡桃花扇底風」二句，描寫當年醉裏盡情歌舞的狂歡情形。舞低了樓心的月，歌盡了扇底的風，極寫在狂歡中不覺時間之久。晁補之云：「晏元獻不蹈襲人語，風度閒雅，自是一家，如『舞低楊柳樓心月，歌盡桃花扇底風』，知此人必不生於三家村中者。」（晁補之以爲元獻所作，實誤。）玩此二句，新穎富麗，眞所謂工緻韶秀，饒雍容華貴之氣。雪浪齋日記稱讚此二句「不愧六朝宮掖體」，信然。

下半闋寫別後思念之深與重逢驚喜之情。欲寫重逢之樂，而先寫別後之苦，是襯托之筆，也是頓挫之法。有此頓挫，更顯出重逢如夢的喜極之情。開始三句：「從別後，憶相逢，幾回魂夢與君同。」寫別後多少次在夢中相見，以示相思之切。接下「今宵賸把銀釭照，猶恐相逢是夢中」二句，是這首詞中情節的高潮，上面所寫當年歡樂與別後相思，都是這二句的襯托。杜甫羌村詩云：「夜闌更秉燭，相對如夢寐。」故此詞二句，係從杜詩變化而來，但用「賸把」與「猶恐」二語相呼應，更覺神情婉妙。由於久別相思，作者心中已感覺重逢爲不可期之事，只有在夢中才能相見；一種不可能之事突然成爲事實，其喜出望外之情可以想見。

前面已說過：在令詞發展史上，小山是由陽春、花間至永叔、元獻以來的集大成的人物。小令到北宋小山已發展到最高之境。其鍼鏤之密與意境之厚，實有獨到處。這一首鷓鴣天詞，就是小山的代表作之一。不僅是遠過花間，即永叔、元獻亦非敵手。陳廷焯在白雨齋詞話中說：「『從別後，憶相逢，幾回魂夢與君同。今宵賸把銀釭照，猶恐相逢是夢中。』曲折深婉，自有豔詞，更不得不讓伊獨步。視永叔之『笑問雙鴛鴦兩字怎生書』、『倚闌無緒更兜鞋』等句，雅俗判然矣。」確是精到的評論。

蝶戀花

晏幾道

醉別西樓醒不記，春夢秋雲，聚散眞容易。斜月半窗還少睡，畫屏閒展吳山翠。　衣上酒痕詩裏字，點點行行，總是淒涼意。紅燭自憐無好計，夜寒空替人垂淚。

(1)吳山—泛指古時吳地之山。此處是指屛風上所繪之山。
(2)紅燭二句—杜牧贈別詩：「蠟燭有心還惜別，替人垂淚到天明。」

這首詞係寫對往事的追憶，抒發人生聚散無常的感慨。

起頭「醉別西樓醒不記」一句，是對往事的追憶。說西樓醉別情事醒後已記不淸楚。全篇的感慨都由「西樓醉別」的一段往事轉出。接下「春夢秋雲，聚散眞容易」二句，便開始發出感嘆。春夢無痕，秋雲易散，人生的聚散無常也是如此，其中含有無限感傷。再接下「斜月半窗還少睡，畫屛閒展吳山翠」二句，是眼前之景，寫作者對月無眠的寂寞情況，深夜不能入睡，而斜月穿簾入戶，最易引起對往事的追憶，「醉別西樓」的一段往事自然會湧上心頭。此時在月光映照裏，又分明看到畫屛上繪着的靑翠的吳山，似乎更觸發了他對往事的懷念。可見吳地的山與他「醉別西樓」的一段往事頗有關係，最可能是：「醉別西樓」往事就是在吳地發生的。這是寫眼前之景囘應到往事上去。

下闋前三句：「衣上酒痕詩裏字，點點行行，都是淒涼意。」仍是從首句發展而來。「衣上酒痕」，自然是「醉別西樓」時留下來的。「詩裏字」，也是爲「醉別西樓」而吟詠的。酒痕點點，詩字行行，今天看來都含有淒涼的意味。這三句緊扣首句加以發揮，對「醉別西樓」往事的感傷，寫得淋漓盡致。

結尾二句：「紅燭自憐無好計，夜寒空替人垂淚。」是從杜牧「蠟燭有心還惜別，替人垂淚到天明」詩變化而來。以紅燭替人垂淚，以襯托出自己心頭的悲涼。

此詞輕輕着筆而意味雋永，令人尋味不盡，自是精心之作。

生查子

金鞍美少年，去躍青驄馬。牽繫玉樓人，繡被春寒夜。 消息未歸來，寒食梨花謝。無處說相思，背面鞦韆下。

(1)驄—馬之青白雜毛者。

(2)寒食—節名。荊楚歲時記：「冬至後一百五日，謂之寒食，禁火三日。」注：「據曆，合在清明前二日，亦有去冬至一百六日者。」

(3)鞦韆—亦作秋千，繩戲也，植木爲架，繫繩於横木下，繫以板，手握繩，立板上，令軀向空而動盪。古今藝術圖云：「鞦韆，本山戎之戲，齊桓北伐，此戲始傳中國。漢唐以來，宮中多用之。」

這首詞是寫閨情之作。描寫一個女子對其意中人的鍾情，意味雋永。

起頭「金鞍美少年」一句，寫女子眼中一個在馬背上的少年，英挺俊秀，風度翩翩。馬鞍係用金屬裝飾的，示其華貴。次句「去躍青驄馬」，寫那少年騎着青白雜毛的駿馬，騰躍而去，一個「躍」字，便把少年豪邁灑脫的神態完全烘托出來。以上兩句，寫「金鞍」，寫「青驄」，全是爲「美少年」着力。

下接「牽繫玉樓人，繡被春寒夜」二句，乃寫閨情。少年走了，在這女子的心中卻留下一個美好難忘的印象。這個美好的印象，永遠牽繫着玉樓上女子的感情，使她魂牽夢縈，在春天夜裡輾轉無眠寒侵繡被的時候，更是相思無限。這兩句，寫「玉樓」，寫「繡被」，是顯示此女子的華貴與美好。「玉樓」「繡被」與前兩句中的「金鞍」「青驄」恰成對照，暗示玉樓人與那少年的身份是相稱的，可見作者文心極細。

下闋起頭二句：「消息未歸來，寒食梨花謝。」進一層描寫閨情。說意中人一去不返，連一點消息也沒有傳回來，年光匆匆，已到寒食。試想一個禁火無烟的節日，多麼冷清。況且「清明時節雨紛紛」的景象，又快到眼前，能不關懷那路上的行人！意中人的行蹤難卜，也許正滯留陌路爲着想念玉樓人而斷魂呢！眼看着梨花也凋謝了，春光已暮，心境之寂寞與悽惻可知。

結句「無處說相思，背面鞦韆下」，是寫伊人滿懷相思情悰而無處可以訴說，背着面在鞦韆下獨自沉思。此處「背面鞦韆下」一句，描繪兒女情態，可謂曲盡其妙。由於伊人想念意中人百無聊賴之時，眼看着大好春光即將辜負，原想去盪鞦韆來排遣心頭的煩悶，沒想到看到鞦韆卻牽起了對往事的追憶，更增加了心頭的愁悶，此時，不僅是無心遊戲，而且連面對鞦韆的勇氣都沒有了，所以她只得無言佇立而陷於沉思之中。其中含意曲折如此，不可輕易讀過。

小山眞是寫情高手，此種小詞，寥寥四十字，能將兒女私情，寫得如此細膩，如此委婉，而且是語語含蓄，幽怨纏綿。他人絕不能到。

木蘭花

鞦韆院落重簾暮，彩筆閒來題繡戶。牆頭丹杏雨餘花，門外綠楊風後絮。　朝雲信斷知何處，應作襄王春夢去。紫騮認得舊游蹤，嘶過畫橋東畔路。

(1)彩筆句—用崔護題門事。唐崔護，博陵人。姿質甚美，而孤潔寡合。淸明日，獨遊都城南，見莊居桃花繞宅，乃叩門求飲。有女子啓關，問姓名，以杯水至，其人姿色穠豔，情意甚殷。來歲淸明，復往尋之，則門已扃鎖。因題詩左扉曰：「去年今日此門中，人面桃花相映紅，人面祇今何處去？桃花依舊笑春風。」

(2)朝雲—文選宋玉高唐賦序：「昔者先王嘗遊高唐，怠而晝寢，夢見一婦人曰：『妾巫山之女也，爲高唐之客，聞君遊高唐，願薦枕席。』王因幸之，去而辭曰：『妾在巫山之陽，高丘之阻，且爲朝雲，暮爲行雨，朝朝暮暮，陽臺之下。』且朝視之如言，故爲立廟，號曰朝雲。」

(3)襄王春夢—文選宋玉神女賦序：「楚襄王與宋玉遊於雲夢之浦，使玉賦高唐之事。其夜王寢，果夢與神女遇，其狀甚麗；王異之，明日以白玉，曰：『試爲寡人賦之。』」

⑷騮—馬之赤身黑鬣者。

此詞係寫別後的悵惘之情。

上闋全用對照的筆法，寫別後音訊隔斷牆內與門外的不同情景。首句「鞦韆院落重簾暮」，寫牆內情景，聳立着鞦韆的院宇，寂寞無人，簾幕重重還抹上了一層暮色。這自然是指作者所傾慕的女子居住之處。次句「彩筆閒來題繡戶」，用「人面桃花」故事，寫門外情景，因爲重門深閉，佇立於門外的人無法一通款曲，只好用彩筆在繡戶上閒題了詩句。此時自不免有「人面不知何處去」的悵惘之感。

接下二句：「牆頭丹杏雨餘花，門外綠楊風後絮」，對仗工整，仍是牆內與門外的對照筆法，也是比喻，以花比伊人，以絮比自己。就是說牆內的人如雨後的花，分外嬌豔；門外的人如風後的絮，黏地不起。此時牆內的人已不知何處，門外的人仍然在想念伊人而不忍離去。其戀戀不捨之情，可以想見。

下闋前二句：「朝雲信斷知何處，應作襄王春夢去」，係用楚襄王遊高唐夢晤巫山神女故事，是說伊人如「朝雲」一去無蹤，他只有像襄王一樣在夢中相見了。後二句：「紫騮認得舊游蹤，嘶過畫橋東畔路」，以動盪之筆作結。從上二句已知伊人重見已陷絕望，但多情人仍是戀戀不捨，故又重經舊地，由於紫騮還認得舊游蹤跡，在行過「畫橋東畔」伊人居住之處時，又發出長長的嘶鳴。馬尚有情，何況人乎？

這首詞上闋用對照之法，以景寓情，寫別後悵惘之感而不露痕跡。結尾以紫騮作陪襯，顯出其依戀篤摯之情，感人至深。

阮郎歸

天邊金掌露成霜，雲隨雁字長。綠杯紅袖趁重陽，人情似故鄉。　蘭佩紫，菊簪黃，殷勤理舊狂。欲將沉醉換悲涼，清歌莫斷腸。

(1)金掌—指承露盤仙人掌。漢書郊祀志：「武帝作柏梁、銅柱、承露、僊人掌之屬。」注引三輔故事云：「建章宮承露盤高二十丈，大七圍，以銅爲之，上有僊人掌，承露和玉屑飲之。」

(2)雁字—謂羣雁飛行天空，排列如字形也。朱熹詩：「落日天風雁字斜。」

(3)綠杯紅袖—指綠酒與歌女。

(4)舊狂—謂舊時之狂態。

此詞係作者寫其在異鄉度重陽的心境，並暗示其耿介高潔之懷抱。與其所擅長之豔詞迥不相同。

上闋開頭「天邊金掌露成霜」一句，寫深秋的景象。「金掌」，係指漢武帝所造的仙人掌承露盤，露水已凝結成霜，自是深秋時節。第二句「雲隨雁字長」，仍是對秋的渲染。雁子排列成字，飛過天空，也是秋天的景象，加上了雲，使雁字更爲突出。第三、四兩句，「綠杯紅袖趁重陽，人情似故鄉。」寫重陽節的景象，「綠杯」，指酒；「紅袖」，指歌女。是說此身雖在異鄉，仍然是乘着佳節來飲酒聽歌，娛樂一番，人的心情還像是在故鄉一樣。此闋開始，已流露出悲涼深意，接着點出重陽，更暗示思鄉情緒，但不說思鄉之苦，反說趁着佳節飲酒聽歌尋求娛樂，更說像是在故鄉一樣。這眞是噙着淚水在說話，十足反映出他鄉漂泊無可奈何的心情。

下闋前三句：「蘭佩紫，菊簪黃，殷勤理舊狂。」前二句是倒裝句，卽是說衣上佩着紫蘭、頭上簪着黃菊，表現「狂」的神態。和杜牧之詩「菊花須插滿頭歸」的意味相同。自然是重陽應景之事，引出下面的「狂」字出來。但在此處却另有暗示其秉賦高潔的作用。「狂」而曰「舊」，是其狂放的性格，並非今日才有，而是舊已有之。而舊時的狂放到今天却要殷勤理之，似有不得不然者。結尾二句「欲將沉醉換悲涼，清歌莫斷腸。」是從上闋的「綠杯紅袖」而來，上一句是舊時狂放的延伸，也是作者爲甚麼要理舊狂的原因。要用「沉醉」來換取「悲涼」，其內心之淒苦，不言而喩。下一句是對自己的勸解之辭，正是說明作者已經是柔腸寸斷了。

綜觀此詞，是作者在異鄉度重陽而起的感觸，描寫其悲涼的心境。沉鬱豪邁，意厚情長。況夔笙蕙風詞話說：「『綠杯』二句，意已厚矣。『殷勤理舊狂』五字，三層意：狂者，所謂一肚皮不合時宜發見於外者也。狂已舊矣，而理之，而殷勤理之，其狂若有甚不得已者。『欲將沉醉換悲涼』，是上句注脚。『清歌莫斷腸』，仍含不盡之意。此詞沉着厚重，得此結句，便覺竟體空靈。」這是對此詞的最恰當的評論。

王安石

王安石，宋臨川人。字介甫，號半山。秉性倔強，堅於自信，議論宏奇，詩文峭拗。第進士，神宗朝爲相，封荊國公。爲一有理想之政治家，立意改革時政，創爲農田水利、均輸、青苗、保甲、募役、市易、保馬、方田均稅諸新法。當時朝中名臣非議者甚衆，多被貶謫。所訂新法雖先後頒行，終以求成過於操切，任用非人，加之守舊者阻力甚大，致功效未見而弊端已出，結果歸於失敗，並釀成黨爭之局。卒賜太傅，謚曰文。有臨川集百卷。詞集名臨川先生歌曲。

臨川詞，風格獨特。碧雞漫志云：「王荊公長短句不多，合繩墨處，自雍容奇特。」劉融齋云：「王半山詞，瘦削雅素，一洗五代舊習。惟未能涉樂必笑，言哀已歎，故深情之士不無間然。」以上兩家所說，確係知言。集中桂枝香金陵懷古一詞，格調高奇，感慨遙深，亦是不朽之作。

桂枝香

登臨送目，正故國晚秋，天氣初肅。千里澄江似練，翠峯如簇。歸帆去棹殘陽裏，背西風、酒旗斜矗。彩舟雲淡，星河鷺起，畫圖難足。　念往昔、繁華競逐，歎門外樓頭，悲恨相續。千古憑高對此，漫嗟榮辱。六朝舊事隨流水，但寒煙、衰草凝綠。至今商女，時時猶唱，後庭遺曲。

(1)肅—縮也。詩豳風七月：「九月肅霜」。注：「肅，縮也。霜降而收縮萬物。」

(2)練—煮練使潔白曰練。

(3)簇—與鏃通，箭鏃也。又攢聚也。

(4)門外樓頭—南朝陳後主，荒於酒色。貴妃張麗華，寵冠後庭，築結綺閣居之。隋師至，尚恣酒行樂不輟。迨隋將韓擒虎入朱雀門，始與妃匿入宮內景陽井，被俘。杜牧之臺城詩云：「門外韓擒虎，樓頭張麗華。」故門外樓頭即指朱雀門結綺閣之事。

(5)六朝—吳、東晉、宋、齊、梁、陳，先後都於建康，合稱六朝。按建康即今南京。

(6)後庭遺曲—據隋書樂志：陳後主製玉樹後庭花曲，歌詞綺豔輕薄，男女唱和，其音甚哀。杜牧泊秦淮詩云：「商女不知亡國恨，隔江猶唱後庭花。」

此詞係金陵懷古之作。

上闋寫金陵晚秋景色。起頭「登臨送目，正故國晚秋，天氣初肅」三句，從大處着筆，先說「登臨」時正值晚秋高爽的天氣，以下就開始敘述「送目」時所見風景。「千里澄江似練，翠峯如簇」二句，寫千里江山的壯麗：澄靜的江流，形同白色的練帶；攢立的青峯，狀如尖銳的箭鏃。「歸帆去棹殘陽裏」一句，寫脈脈晚照中，江上的船舶來來往往，反映交通與商業的繁盛。「

背西風酒旗斜矗」一句，寫颼颼西風裏，城市酒樓的旗子參差飄拂，反映人民生活的安逸。「彩舟雲淡，星河鷺起」二句，寫波光中浮動的彩舟掩映着淡淡的雲，白鷺從星河霧影裏飛起。這彷彿是夢幻中的奇麗境界，眞不是一幅圖畫所能描繪的，所以說「畫圖難足」。在這深沉的讚歎中，作者心頭，自然興起了對於故國河山的熱愛與關懷。以上極寫金陵山川之壯麗，爲抒發懷古之情揭開了序幕。

下闋寫懷古之情，弔古傷今，無窮感慨。先以「念往昔」三字作轉折，從眼中所見之景，轉入心中所念之事，也就是面對六朝故都，懷念六朝舊事。「繁華競逐」，是泛說當年爭相追逐豪華奢靡的享受。六朝金粉的盛衰往事，自難盡述，特舉出南朝陳後主爲代表。「歎門外樓頭」，用杜牧之「門外韓擒虎，樓頭張麗華」詩意。指陳後主荒於酒色，樓頭行樂，而隋兵已臨城下之事。「悲恨相續」一句，含有懲前毖後之意，不可輕易讀過。這是說陳後主亡國之歷史事實，給後世留下悲哀與遺恨，但後世仍然有此類事情相繼發生，殊堪浩嘆。其故安在？杜牧之阿房宮賦云：「秦人不暇自哀，而後人哀之。後人哀之，而不鑑之，亦使後人而復哀後人也。」六朝興亡之跡，「後人哀之，而不鑑之」，這就是「悲恨相續」的原因。「千古憑高對此，漫嗟榮辱」，是說後世憑高弔古的人，對於「門外樓頭」恨事，只是空嘆國家興亡個人榮辱而已。「六朝舊事隨流水，但寒煙衰草凝綠」，是說六朝舊事已隨着流水而逝去，一無痕跡，今天所能見到的只是「寒煙衰草」凝成的一片淒綠而已。至此，弔古之情已盡，再以傷今作結。「至今商女，時時猶唱，後庭遺曲」，用杜牧之「商女不知亡國恨，隔江猶唱後庭花」詩意，回應上文「門外樓頭」

。說六朝舊事早成陳跡，而今天的歌女還時時唱着六朝遺留下來的玉樹後庭花曲子呢！其中自然寓有諷刺的意味，指當時社會上仍然沉迷於聲色而不知警惕。作者是一個有政治理想的人物，更可想到他對於當時世事的無限感慨。

此詞格調高絕，筆勁意深，與清眞西河金陵懷古詞各有千秋，自是不朽之作。

古今詞話云：「金陵懷古，諸公寄調桂枝香者三十餘家，惟王介甫爲絕唱。東坡見之歎曰，此老乃野狐精也。」可見東坡亦深爲讚賞。梁任公云：「李易安謂介甫文章似西漢，然以作歌詞則人必絕倒。但此作卻頡頏清眞、稼軒，未可漫詆也。」此說自屬公允。

蘇軾

蘇軾，宋眉山人。字子瞻，自號東坡居士。仁宗嘉祐二年，與弟蘇轍應試禮部，擢爲進士；次年參加殿試，被點爲翰林。後任鳳翔府判官，召直史館。熙寧中，王安石倡行新法，軾上書神宗，痛陳不便；以是忤安石，被調任杭州通判；歷徙湖州、黃州、常州。哲宗嗣位，召至京師任中書舍人。元祐四年，復出任杭州太守，繼又出知潁州。元祐七年，奉召回京，累官至端明殿侍讀學士，調翰林侍讀。紹聖元年，貶惠州，再移瓊州。徽宗卽位，赦歸，至常州卒。諡文忠。

東坡學博才高，爲文涵渾奔放，嘗自評其文云：「吾文如萬斛泉源，不擇地皆可出。」與父蘇洵、弟蘇轍，皆有文名，時人合稱爲「三蘇」。並爲古文八大家之一。詩亦淸疏雋逸，詞尤橫放傑出，書畫亦有極高造詣，可謂全才。著有易書傳、論語說、仇池筆記、東坡志林、東坡全集、東坡樂府等書。

東坡生不逢辰，一生大半都在黨爭浪潮的冲擊中，過著流徙漂泊的生活，迄未能一展其抱負。但由於他智慧超人，且受釋、道思想的影響，漸漸形成了他恬淡曠達的襟懷；故能在患難之中，優閑自若，淡泊名利，怡情山水，以詩酒自娛。其性情，其襟懷，亦多表現於其詞的作品中。

東坡讀書萬卷，天才橫溢，以其餘力爲詞，故所做多漫不經心。但憑其曠放的胸懷，排奡的筆力，發而爲淸雄豪壯之音，一掃晚唐五代以來綺靡的詞風，別開蹊徑，獨樹一宗，成爲宋代詞壇最煊赫的人物。

因爲當時北宋詞壇，仍然流行一脈相傳的婉約的詞風，耆卿的歌辭，風靡一時；東坡詞打破傳統的格局，故人多目之爲別格。如陳無己云：「子瞻以詩爲詞，如教坊雷大使之舞，雖極天下之工，要非本色。」陸務觀亦云：「世言東坡不能歌，故所作樂府辭多不協。」這是批評東坡詞豪放，不合婉約的本色，而且疏於音律，不能歌唱。其實，這並不是確切之論，他們對東坡詞還沒有完全充份的瞭解，而且也不明文學發展的必然趨勢。

胡致堂酒邊詞序云：「眉山蘇氏，一洗綺羅香澤之態，擺脫綢繆宛轉之度，使人登高望遠，舉首高歌，而逸懷浩氣，超乎塵垢之外，於是花間爲皁隸，而耆卿爲輿臺矣。」這才是精當的評論。蓋東坡以前的作者，皆以「綺羅香澤」、「綢繆宛轉」爲詞的正格，沿襲成風，不敢踰越；而東坡出，則認爲詞雖出於教坊里巷，亦不妨抒寫「逸懷浩氣」，舉凡家國身世之感，弔古詠史之情，乃至談玄論道，無不可以入詞，固不必限於兒女私情或傷離念遠的狹隘範圍，以豐富詞的內涵，擴大詞的天地。東坡詞所以能超越花間、壓倒耆卿者，原因在此。

晁無咎云：「居士詞，人謂多不諧音律，然橫放傑出，自是曲子中縛不住者。」劉融齋云：「東坡詞頗似老杜詩，以其無意不可入，無事不可言也。」所謂「橫放傑出」，所謂「無意不可入，無事不可言」，正是東坡詞的最大長處。

由上所述，茲再就東坡詞作綜合說明如次：

㈠從文學發展的角度來看，詞體成立以後，其形式與內容必然在不斷的演進變化之中。詞至北宋，耆卿極意創製慢曲，詞調由短變長，其數量亦有增加，這就是詞在形式上的演變。形式既已改變，則詞的內容自然會隨之而演變，由單純而變爲繁複，也是必然的趨勢。這就是說：詞將突破兒女私情的範疇，而走向廣濶的天地。實爲不得不然的結果。詞上承樂府，乃源於詩；凡詩之所能言者，詞亦必能言之。東坡才高識廣，故能開創風氣。當時之人批評其詞「非本色」，實囿於流俗之見，且不明文學發展的趨勢。

㈡至於批評東坡詞疏於音律，固是事實。但晁以道云：「紹聖初，與東坡別於汴上。東坡酒酣，自歌古陽關。則公非不能歌，但豪放不喜裁剪以就聲律耳。」此說亦有所據。試看東坡之詞，固以豪放爲其特色，但其清麗諧婉之作，如蝶戀花之「花褪殘紅」、江城子之「鳳凰山下」等詞，亦復情韻兼勝。張叔夏云：「東坡詞清麗舒徐處，高出塵表。」當是指此類詞而言。再者，東坡「橫放傑出」之作，銳意打破傳統的格局，疏於音律也是很自然的事，而且詞由民間俚歌而轉變爲文人之詞，與音樂逐漸分離，也是一種自然的演變。

㈢宋詞至耆卿爲一大轉變，至東坡又爲一大轉變。但耆卿所變者，只是詞的形式，仍不出閨幃行役的傳統範圍。而東坡所變者，才是詞的實質。他豐富了詞的內涵，擴大了詞的領域；使詞格提高，詞體漸尊，發揮了詞「遠紹風騷」的作用。這便是東坡高出於前人的地方，也是他在宋詞發展史上最輝煌的成就。碧雞漫志云：「東坡先生非心醉於音律者，偶爾作歌，指出向上一路，新天下耳目，弄筆者始知自振。」於此可見東坡詞對後來作者的影響之大。遂開南宋辛棄疾等豪放一派。

水調歌頭

丙辰中秋，歡飲達旦，大醉，作此篇，兼懷子由。

明月幾時有？把酒問青天。不知天上宮闕，今夕是何年。我欲乘風歸去，惟恐瓊樓玉宇，高處不勝寒。起舞弄清影，何似在人間。轉朱閣，低綺戶，照無眠。不應有恨，何事長向別時圓？人有悲歡離合，月有陰晴圓缺，此事古難全。但願人長久，千里共嬋娟。

(1)丙辰—宋神宗熙寧九年，當時東坡任山東密州太守。
(2)子由—東坡弟蘇轍，字子由。其文汪洋澹泊，與兄東坡齊名，爲唐宋八大家之一。
(3)瓊樓玉宇—謂月中宮闕也。
(4)勝—任也。音升。
(5)無眠—指不眠之人。
(6)何事—爲何之意。
(7)嬋娟—色態美好也。孟郊嬋娟篇：「花嬋娟，冷春泉；竹嬋娟，籠曉煙；妓嬋娟，不長妍；月嬋娟，眞可憐。」此處係指月。

此詞是東坡在密州時所作，題旨在抒寫中秋節的感想並懷念他的弟弟子由。按此時子由在徐州。

一個人當寒暑更替節令變遷的時候，多不免有光陰虛度的感觸。東坡與其弟子由各自為事業奔波，經常是會少離多，所謂「每逢佳節倍思親」，東坡與子由手足情深，又值中秋佳節，能不懷念？再說東坡在宦途也很不得意，想到親人長時睽隔，豈能無恨？這首詞就是在這樣心情下寫出來的。

此詞開端就用疑問的語氣，「明月幾時有？把酒問青天。」分明是一種癡問，使人舉首高歌，有破空而來之感，可以想見作者豪邁的風格。李白月下獨酌詩云：「青天有月來幾時，我今停杯一問之。」東坡此詞「明月」兩句卽是從李白詩融化而來。所以鄭叔問說：「發端從太白仙心脫化，頓成奇逸之筆。」

接着兩句：「不知天上宮闕，今夕是何年。」仍是一種癡問。連續兩個疑問，充分反映出東坡胸中有一種不可解的鬱結情緒，可是問天是得不到回答的，在無可奈何中，就很自然地產生了超脫塵俗的念頭，那就是「乘風歸去」，飛到廣寒宮去看個明白。但這不過是一種幻想而已，所以緊接着說：「惟恐瓊樓玉宇，高處不勝寒。」天上的高寒是難以承受的，飛到天上宮闕也是不可能的。既然如此，也只有「起舞弄清影」來寬慰自己了。「何似在人間」，此情此景不似人間，這與天上又有什麼分別？我們於此可以看出，東坡胸中雖有鬱結之情而產生了超脫塵俗之想，但在幻想不能實現時，卻能自求寬慰，畢竟東坡的胸懷是曠達的。

此詞下半闋完全就月發揮，「轉朱閣，低綺戶，照無眠。」寫月光移轉，照着一夜不曾入寐的人，而這個人對月興感，正在懷念他離別的親人，不免有恨。「不應有恨，何事長向別時圓！」這裏是委婉地說出心中的恨了。這兩句是全詞中最沈重之筆，但說得並不激烈。下面詞意又轉，「人有悲歡離合，月有陰晴圓缺，此事古難全。」作者這三句所表現的，又是何等胸懷？他在懷念親人不免有恨時，轉而說出寬慰自己的話。王壬秋說：「『人有』三句，大開大合之筆，他人所不能。」自是定評。結尾「但願人長久，千里共嬋娟」兩句，是作者心中的願望，因爲人的悲歡離合，如同月的陰晴圓缺一樣，是不可避免的。我所懷念的人，即使是暌隔千里，只要「人長久」，年年中秋能兩地共賞此一輪明月，也就值得安慰了。

綜觀此詞逸懷浩氣，大筆淋漓，吞吐開合，妙造自然。眞不愧是千古傑作。

苕溪漁隱詞話說：「中秋詞自東坡水調歌頭一出，餘詞盡廢。」誠非虛語。卓人月說：「『明月幾時有』一詞，畫家大斧皴、書家劈窠體也。」比喻亦頗恰當。

又此詞前半闋「我欲乘風歸去，惟恐瓊樓玉宇，高處不勝寒」三句，評者說是作者心繫朝廷的忠愛之思。亦有人認爲未必有此含意。這裏引述幾段記載於次：

坡仙集外紀說：「神宗讀至『瓊樓玉宇，高處不勝寒，』乃歎曰蘇軾終是愛君。」

董子遠說：「忠愛之言，惻然動人。神宗讀『瓊樓玉宇，高處不勝寒』之句，以爲終是愛君，宜矣。」

黃蓼園說：「按通首只是詠月耳。前闋是見月思君，言天上宮闕高不勝寒，但彷彿神魂歸去，幾不知身在人間也。次闋言月何不照人歡洽，何事有恨偏於人離別之時而圓乎？復又自解，人有離合，月有圓缺，皆是常事，惟望長久共嬋娟耳。纏綿惋惻之思，愈轉愈曲，愈曲愈深，忠愛之思，令人玩味不盡。」

以上三說，均以東坡此詞含有忠愛之思。我們就詞中所用「天上宮闕」及「瓊樓玉宇」都是朝廷的代名詞，而東坡一生忠君愛國，雖不滿王安石輩，但亦鮮有怨言。且東坡作此詞時，已久離朝廷，自不免有思君之念。所以我們覺得上引評家認爲東坡此詞上闋是見月思君，也是很合理的。

水龍吟

次韻章質夫楊花詞

似花還似非花，也無人惜從教墜。拋家傍路，思量卻是、無情有思。縈損柔腸，困酣嬌眼，欲開還閉。夢隨風萬里，尋郎去處，又還被、鶯呼起。　不恨此花飛盡，恨西園、落紅難綴。曉來雨過，遺蹤何在？一池萍碎。春色三分，二分塵土，一分流水。細看來，不是楊花，點點是離人淚。

(1) 拋家傍路——謂楊花棄家而流離道路也，此是擬人法。

(2)無情有思—此謂看似無情而實有意。思，讀去聲。

(3)縈損柔腸—謂楊花情思縈繫愁損柔腸也，此亦是擬人法。

(4)困酣嬌眼—謂楊花困倦嬌媚眼神如醉也。

(5)夢隨風萬里三句—用金昌緒春怨詩意。其詩云：「打起黃鶯兒，莫教枝上啼，啼時驚妾夢，不得到遼西。」

(6)西園—三國魏時遊宴之名區，曹植公讌詩：「清夜游西園，飛蓋相追隨。」後沿稱名流集會之所。此處則泛稱花園。

(7)一池萍碎—古說楊花入水化爲萍。

(8)春色三分三句—以楊花代表春色，說春色三色，有二分委於塵土，一分隨流水逝去。

這是一首詠楊花的傑作。是次韻章質夫所作的楊花詞。曲洧舊聞云：「章質夫楊花詞，命意用事，瀟灑可喜。東坡和之，若豪放不入律呂。徐而視之，聲韻諧婉，反覺章詞有織繡工夫。」又王靜安人間詞話云：「詠物之詞，自以東坡水龍吟爲最工。」又云：「東坡水龍吟詠楊花，和均而似元唱，章質夫詞，原唱而似和均。才之不可强也如是。」茲錄章詞於次，以供參考。

章質夫水龍吟（詠楊花）詞云：「燕忙鶯懶芳殘，正堤上柳花飄墜。輕飛亂舞，點畫青林，全無才思。閒趁游絲，靜臨深院，日長門閉。傍珠簾散漫，垂垂欲下，依前被、風扶起。蘭帳玉人睡覺，怪春衣、雪霑瓊綴。繡牀漸滿，香毬無數，才圓卻碎。時見蜂兒，仰黏輕粉，魚吞池水。望章臺路杳，金鞍遊蕩，有盈盈淚。」

東坡此詞上闋寫楊花係用擬人法。首句「似花還似非花」，憑空着筆，說它好像是花又似乎不像花，若卽若離，不一定就是楊花。次句「也無人惜從敎墜」，便開始落實到楊花主題上。說任它到處飄墜，也沒有人去憐惜它，是對楊花的遭遇感到不平。意思是：它的飄零身世，人們是應該寄以同情的，但事實上竟被人漠視，任它自生自滅，豈非大可惋惜之事！

接下「抛家傍路，思量卻是、無情有思。」三句，很明顯的把楊花當作人來描寫，說它離開枝頭到處飄蕩，如同一個人離開了家而漂流陌路。思想起來，它看似無情之物，卻是含有無限的情思。這是用老杜「落絮遊絲亦有情」詩意。變無情爲有情，是給楊花人格化的一個步驟。

接着說：「縈損柔腸，困酣嬌眼，欲開還閉。」承接上面的「抛家傍路」之意，柔腸縈損，是其愁情；嬌眼困酣，是其倦態。直把楊花寫成一個嬌弱愁困的女子，完成了人格化的過程。上面「抛家傍路」三句，先把無情之物轉化爲有情之人，這裏再把有情之人轉化爲嬌弱愁困的女子，是一種漸進層深的寫法，一步進一步，一層深一層。作者的想像，更能超脫於楊花的狀貌之外，而攝取其神魄，寫得神態活現，使讀者至此，如見楊花的精靈，感覺到作者如此寫法，一點也不牽强。

上闋最後三句：「夢隨風萬里，尋郎去處，又還被、鶯呼起。」是寫楊花的怨情。暗用唐金昌緒春怨詩意。「尋郎去處」，就是楊花的情思，楊花的魂夢隨着風飄向萬里外，爲的是尋郎去處，結果是被鶯的啼聲驚醒。可見魂夢並未到郎的身邊。尋而不得，其怨自深。

換頭以後，作者乃抒寫自己的感想。「不恨此花飛盡，恨西園、落紅難綴。」是一種翻騰之筆，是說：如果你恨西園的落紅難以收拾，能不恨此花飛盡嗎？以落紅反襯楊花，作一頓挫，然後對楊花的飄零身世作更深一層的描寫。「曉來雨過，遺蹤何在？一池萍碎。」用楊花落水化萍的舊說，說曉來風雨已經過去，尋找楊花的蹤跡，只見到一池細碎的浮萍而已。這便是楊花的最後歸宿嗎？下接三句：「春色三分，二分塵土，一分流水。」這才是楊花漂泊身世的盡頭。楊花代表春色，它到處漂泊，結果是大半沈沒於泥土之中，小半落入流水隨波而逝。楊花的命運如斯，能不令人黯然！

結尾三句：「細看來，不是楊花，點點是離人淚。」盡掃前言，以翻騰之筆作結。鄭叔問謂其煞拍有畫龍點睛之妙。筆力健勁，情意幽深。

這首詞實不愧爲詠物詞的絕唱。其妙處，在於作者能抓住楊花的特性，着意摹寫楊花的神態，而不粘滯於其形貌，更對其飄零身世寄以一片深情，故能感人。沈東江塡詞雜說云：「東坡『似花還似非花』一篇，幽怨纏綿，直是言情，非復賦物。」張叔夏云：「後段愈出愈奇，眞是壓倒千古。」皆是精當之論。

念奴嬌

赤壁懷古

大江東去，浪淘盡、千古風流人物。故壘西邊，人道是、三國周郎赤壁。亂石崩雲，驚濤裂岸，捲起千堆雪。江山如畫，一時多少豪傑。　遙想公瑾當年，小喬初嫁了，雄姿英發。羽扇綸巾，談笑間、强虜灰飛煙滅。故國神遊，多情應笑我、早生華髮。人間如夢，一尊還酹江月。

(1)大江－指長江。
(2)風流人物－謂傑出英雄人物。
(3)故壘－謂舊時營壘。
(4)周郎赤壁－謂周瑜破曹軍之赤壁戰場。
(5)公瑾－周瑜之別號。
(6)小喬－東漢時喬玄有二女，皆國色；大喬嫁孫策，小喬嫁周瑜，世稱二喬。
(7)雄姿英發－謂雄俊之姿英氣煥發也。
(8)羽扇綸巾－羽扇，是以鳥羽製成之扇；綸巾，冠名，以青絲綬爲之。三才圖會：「諸葛武侯嘗服綸巾，執羽扇，指揮軍事。」

(9)强虜—謂强敵也，此處指曹軍。

(10)華髮—白髮。

(16)酹—以酒沃地祭神謂之酹。

這一首「赤壁懷古」詞，是壬戌七月東坡謫居黃州時所作。寫歷史興亡盛衰之跡，抒發其胸中感慨。沉雄超逸，眞不愧是千古絕唱。

按三國時周瑜破曹操，赤壁燒兵，係在湖北嘉魚縣東北長江南岸。而東坡所遊赤壁，係在黃州城外，一名赤鼻磯。清一統志引明胡珪赤壁考云：「蘇子瞻所遊乃黃州城外赤鼻磯，當時誤以爲周郎赤壁耳。」其實，東坡未嘗不知，只是當時有此傳說，姑且將錯就錯，以抒發其懷古之豪興而已。

上闋起頭二句：「大江東去，浪淘盡、千古風流人物。」恍如破空而來，直揭出千古興亡盛衰之感。「大江東去」，千古如斯，「風流人物」，則隨着時間之消逝而逐漸消逝。「大江」，是永恒的；「人物」，是無常的。面對着永恒的江流，想到無常的人物，能無感慨？這時，很自然的就會想像到：千古風流人物都被這滾滾江濤冲洗掉了！這是無可挽回的事實。歲月無情，人生如夢，「浪淘盡」三字，中含有無限沉痛。所以這首詞的開頭兩句，已經掌握全局，把赤壁懷古的情思完全概括。

下接「故壘西邊，人道是、三國周郎赤壁」二句，說明作者所遊之處，就是歷史上有名的赤壁之戰的戰場，陳跡猶在，進入「懷古」的主題。但此處說舊時營壘的西邊，就是三國時周瑜破曹兵的赤壁，卻用「人道是」三字，暗示此一認定，只是依據當時當地的傳說而已。主題既出，以下便細寫眼前的赤壁之景。「亂石崩雲，驚濤裂岸，捲起千堆雪。」眞是天下奇觀。這裏用「崩」、「裂」、「捲」等動詞，生動有力，渲染出「亂石」、「驚濤」、「千堆雪」的壯濶氣勢，也烘托出想像中古戰場的肅殺氣氛。

「江山如畫」一句，是對江山壯麗的讚美，把上述眼中所見的山川形勝作一歸結，再回到歷史追溯的想像中去。「一時多少豪傑」一句，是對赤壁鏖兵中煊赫人物的讚嘆，在當時，赤壁之戰，是魏蜀吳三國爭覇的一場關鍵性的戰爭，如周瑜、諸葛亮、曹操等，都是這場戰爭的主腦人物，這裏所說的「一時多少豪傑」，自然是指他們而言。可是江山如昔，當時的豪傑安在？當然是這些豪傑都被滾滾的江濤沖洗掉了。這一結句，是回應起頭二句，並將上闋之意作一收束。妙在弔古之情，出之以讚嘆之筆；不用傷感字句，而傷感自在其中。

換頭以後，先寫赤壁之戰的勝利主角——周瑜，直承上闋結句。第一句「遙想公瑾當年」，以「遙想」二字領起，展開對歷史人物的追溯。接下「小喬初嫁了，雄姿英發」二句，寫周瑜英年有爲，風姿雄俊。小喬與大喬，並稱二喬，是當時有名的美女。這裏，作者是以美人來襯托英雄，加强周瑜春風得意的形象。

再下二句：「羽扇綸巾，談笑間、强虜灰飛煙滅。」寫周瑜頭著青絲巾，手揮白羽扇，談笑用兵，指揮若定，在一場火攻中，把曹操大軍燒成灰燼，隨煙消滅，立下了赫赫戰功，成爲歷史上的風流人物。

此處有一疑問：「羽扇綸巾」，本是諸葛亮平時的裝束，而作者以此來形容周瑜，似乎是不太恰當。其實，作者對此並非不知，當是另有用意。因爲諸葛亮在赤壁之戰中，是僅次於周瑜的重要人物，作者似乎不願意予以抹煞，故意著此一筆，暗示「談笑間」指揮軍事時也有諸葛亮在內。有意無意之間，最堪玩味。妙在不說其人，而其人已呼之欲出。

以上，作者已將赤壁之戰的地方、人物和戰爭結局，一一寫畢，下面就可以直抒胸臆了。「故國神遊，多情應笑我、早生華髮」三句，先以懷古之情連接自己與歷史人物之間的關係，然後再說出胸中的感慨。這裏「多情」二字，係指多情的人。說周瑜「雄姿英發」，英年立功；而自己卻是「早生華髮」，了無成就。周瑜有知，能不笑我？不免有年華虛度自傷老大之感了。但面對滾滾江流，赤壁陳跡猶在，周郎已早成塵土，千古風流人物，莫不如此。眞是「人間如夢」！這一句便把本詞的懷古之情完全包納。結句「一尊還酹江月」，是從「人間如夢」的感傷中解脫出來了，是一種豪邁灑脫心情的表露。既然是人間有如夢境，他自己也將和周郎以至千古風流人物一樣，在無情歲月流轉中消逝，被滾滾的江濤沖掉，何不珍惜時光，放懷暢飲一番。爲了酬答供我遊賞的壯麗山川，還把一杯酒灑向江月吧。這是多麼曠達的胸襟！至此，懷古之情已完全傾吐出來。

卜算子

黃州定慧院寓居作

缺月挂疏桐，漏斷人初靜。誰見幽人獨往來，縹緲孤鴻影。　驚起卻回頭，有恨無人省。揀盡寒枝不肯棲，寂寞沙洲冷。

(1)漏斷—漏，係古計時之器。以銅壺盛水，底穿一孔，壺中立箭，上刻度數，壺中水以漏漸減，箭上所刻，亦以次顯露，卽可知時。漏斷，謂壺中之水漏盡，夜深時刻也。

(2)幽人—幽居之人，謂隱者也。孟浩然詩：「采艾値幽人。」

(3)縹緲—恍惚有無之意。白居易長恨歌：「忽聞海上有仙山，山在虛無縹緲間。」

(4)省—察也，明也。

(5)揀—擇也。

此詞毛本題作「惠州有溫都監女頗有色，年十六不肯嫁人。聞坡至，甚喜。每夜聞坡諷詠，則徘徊窗下。坡覺而推窗，則其女踰牆而去。坡從而物色之曰：『吾當呼王郎與之子爲姻。』未幾而坡過海，女遂卒，葬於沙灘側。坡回惠，爲賦此詞。」按此說，評者多以爲是出於附會。

關於此詞是否有寄託，評詞家亦有爭論。如張臯文說：「此詞與考槃詩極相似。」譚復堂亦然其說，他說：「以考槃爲比，其言非河漢也。此亦鄙人所謂作者未必然，讀者何必不然。」但王漁洋則反對這種說法，他說：「坡孤鴻詞，山谷以爲非喫煙火食人語，良然。鮦陽居士云：缺月，刺明微也；漏斷，暗時也；幽人，不得志也；獨往來，無助也；驚鴻，賢人不安也。此與考槃相似云云。村夫子强作解事，令人欲嘔。……僕嘗戲謂坡公命宮磨蝎，湖州詩案，生前爲王珪、舒亶輩所苦，身後又硬受此差排耶？」

總而言之，溫都監女故事，是否出於附會，不得而知。至於此詞，是否如張臯文所說與考槃詩相似，見仁見智，亦難作定論。姑存其說，以供讀者參考。玆就詞中語句加以闡釋如次：

這首詞開頭「缺月挂疏桐，漏斷人初靜」兩句，寫秋深夜靜的景象，「缺月」「疏桐」，使人有冷寂淒清之感。接着「誰見幽人獨往來，縹緲孤鴻影」兩句，由景色進而寫出人物，也是這首詞描寫的主體。這裏所寫的人是「幽人」，是一位幽居的隱者，可以說是一位神秘的人物。「獨往來」，是說這位幽人的孤寂。「誰見」，是疑問的口氣，誰曾見過？作者皆未作肯定的說明。是不是根本沒有此人？那又不是。因爲下面有「縹緲孤鴻影」一句，雖然那人像是一個孤鴻的影子，若有若無，畢竟是有人見過了。作者這兩句把幽人寫得非常清高而帶有神秘的色彩。

下半闋全寫「孤鴻」，由於上半闋結句說人似孤鴻，故下半寫鴻卽是寫人。「驚起卻回頭，有恨無人省」，是說孤鴻被人見到而「驚起」，並不是一飛而去，卻回過頭來看看，似有依依不捨之情。但是牠的心頭幽恨卻沒有人知道。結尾兩句「揀盡寒枝不肯棲，寂寞沙洲冷。」寫孤鴻的清高落漠，不屑在「寒枝」上棲息，只有守着冷寂的沙洲含恨而終了。

綜觀這一首詞，上半闋先寫秋夜之景，再寫人物。下半闋卽從上半結尾一句之孤鴻引出，全寫孤鴻，此種局格亦不多見。其主意在以孤鴻自喻。在古人詩詞中以孤鴻比作孤高自賞的隱逸之士，不乏前例。

黃蓼園說：「此東坡自寫在黃州之寂寞耳。初從人說起，言如孤鴻之冷落，下專就鴻說，語語雙關，格奇而語雋，斯爲超詣神品。」所見甚是，評此詞爲「超詣神品」，亦不爲過。

臨江仙

夜飮東坡醒復醉，歸來髣髴三更。家童鼻息已雷鳴，敲門都不應，倚杖聽江聲。　長恨此身非我有，何時忘卻營營？夜闌風靜縠紋平，小舟從此逝，江海寄餘生。

(1)東坡—地名。在湖北省黃岡縣東，蘇軾謫居黃州（州治黃岡）時，嘗築室於此，因號東坡居士。

(2)髣髴—或作仿佛，俗作彷彿。楚辭九歌遠遊：「時髣髴以遙見兮。」洪興祖補注：「說文云：『髣髴，見不諟也。』」文選揚雄甘泉賦：「猶仿佛其若夢。」注引說文：「仿佛，相似，視不諟也。」按字林：「仿佛，見不審也。」

(3)此身非我有—用莊子語意。莊子知北遊：「汝身非汝有也。」

(4)營營—詩小雅青蠅：「營營青蠅。」傳：「營營，往來貌。」漢書揚雄傳：「羽騎營營。」注：「營營，周旋貌。」按營營，勞碌奔忙之意。

(5)縠紋—縠，古之絲織品，輕者為紗，縐者為縠。按縠即今之縐紗。此處縠紋，係言水波之紋如縐紗也。

(6)餘生—猶言餘年，殘生。

此詞係記事之作。寫他從雪堂夜飲醉歸臨臯的情形。

據葉夢得撰避暑錄話云：「子瞻在黃州，與數客飲江上，夜歸，江面際天，風露浩然，有當其意，乃作歌辭，所謂『小舟從此逝，江海寄餘生』者，與客大歌數過而散。翌日，喧傳子瞻夜作此詞，挂冠服江邊，拏舟長嘯去矣。郡守徐君猷聞之，驚且懼，以為州失罪人，急命駕往謁，則子瞻鼻鼾如雷，猶未興也。」又據王文誥案：「壬戌九月，雪堂夜飲，醉歸臨臯作。」

上闋首二句「夜飲東坡醒復醉，歸來髣髴三更。」敘述作者在雪堂夜間飲酒，醒了又醉，回到臨臯住處似乎已是深夜三更的時候。按此時東坡謫居黃州，心懷自有抑鬱，醒了又醉，自是為了解脫苦惱。下面「家童鼻息已雷鳴，敲門都不應，倚杖聽江聲」三句，寫歸來太晚，家童已經睡熟，以致敲門的聲音都聽不到，他只有倚着手杖，靜聽江流的聲音了。此處可以想見東坡隨遇而安的瀟灑神態。

下闋寫作者此時聆聽江聲心頭湧起的感想，「長恨此身非我有，何時忘卻營營，」係用莊子「汝身非汝有也」之意，是說作者此身行止並非己心所欲，終年勞碌流徙，何時才能擺脫這種生活呢！這是他長久以來引爲恨事的。用「何時」二字是一種感歎，就是說還不知道甚麼時候才能擺脫這種營營的生活哩！結尾三句「夜闌風靜縠紋平，小舟從此逝，江海寄餘生。」是轉而想到解脫的辦法，就是棄官歸隱，漂流江海，去寄託他的餘年。「夜闌」句，是承接上面「三更」而來，「風靜縠紋平」，是說水波平靜了，暗示作者因歎「何時忘卻營營」而激起的心潮也平靜下來了，然後說出「江海寄餘生」的歸隱願望，是自然而然的。行文有水到渠成之妙。

定風波

三月七日，沙湖道中遇雨，雨具先去，同行皆狼狽，余獨不覺。已而遂晴，故作此。

莫聽穿林打葉聲，何妨吟嘯且徐行。竹杖芒鞋輕勝馬，誰怕？一簑煙雨任平生。　料峭春風吹酒醒，微冷，山頭斜照卻相迎。回首向來蕭瑟處，歸去，也無風雨也無晴。

(1)穿林打葉聲—指雨聲。

(2)吟嘯—謂吟詠也。晉書謝安傳：「嘗與孫綽等泛海，風起浪湧，諸人並懼，安吟嘯自若。」
(3)徐行—安行也。
(4)芒鞵—即草鞋。
(5)料峭—風寒貌。
(6)蕭瑟—謂竹樹因風鼓動之聲。

這首詞是作者在黃州時所作，寫的是他和同伴在行程途中遇雨的故事。在詞中我們可以看出作者胸襟曠達逆來順受的精神。

開頭兩句「莫聽穿林打葉聲，何妨吟嘯且徐行？」說出他在風雨中從容瀟灑悠然自得的神情。「莫聽」、「何妨」，語意自然一貫。接着「竹杖芒鞵輕勝馬，誰怕」兩句，寫出他不怕風雨的氣慨。事實上，「竹杖芒鞵」步行是不如騎馬行路來得輕鬆舒適，他却說「竹杖芒鞵輕勝馬」，這不是一種「矯情」的說法，而是出於內心的眞實的感覺。因爲他在生活經驗中已經體會到人生不如意事，常十之八九，早有了應付逆境的心理準備，對於「不測風雲」也不會感到驚奇恐懼。所以他說：「誰怕？」下面「一簑煙雨任平生」一句，更明顯地寫出他的心意，那就是他平生任由風雨的吹打而不躲避。也說出了他堅强而坦蕩的性格。

下半闋開始二句：「料峭春風吹酒醒，微冷。」說在「料峭春風」中酒醒而感到「微冷」了。從上半闋所說的吟嘯、徐行、不怕風雨，轉而說到風吹酒醒而感到冷，即是反映作者的心情從高潮而進入低潮，就詞意發展來說，是一次轉折。可是正在此時，「山頭斜照卻相迎」，這一句又使才進入低潮的心情再回到高潮，似乎寓有天不負人望之意，此正足以說明作者的胸懷曠達。所以在「微冷」句之後，不會再有比「微冷」更苦的描寫了。上面說「微冷」句是一次轉折，「山頭」句又是一次轉折。文筆掉轉靈活，搖曳生姿。結尾三句：「回首向來蕭瑟處，歸去，也無風雨也無晴。」在行文氣勢上眞如行雲流水，並照應前文，結束全篇。妙在「晴」字與「情」字同音，使人玩味不盡。

從這一首詞，我們可以看出作者瀟灑曠達而又堅强的性格。也是作者的代表作品之一。鄭叔問說：「此足徵是翁坦蕩之懷，任天而動，琢句亦瘦逸，能道眼前景，以曲筆直寫胸臆，倚聲能事盡之矣。」不愧是知音之言。

江城子

乙卯正月二十日夜記夢

十年生死兩茫茫，不思量，自難忘。千里孤墳，無處話淒涼。縱使相逢應不識，塵滿面，鬢如霜。　夜來幽夢忽還鄉，小軒窗，正梳妝。相顧無言，惟有淚千行。料得年年腸斷處，明月夜，短松岡。

(1)乙卯—宋神宗熙寧八年。
(2)十年生死兩茫茫—東坡妻王氏卒於治平二年乙巳，至熙寧八年乙卯，正是十年，故云。
(3)千里孤墳—東坡妻墳墓，在四川省眉山縣東北彭山縣，而東坡作此詞時係在山東密州，相隔數千里，故云。
(4)小軒窗—小室之窗。
(5)短松岡—長着小松樹之山岡，指墓地。

這是東坡在密州所作的悼亡詞。全篇顯示他對亡妻悼念不忘的深情。

開頭三句「十年生死兩茫茫，不思量，自難忘。」「十年」是一段漫長的時間，「生死」是人天的隔絕，兩不可見而兩不可知，自是「茫茫」。但他卻不因「茫茫」而冲淡對亡妻的悼念。縱「不思量」也「自難忘」記。一片深情，出自肺腑。接着「千里孤墳，無處話淒涼。」是其亡妻的墳墓，遠在千里之外，又怎樣能訴說淒涼的心事呢？雖然不可訴說，但心中還癡想能夠訴說淒涼的心事，除了亡妻還能對誰說呢？其中實有無限的辛酸。下接「縱使相逢應不識，塵滿面，鬢如霜」三句，是此詞的一次轉折，本來是想能夠見面，可是又想像得到，縱使是見了面也不會認識，因爲暌隔十年之久，作者在流離苦難生活中，已經變得風塵滿面兩鬢如霜了。身世淒涼之感，溢於言表。其內心的痛苦可知。至此，相見訴說已成絕望。

下闋開首「夜來幽夢忽還鄉」一句，詞境陡轉。從絕望中顯現出一線希望，與亡妻相見的願望似可在夢中實現了。果然，他回到家鄉了，「小軒窗，正梳妝。」舊時的情景重現眼前，這一回應該可以盡情傾吐胸中的積愫了，可是情況並非如此。「相顧無言，惟有淚千行。」夢中乍見，悲從中來，兩人淸淚千行，想說的千言萬語都說不出來。無盡的辛酸也只有埋藏心底。「幽夢」醒後，仍然是生死茫茫，一切的願望皆空。想到千里外的孤墳，月色淒迷，松岡荒冷，那便是他年年思之腸斷的地方。

此詞係用純樸淺易的語言寫成，不加修飾，不假典實，是肺腑眞情的自然流露。我們見到的是一片眞情，而不是詞藻。所以說能寫出眞感情者就是好詞。

江城子

湖上與張先同賦

鳳凰山下雨初晴，水風淸，晚霞明。一朵芙蕖、開過尙盈盈。何處飛來雙白鷺，如有意，慕娉婷。　忽聞江上弄哀箏，苦含情，遣誰聽？煙斂雲收、依約是湘靈。欲待曲終尋問取，人不見，數峯靑。

(1)鳳凰山—在浙江省杭州市南。

(2)芙蕖—荷之別名。

(3)盈盈—美好貌。文選古詩十九首：「盈盈樓上女，皎皎當窗牖。」

(4)娉婷—美好貌。陳無己詩：「當年不嫁惜娉婷。」

(5)湘靈—舜妃，溺於湘水，爲湘水之神，即離騷九歌所謂湘夫人也。

(6)曲終人不見三句—錢起詠湘靈鼓瑟詩云：「曲終人不見，江上數峯青。」

此詞係湖上記遊之作。張邦基所撰墨莊漫錄云：「東坡在杭州，一日，遊西湖，坐孤山竹閣前臨湖亭上。時二客皆有服，預焉。久之，湖心有一綵舟，漸近亭前，靚妝數人，中有一人尤麗，方鼓箏，年且三十餘，風韻嫻雅，綽有態度，二客競目送之。曲未終，翩然而逝。公戲作長短句云。」

上闋首三句「鳳凰山下雨初晴，水風清，晚霞明。」寫湖上晚雨初晴的景色，「風清」、「霞明」，是多麼清幽明麗的境界。下二句「一朵芙蕖，開過尚盈盈」，寫荷花；荷花是纖塵不染的，與上面清幽明麗的境界也是非常調和的。最可注意的是：這裏所寫的荷花只是「一朵」，是不是此處只有這麼一朵荷花呢？還是作者只注視這麼一朵荷花呢？不得而知。作者又說這是一朵開過的荷花，看來還是非常美好的。照常理說，荷花開過了便會顯出衰萎憔悴的樣子，可是這裏說的荷花並非如此，「尚盈盈」，似乎作者的心中也感到新奇了。讀者於此，也不免有了疑問，這二句是不是另有所指？接下二句「何處飛來雙白鷺，如有意，慕娉婷。」再寫白鷺，白鷺的羽毛的潔白，與荷花的紅艷相映成趣，而且與前面所寫「風清」「霞明」的清麗境界相融合，這裏是說飛來的一雙白鷺，好像是有愛慕荷花美好的意思，這種把白鷺擬人的寫法，也引起我們的猜想，是不是也另有所指？

下闋首句「忽聞江上弄哀箏」，寫彈箏的聲音，用「忽聞」兩字領起，是說只聞其聲，未見其人。「苦含情，遣誰聽」，是寫箏的聲音很淒苦而含有情意，彈給誰聽呢？是不是彈給作者和同遊的人來聽呢？這樣便使箏中情意與聽者發生關係。接二句「煙斂雲收，依約是湘靈」，仍然是未見其人。在煙雲消逝以後，看去彷彿是湘水的神，又似乎是實有其人了。結尾三句「欲待曲終尋問取，人不見，數峯青。」係融化錢起詩「曲終人不見，江上數峯青」而成。作者想等到曲終去問個究竟，但人已不知何處，看到的只有江上的青峯了。

按此詞只是寫當日湖上之景與所見之事，前半描繪湖上清幽明麗的境界，並以「芙蕖」、「白鷺」為點綴，構成一幅人間仙境的圖畫。後半寫彈奏之事，偏說彈箏者不似常人而似神，是不是神呢？卻又說只是「依約」而已。再從這首詞的發展來看，是由景而情，順序寫來，是用直敍的方法。但若把所寫之景與所寫之情合起來看，我們可發覺到前段之景似為後段之情而設，兩者有微妙的契合之處，有隱約的關連。可是作者卻把這兩者的關連寫得似有若無，又把彈箏人寫得似無實有。眞是神乎其技。人說東坡詞語帶仙氣，從這首詞可以看出。

蝶戀花

花褪殘紅青杏小，燕子飛時、綠水人家繞。枝上柳綿吹又少，天涯何處無芳草！　牆裏鞦韆牆外道，牆外行人、牆裏佳人笑。笑漸不聞聲漸悄，多情卻被無情惱。

(1)褪—花謝也。

(2)柳綿—卽柳絮。柳之種子上生白色柔毛如絮，種子既熟，則因風飛散，故稱柳絮，亦曰柳綿。韓偓寒食有懷詩：「往年月在鸞橋上，見倚朱闌詠柳綿。」

此詞寫暮春景色，兼及人事，似有言外之意。

上闋着重寫景。「花褪殘紅」，「青杏小」，自是暮春時節。「燕子飛」，「綠水人家」，構成暮春村野的幽美圖畫。「柳綿吹少」，已含有傷春之意。「天涯何處無芳草」，雖是寫「芳草接天涯」之景色，但出之議論口氣，則不免有感慨在內，且具有哲理意味。

下闋轉寫人事，像是敍述一段故事。這是一個與「牆」有關連的故事，牆裏有個佳人在盪鞦韆，傳出嬉戲的笑聲，牆外的路上有一個行人從這裏經過。行人漸走漸遠，清晰的笑聲也漸漸聽不着了，多情的行人却爲無情的佳人笑聲而煩惱。這便是故事的全部過程。

究竟這一故事有何含義？與上半所寫暮春景象又有何關係？我想下闋所述，可能是作者親身經歷之事，觸發他宦途失意的感慨，借以抒寫他心中的苦惱。試看下闋是用「牆裏」「牆外」對比的筆法，其主要內涵是：一牆之隔，苦樂懸殊。牆裏是佳人的嬉戲歡樂，牆外是行人的孤單落漠。若以作者被貶謫的失意與朝廷達官的顯赫相比，情形正是相同。

再看全詞，前半寫暮春所見之景，後半寫暮春所遇之事。「花褪殘紅」，「柳綿吹少」，引起傷春之情，「佳人笑」，「行人惱」，又觸發自傷之悲。由傷春而到自傷，是情感自然的發展，前後並非不相連貫。與此情形相似的，在東坡詞中屢見不鮮。如卜算子詞（缺月挂疏桐）本詠夜景，換頭後只說鴻雁。又如賀新郎詞（乳燕飛華屋）本詠夏景，換頭後只說榴花。所以苕溪漁隱叢話說：「蓋其文章之妙，語意到處卽爲之，不可限以繩墨也。」讀此詞當作如是觀。

關於此詞可觸發傷春情緒，也有一段故事，可以參看。據林下詞談說：「子瞻在惠州，與朝雲閒坐。時青女初至，落木蕭蕭，淒然有悲秋之意。命朝雲把大白唱『花褪殘紅』，朝雲歌喉將囀，淚滿衣襟。子瞻詰其故，答曰：『奴所不能歌，是枝上柳綿吹又少，天涯何處無芳草也。』子瞻翻然大笑曰：『是吾政悲秋，而汝又傷春矣。』遂罷。朝雲不久抱疾而亡，子瞻終身不復聽此詞。」

黃庭堅

黃庭堅，宋分寧人。字魯直，號山谷道人，又號涪翁。與秦觀、張耒、晁補之遊蘇軾之門，稱蘇門四學士。舉進士；紹聖初，知鄂州，爲章惇、蔡京等所惡，貶宜州卒。山谷工文章，尤長於詩，奇崛放縱，爲宋代名家，與蘇軾並稱「蘇黃」。詞與秦觀齊名，世稱「秦七黃九」。有山谷琴趣外篇三卷。

山谷詩爲大家，稱江西詩派之宗，但其詞的造詣則遠不如詩。集中豪放的詞似東坡，纖豔的詞似耆卿，但均未臻高境。毛子晉云：「魯直少時，使酒玩世，喜造纖淫之句。法秀道人戒云：『筆墨勸淫，應墮犂舌地獄。』魯直答曰：『空中語耳。』晚年來亦間作小詞，往往借題棒喝，拈示後人。」可知其以淫俚語爲豔詞，大爲時所詬病。

趙令時侯鯖錄云：「魯直小詞固高妙，然不是當行家，乃着腔子唱好詩也。」又陳亦峯云：「秦七黃九，並重當時；然黃之視秦，奚啻碔砆之與美玉。詞貴纏綿，貴忠愛，貴沈鬱。黃之鄙俚者無論矣，即以高者而論，亦不過於倔強中見姿態耳。」又云：「黃九於詞，直是門外漢。匪獨不及秦蘇，亦去耆卿遠甚。」以上兩家，所論甚是。蓋山谷於詞，涵養未深，大多率意爲之，並未專精。四庫提要云：「庭堅詞佳者，妙脫蹊徑，迥出慧心。」惜其詞完美無瑕疵者甚少。

鷓鴣天

座中有眉山隱客，和前韻，即席答之。

黃菊枝頭生曉寒，人生莫放酒杯乾。風前橫笛斜吹雨，醉裏簪花倒著冠。　身健在，且加餐，舞裙歌板盡情歡。黃花白髮相牽挽，付與時人冷眼看。

(1)舞裙歌板—舞裙，舞者所著之裙。歌板，歌者所用之拍板。
(2)冷眼—謂落漠相視，神情冷淡也。

此詞係席上酬答的抒懷之作。

上闋起頭「黃菊枝頭生曉寒，人生莫放酒杯乾」二句，先寫節令和氣候，接着便吐露其人生有酒須當醉的情懷。「風前橫笛斜吹雨，醉裏簪花倒著冠」二句，緊接上句「莫放酒杯乾」而來。把作者狂放不羈的醉態，寫得新穎而獨特。

下闋「身健在，且加餐，舞裙歌板盡情歡」三句，是「人生莫放酒杯乾」思想的一貫發展。勸說自己，在身體健在的時候，應該努力加餐；對歌對舞，要盡情享樂。這些話，帶有濃厚的頹廢色彩，也是人生失意時的一種自我解脫。當然是從抑鬱憤懣胸中抒發出來的。實含有無限悲涼的意味。「黃花白髮相牽挽，付與時人冷眼看」二句，回應上闋「簪花」，是說「黃花」、「白髮」相映成趣，應該連結在一起，互相憐惜，把握時光，及時行樂。任由當世的人們用冷漠的眼光來看吧。卽使旁人把我看作狂人也好，我還是狂放自若，我行我素。其中自不免有憤世之意。

此調是卽席之作，抒發其憤懣之懷。不事雕飾，一氣呵成。如「橫笛」、「簪花」、「黃花白髮」、「時人冷眼」等句，皆新奇獨特，別具神貌，實爲山谷詞中之精品。

潘游龍云：「橫笛簪花句，可謂仙品。」沈東江云：東坡『破帽多情卻戀頭』，翻龍山事，特新。山谷『風前橫笛斜吹雨，醉裏簪花倒著冠』，尤用得妙。」可見評家對此詞「橫笛簪花」二句甚爲激賞。

秦觀

秦觀，宋高郵人。字少游，一字太虛，號淮海居士。少豪俊慷慨。舉進士，元祐初，蘇軾薦於朝，除秘書省正字，兼國史院編修官。紹聖初，坐黨籍削秩，監處州酒稅，徙郴州，編管橫州，又徙雷州。徽宗立，放還，至藤州卒。善爲文，兼工詩詞。有淮海集凡四十卷，詞集名淮海詞，又名淮海居士長短句。

淮海詞，婉麗淡雅，沈著深厚。由於屢遭貶謫，羈旅天涯，懷念故國，感慨身世，莫不寄之於詞，故多淒婉哀怨之音。在靜思細玩之餘，覺其中有一種他家所無的情致氣味，令人神往。

馮夢華宋六十一家詞選例言云：「少游以絕塵之才，早與盛流，不可一世，而一謫南荒，遽喪靈寶。故所爲詞，寄慨身世，閑雅有情思，酒邊花下，一往而深，而怨悱不亂，悄乎得小雅之遺。後主而後，一人而已。昔張天如論相如之賦云：他人之賦賦才也，長卿賦心也。予於少游之詞亦云：他人之詞詞才也，少游詞心也。得之於內，不可以傳，雖子瞻之明儁，耆卿之幽秀，猶若有瞠乎後者，況其下邪？」此說，可謂推崇已極。所謂「詞心」，當是指蘊含於內的情致氣味而言，此蓋出於性靈，非可學而致也。故云：「得之於內，不可以傳。」馮又云：淮海詞「淡語皆有味，淺語皆有致。」不啻是「詞心」二字的註脚。

張叔夏云：「秦少游詞，體製淡雅，氣骨不衰，清麗中不斷意脈，咀嚼無滓，久而知味。」所論亦甚精富。蓋自淮海「詞心」所發之情致氣味，非細嚼不能得其妙處。

再就宋詞發展而言，自柳耆卿出而慢詞始盛，但其詞多用鄙俚之語，不為當時士大夫所喜愛，而秦少游則以清雅婉麗之筆為之，風格遒上，一掃柳詞淺俗之病，使慢詞復歸於淳雅之境。後來作者多從之。故淮海詞對於宋代慢詞的盛興，實有極其重要的貢獻。

此外，淮海詞，在風格上雖襲晏歐以來的所謂「婉約」的路綫，但由於其天分高絕，而能自闢蹊徑，只取前人之神韻，而不襲前人之面貌，氣局為之一新。其變化創新之跡，以淮海詞比照前人之作，自可瞭然。此亦係少游獨造之詣。

滿庭芳

山抹微雲，天黏衰草，畫角聲斷譙門。暫停征棹，聊共引離尊。多少蓬萊舊事，空回首、煙靄紛紛。斜陽外，寒鴉萬點，流水繞孤村。　銷魂、當此際，香囊暗解，羅帶輕分。漫贏得青樓、薄倖名存。此去何時見也，襟袖上、空惹啼痕。傷情處，高城望斷，燈火已黃昏。

(1)畫角－軍中吹器，以司昏曉而為軍容也。
(2)譙門－又稱譙樓。古者為樓以望敵陣。

(3)征棹－行船。

(4)離尊－尊，一作樽，酒器。離尊，即離別酒也。

(5)蓬萊舊事－藝苑雌黃載：「程公闢守會稽，少游客焉，館之蓬萊閣。一日，席上有所悅，自爾眷眷不能忘情，因賦長短句，所謂『多少蓬萊舊事，空回首煙靄紛紛』也。」

(6)香囊暗解－古時男子有佩帶香囊風尚，此處所說暗地解下香囊，是贈其所悅作爲紀念之意。

(7)羅帶輕分－古以錦帶綰爲連環迴文式，用以寓相愛之意，名曰同心結。此處所說羅帶輕分是表示離別。

(8)漫贏得青樓二句－漫，猶隨意也。青樓，謂妓院也。薄倖，謂負心也。杜牧遣懷詩云：「十年一覺揚州夢，贏得青樓薄倖名。」

此詞是在卽將遠行時，寫他對於所悅女子的眷戀之情。據藝苑雌黃所載，當是少游於離開會稽臨行時，爲留戀席上遇見的那位歌妓而作的。

上闋寫臨行時追憶往事。起首三句：「山抹微雲，天黏衰草，畫角聲斷譙門。」先寫秋日傍晚的蕭條景象。前二句，對仗極工，着重在「抹」字、「黏」字，境界自出。城樓上司昏的畫角已經吹了，更顯出蕭秋日暮的黯淡氣氛，而「山」與「天」都是遼遠之景，更暗示其卽將遠行的心境。「暫停征棹，聊共引離尊」二句，說出卽將離別的事。不但是離別已成定局，而且也不能久留，所以在拿起酒杯來飲離別酒時，眞感到無可奈何。原因是他心裏有所牽掛，不忍離去而又必須離去，此時的心境眞是難以形容。「多少蓬來舊事，空回首煙靄紛紛」二句，揭出心事，追憶過去蓬萊閣的許多舊事，當然是他不能忘情的那些溫馨甜蜜的事情，可是在今天臨行心緒撩亂的時刻，不能不想也不忍細想，覺得那些舊事已化成紛紛煙靄迷茫一片了。作者於此，只透出「蓬萊舊事」一句，趕快煞住，下面再寫眼前之景。「斜陽外，寒鴉萬點，流水繞孤村」三句，是用隋煬帝「寒鴉千萬點，流水遶孤村」詩句，王世貞云：「語雖蹈襲，然入詞尤是當家。」蓋此數句，確是天生好言語。在此處與首二句「山抹微雲，天黏衰草」相映照。「斜陽外」的「寒鴉」、「孤村」，是多麼荒涼寥濶的景象，而且那就是作者行船即將經過的地方，前路茫茫，「孤村」的「孤」，正是他心境的寫照。以景寓情，極妙。

下闋寫分別時情景。「銷魂當此際，香囊暗解，羅帶輕分」三句，寫與愛者分手時的纏綿情事，自是黯然魂斷。下接「漫贏得」一句，慨嘆他今天只落得在青樓輕薄的名聲。除此而外，就一無成就了。故其中實含有身世之感，也就是流落失意之悲。周止庵云：「將身世之感打入豔情，又是一法。」就是指此而言。「此去何時見也，襟袖上，空惹啼痕」二句，是說今日一別，後會難期，只是在衣襟上空留着淚的痕跡而已，此處是想到未來，仍是失望，自有無限感傷。下面再寫眼前之景作結。「傷情處，高城望斷，燈火已黃昏」三句，仍是以景烘情的筆法。「高城」回應「譙門」，「燈火」回應「斜陽」，前後照映，詞境渾融一片。艇齋詩話云「高城」二句，是用歐陽詹詩「高城已不見，況復城中人！」作者所愛慕的人就在此「高城」中。此時此刻，只看到黃昏燈火，不見伊人，其心頭的悲酸，不言而喻。沈天羽云：「結句『已字』，情波幾疊」，信然。

此詞寫離別時景況，看來純是艷情之作，但其中實含有流徙失意的身世之感。陳亦峯云：「少游滿庭芳諸闋，大半被放後作。戀戀故國，不勝熱中。其用心不逮東坡之忠厚，而寄情之遠，措語之工，則各有千古。」此說甚是。觀此詞語意纏綿，音調淒婉，自是少游的代表作之一。

踏莎行

郴州旅舍

霧失樓臺，月迷津渡，桃源望斷無尋處。可堪孤館閉春寒，杜鵑聲裏斜陽暮。　驛寄梅花，魚傳尺素，砌成此恨無重數。郴江幸自繞郴山，爲誰流下瀟湘去？

(1)津渡—津與渡，皆渡水處。

(2)桃源—山名，在湖南省桃源縣西南，下有桃源洞，相傳卽晉陶潛所記桃花源之遺蹟。世因稱可以避亂之地曰世外桃源。

(3)館—客舍。

(4)杜鵑—鳥名。本名曰鵑，相傳爲古蜀帝杜宇之魂所化，故曰杜鵑，亦曰子規；鳴聲淒厲，能動旅客歸思，故亦稱「思歸」、「催歸」。

(5) 驛寄梅花—晉書：陸凱與范曄爲友，偶遇驛使至長安，路經隴頭，折梅一枝，口占一絕，以寄曄云：「折梅逢驛使，寄與隴頭人；江南無所有，聊贈一枝春。」

(6) 魚傳尺素—文選飮馬長城窟行：「客從遠方來，遺我雙鯉魚；呼童烹鯉魚，中有尺素書。」向注：「尺素，絹也；古人爲書，多書於絹。」尺素，謂書簡也。

(7) 郴江—亦曰郴水，源出湖南省郴縣東黃岑山，北流至郴口入耒水。

(8) 瀟湘—湖南省境之湘水，在零陵縣西合瀟水，世稱瀟湘。

此詞寫羈旅之愁以抒發其謫徙抑鬱之情懷。當係謫徙郴州時所作。

上闋起頭「霧失樓臺，月迷津渡」二句，寫郴州旅舍所見景色。濃厚的霧，把樓臺都隱沒了；昏昏的月色裡，行人渡水的渡頭也沉入迷茫之中了。「樓臺」，是作者所仰望的地方；「津渡」，是他脫離愁苦之地的出路；此時所見到的卻是一片淒迷夜色。故此二句，雖是寫景，已暗示出他被謫徙的淒涼心境。下一句「桃源望斷無尋處」，更明白說出他心所戀念嚮往的地方，望也難及，更無從尋覓了。「可堪孤館閉春寒，杜鵑聲裏斜陽暮」二句，更傾吐其悽愴之情懷。漠漠春寒，把他困閉在孤寂客舍中，黃昏時分，又聽到杜鵑淒厲的啼聲，思歸不得，能不黯然腸斷！以上各句中，先出「失」、「迷」兩字，生出「望斷」，再從「望斷」生出「閉春寒」，一步緊一步，一層深一層，以反映其固閉困守的謫居境況。文心之細，令人驚服。

下闋前二句：「驛寄梅花，魚傳尺素」，是一種痛苦的掙扎。想以「梅花」、「尺素」，傳遞他的心意。接下一句「砌成此恨無重數」，是儘管他一次又一次表示他的願望，結果都失望了，使他的掙扎完全白費，心頭卻堆積起重重的恨。結尾「郴江幸自繞郴山，爲誰流下瀟湘去」二句，是掙扎失望後的淒怨之音。其含意是：郴江幸而繞着郴山，爲誰要流下瀟湘去呢？郴江可以流下瀟湘，而他爲何不能到他所嚮往的地方去呢？妙在借郴江說自己心中的話，感慨自深。

此詞意境婉妙，悽惻動人，自是名作。

冷齋夜話云：「少游到郴州，作長短句（按卽踏莎行詞），東坡絕愛尾二句，自書於扇曰：『少游已矣，雖萬人何贖？』」徐虹亭云：「秦少游踏莎行，東坡絕愛尾二句，余謂不如『杜鵑聲裏斜陽暮』，尤堪腸斷。」細玩此詞「可堪」二句，自極工麗；但尾二句，用意尤妙。不必爲之軒輊。王靜安附會徐說云：「少游詞境最淒婉，至『可堪孤館閉春寒，杜鵑聲裏斜陽暮』，則變而淒厲矣。東坡賞其後二語，猶爲皮相。」此說實難以服人。

浣溪沙

漠漠輕寒上小樓，曉陰無賴似窮秋。淡煙流水畫屏幽。　自在飛花輕似夢，無邊絲雨細如愁。寶簾閑挂小銀鉤。

(1)漠漠—寂無聲響也。
(2)無賴—無聊也。
(3)窮秋—窮，極也。窮秋，指深秋。
(4)自在—猶云自由，謂任意也。
(5)銀鈎—簾鈎。

此詞係寫春閨愁思之作。

上半闋「漠漠輕寒上小樓，曉陰無賴似窮秋，淡煙流水畫屏幽」三句，寫「小樓」之內情景。「曉陰」，指明時間是早晨，天氣是陰沉沉的，春日漠漠的寒氣襲來，形成了一種寂寞幽晦的氣氛，使閨中人感到不悅，好像身在蕭寂的深秋裏，沒有春天的氣息。當然此時並不是深秋，只是閨中人心上有了「秋」的感受而已。接着她的目光便接觸到室內豎立着的「畫屏」，而屏上繪畫的「淡煙流水」，分明是野外之景，自然會引起她的遐想了。這句是爲下闋樓外景物作伏筆。

下半闋寫閨中人眼中的樓外景物。「自在飛花輕似夢，無邊絲雨細如愁」二句，是此詞最婉麗的句子，也是最重要的句子，一個「夢」字和一個「愁」字，是全篇的主題所在。這裏所說的「夢」，是從上半闋第二句的「曉」字而來，就是她昨天夜裏的夢，乃是實有的事，不是泛說「飛花」的。所以這一句的重點在「夢」，而不在「飛花」，意思是：昨夜的夢就像任意飛落的花一樣輕輕的飄去了。因爲夢是實事，下面的「愁」字，才有來路，才有根由。「無邊」一句也是一樣，重點在「愁」，而不在「絲雨」。「愁」，是從「夢」而來，就是她昨夜的夢惹起了心上的愁。這裏說「愁」如「雨細」，應該是淡淡的愁，可是加上「無邊」兩字，她的愁卻又是一片迷濛無所不在了。最後「寶簾閑挂小銀鈎」一句，是用逆點作結之法，揭明「飛花」、「絲雨」兩句，乃是閨中人「閑挂銀鈎」時所見的景物。這一句不僅交代了上二句的由來，而且用一個「閑」字，把閨中人寂寞無奈的心境也刻畫出來。

由上分析，可見此詞幽倩柔婉，意境極妙，在結構上也非常完美，自是少游的精心之作。茲再提出三點評語於次：

(一)此詞主意，在寫閨人之愁，但語語含蓄，溫厚之至。寫夢、寫愁，皆以輕淡而宛轉之筆出之；情致綿綿，而毫無纖薄之病，且能脫盡花間氣味，所以為高。

(二)下字運意，皆極斟酌。如寫「畫屏」、「寶簾」等華美精緻之物，而閨中人的淑女身份自見；用「輕」、「小」、「淡」、「幽」、「細」等字，而輕柔幽淡的境界自出。文心之細密，不減清眞。

(三)「自在」二句，清麗柔婉，思致綿密，自是詞中好言語。南唐中主攤破浣溪沙詞「細雨夢回雞塞遠，小樓吹徹玉笙寒」名句，千古傳誦，為歷來評家所嘆賞，而少游此二句亦不多讓。

周彥邦

周邦彥，宋錢塘人。字美成，自號淸眞居士。神宗元豐中，獻汴都賦，召爲太學正。徽宗朝，仕至徽猷閣待制，提擧大晟府，後出知順昌府，徙處州卒。爲人疏雋少檢，而博涉百家之書，精通音律，能自度曲。有片玉詞十卷傳世。

淸眞是北宋詞壇集大成的作家，也是典型詞派的巨擘。由於他博涉百家之書，盡力於辭章，根柢深厚，思力敏銳，精力彌滿，又精通音律，嚴守法度，故其所作之詞，字句典麗醇雅，意境渾厚，音調諧婉，結構嚴密細緻，再加以頓挫變化，無論在形式格律或藝術技巧方面，皆已臻於不可復加的境地。無論是令詞或慢詞，多數是通體精粹，工麗完美，而無可指摘。故集中名作最多，無他家能及。

在淸眞之前，耆卿詞不爲文人學士所喜，而東坡詞又不易爲時俗所理解，淸眞詞旣無耆卿俚俗塵下之弊，亦無東坡疏於音律之病，不只爲文人學士所樂聞，並且爲伶工歌妓所喜愛。故其詞流傳最廣，影響也最久。陳藏一云：「美成自號淸眞，二百年來，以樂府獨步。貴人、學士、市儈、妓女，皆知美成詞爲可愛。」而南宋大家如白石、邦卿、夢窗、玉田等人皆奉之爲典範，更及於元、明、淸三代，可見其詞的影響之深遠。至於淸眞詞的內容，則多是男女私情與落漠失意之感。

茲將淸眞詞的特色綜合說明於次：

㈠富麗精工，渾厚醇雅，是清眞詞最大的特色，詞評家都推崇備至。强煥云：「美成撫寫物態，曲盡其妙。」陳質齋云：「美成詞多用唐人詩隱括入律，混然天成。長調尤善鋪敍，富麗精工，詞人之甲乙也。」張叔夏云：「美成詞渾厚和雅，善於融化詩句。」賀黃公云：「周清眞詞有柳欹花嚲之致，沁人肌骨。」王靜安云：「言情體物，窮極工巧。」由上諸家之說，可見體物入微、善於鋪敍、融化詩句等，皆是清眞獨到之詣，故其詞富麗精工、渾厚醇雅，成爲一種典型的作品。

㈡音調諧婉，也是後來詞家所刻意追求的目標。四庫提要云：「邦彥妙解聲律，爲詞家之冠。所製諸調，非獨音之平仄宜遵，卽仄字中上、去、入三音，亦不容相混。所謂分刌節度，深契微芒。故千里和詞，字字奉爲標準。」王靜安淸眞先生遺事云：「讀先生之詞，於文字之外，須兼味其音律。……今其聲雖亡，讀其詞者，猶覺拗怒之中，自饒和婉，曼聲促節，繁會相宜，淸濁抑揚，轆轤交往。兩宋之間，一人而已。」以上兩說，前者係言其製調審音之精，後者可見其作詞守律之嚴。故其所製之調或所作之詞，不啻是詞律的典範，足供後人效法，這是任何詞家所不能及的。也是他對於詞學最重大的貢獻。

㈢法度精密，更是清眞的獨特之詣，後來作者莫不精心探索，刻意摹擬，而終莫能及。沈義父云：「作詞當以清眞爲主，下字運意，皆有法度。」周止庵云：「美成思力，獨絕千古。如顏平原書，雖未臻兩晉，而唐初之法，至此大備。後之作者，莫能出其範圍矣。」又云：「鉤勒之妙，無如清眞。他人一鉤勒便薄，清眞愈鉤勒愈渾厚。」陳亦峯云：「頓挫之妙，理法之精，千古詞宗，自屬美成。」又云：「美成詞於渾灝流轉中，下字用意，皆有法度。」陳述叔云：「清眞格調天成，離合順逆，自然中度。」以上諸家，對清眞詞法度精密，備極推崇，確是千秋定論，無可置疑。我們細繹清眞之詞，每篇皆有一主意，主意所在，全篇皆爲之着力，處處有脈絡可尋。精神貫注全局，用筆復極盡變化之能事。逆提順應，皆可控制自如；脫換往復，亦能吞吐盡致。前後相應，左右相宜，眞是結構天成，渾然無迹。故讀其詞都覺有情景交會詞境渾融之妙。可見其法度精密，使其詞成爲一種有機的組合，正所謂天衣無縫。

從上三點，可知清眞詞精深華妙，無美不備，實由於他思力超絕，能融會晏、歐、秦、柳之長，千錘百鍊，而復以精密法度出之，故能冠絕前人，獨步千古，樹立典型詞格，成爲北宋集大成的作家。

瑞龍吟

周邦彥

章臺路，還見褪粉梅梢，試花桃樹。愔愔坊陌人家，定巢燕子，歸來舊處。　黯凝佇，因念箇人癡小，乍窺門戶。侵晨淺約宮黃，障風映袖，盈盈笑語。　前度劉郎重到，訪鄰尋里，同時歌舞。惟有舊家秋娘，聲價如故。吟箋賦筆，猶記燕臺句。知誰伴、名園露飲，東城閒步。事與孤鴻去，探春盡是、傷離意緒。官柳低金縷，歸騎晚，纖纖池塘飛雨。斷腸院落，一簾風絮。

(1)章臺—漢朝長安街名，是當時妓女聚居之處，後便以章臺爲妓女住所之代稱。

(2)試花—花始開曰試花。

(3)愔愔—和靜貌。

(4)坊陌—市肆曰坊，市中街曰陌。按坊陌，原作坊曲，指妓女住所。楊升庵云：「俗改曲爲陌；當時長安諸倡家謂之曲，其選入教坊者居處則曰坊，故云坊曲人家，非泛言之也。」

(5)黯凝竚—謂黯然佇立有所期待而身不動也。

(6)箇人—箇，有所指之詞，猶此也，這也。箇人，猶言此人也。

(7)侵晨—猶云破曉。

(8)淺約宮黃—六朝時，婦女多妝黃於額角爲飾，謂之約黃。淺約者，謂妝黃之淡也。

(9)前度劉郎—劉禹錫玄都觀詩：「百畝庭中半是苔，桃花淨盡菜花開。種桃道士知何處，前度劉郎今又來。」此處所寫前度劉郎，是作者借以自稱。

(10)秋娘—俗稱婦女年老色衰者曰秋娘，亦美人遲暮之意。

(11)聲價—謂名聲身價。

(12)吟箋賦筆二句—用李義山與洛中里娘柳枝故事，借寫自己之事。義山有燕臺詩四首，爲柳枝所喜愛。並有詩云：「長吟遠下燕臺句，惟有花香染未消。」

(13)名園露飲二句－暗用杜牧與歌妓張好好故事。按杜牧佐吏部沈公江西幕時，遇好好，相處甚歡，後在洛陽東城重見，曾題詩爲贈。

(14)事與孤鴻去－杜牧題安州浮雲寺樓寄湖南張郎中詩：「恨如春草多，事與孤鴻去。」此一句，謂往事與孤鴻飛逝，杳無踪跡。

(15)歸騎－乘馬歸去。騎，去聲。

(16)纖纖－細微也。此處指雨。

此詞是作者重返舊地探春的懷舊之作。周止庵云：「不過桃花人面舊曲翻新耳。」所說甚是。李于鱗云：「此詞負才抱志，不得於君，流落無聊，故託以自況。」細玩此詞，確含有身世之感。此詞共分三疊：

第一疊寫舊遊之地。首三句「章臺路，還見褪粉梅梢，試花桃樹。」先寫眼見之景。「章臺路」，是倡家聚居之所，亦即作者舊遊之地。「梅梢」、「桃樹」兩句，點明春時，一曰「褪粉」，一曰「試花」，對仗極工，具有矛盾之美。「還見」二字，表明舊時曾見。「褪粉梅梢」，暗示尋芳恨晚之意，「試花桃樹」，亦已暗透「人面不知何處去」的消息。

下接三句「愔愔坊陌人家，定巢燕子，歸來舊處。」進而寫舊遊坊陌。這三句是說：舊時倡戶人家，仍然是平和寧靜，舊時燕子也已歸來築巢了。此處實含有兩層意思：一是燕子有情，猶認舊處，作者當然也留戀舊處而來重游，尋訪舊識之人；一是燕子歸來定巢，尚有棲息之所，而作者卻是漂流無定，落漠無聊。自不免有身世之感。只見燕子，而伊人不見，徘徊舊路，悵惘可知。此疊寓情於景，「桃花人面」之事，仍不說出。

第二疊寫人，卽作者懷念而來尋訪的人。前疊先寫章臺，次寫坊陌，此處乃出人物，詞境遂漸開展。

前三句「黯凝竚，因念箇人癡小，乍窺門戶。」是追想所懷念的人。「黯凝竚」，承接上文。作者對景傷情，黯然竚立，自然人已不見，但下文仍不說人不見，轉而回想當年之事。欲說不說，此卽是曲折頓挫處。「因念」二字領起，舊時情事，一一浮現腦際。「箇人癡小，乍窺門戶」形容其人初見時稚氣未除的嬌憨之狀。

接下三句「侵晨淺約宮黃，障風映袖，盈盈笑語。」按古時婦女化粧塗黃於額角，謂之「約黃」。「侵晨」一句，是寫其人破曉時淡粧靚態。「障風」兩句，是寫其人風前衣袖掩映笑語盈盈的神情。摹寫細膩生動，如見其人。

第三疊乃寫重遊舊地撫今追昔之感。

前五句「前度劉郎重到，訪鄰尋里，同時歌舞。惟有舊家秋娘，聲價如故。」寫尋訪所得。「前度劉郎」，用劉禹錫玄都觀詩「前度劉郎今又來」之意，「劉郎」，是作者自稱。「訪鄰」句以下，是說尋訪當年同時歌舞的舊伴，得知「秋娘」的聲價，猶如往昔。此處「秋娘」，是用杜牧杜秋娘詩中的秋娘，作爲其所尋訪之人的代稱。至此，其所尋訪的人，只是從當年同時歌舞的口中，得知其情況，妙在其人已不可見，仍不說破，盤旋曲折，耐人尋味。

接下四句「吟箋賦筆，猶記燕臺句。知誰伴、名園露飲，東城閒步。」按李商隱有燕臺詩，此處「燕臺句」是借用李商隱與洛中里娘柳枝的故事，以喻作者與其戀人的故事，是說作者「吟箋賦筆」爲其戀人所喜愛，至今依然記得。此二句仍未說出人已不在，再提吟詠前事，以示對其人念念不忘。「知誰伴」兩句，始說出此日伴誰「露飲」、「閒步」，已不可知，感嘆之語，無限酸楚。

再下二句「事與孤鴻去，探春盡是、傷離意緒。」乃直寫胸臆。「事與孤鴻去」一句，是從杜牧詩「事逐孤鴻去」而來。明說昔日歡游吟詠之事已一去不返，有如隨着孤鴻而飛逝無跡。把上文一筆掃盡。「探春盡是、傷離意緒」一句，以重筆直下，揭出題旨。至此，上述尋訪之處，眼見之景，及追憶之事，都化作「傷離意緒」矣。

最後五句「官柳低金縷，歸騎晚，纖纖池塘飛雨。斷腸院落，一簾風絮。」寫歸去所見之景。當作者尋訪不遇，失望而歸，但見官道旁柳線低垂，細雨霏霏，院落淒涼，風絮撲簾，能不黯然神傷？

綜觀此詞，從章臺路景色入手，接着回憶當年之人與當年之事，再說重來尋訪，最後才說出斯人已去，歸結到「探春盡是傷離意緒」，不得不黯然歸去矣。從重來到歸去，線索一貫，脈絡分明。結處寫「官柳金縷」，寫「池塘飛雨」，寫「一簾風絮」，與起處「梅梢」、「桃樹」相映照，情景交融，詞境渾化，眞可謂天衣無縫。而由起到結中間盤旋曲折，宛轉頓挫，開合起伏，揮灑自如。實爲清眞集中最精粹之作。

蘭陵王

柳

柳陰直，煙裏絲絲弄碧。隋堤上，曾見幾番，拂水飄綿送行色。登臨望故國，誰識京華倦客？長亭路，年去歲來，應折柔條過千尺。　閒尋舊蹤跡，又酒趁哀絃，燈照離席。梨花榆火催寒食。愁一箭風快，半篙波暖，回頭迢遞便數驛，望人在天北。　悽惻，恨堆積！漸別浦縈廻，津堠岑寂，斜陽冉冉春無極。念月榭携手，露橋聞笛。沉思前事，似夢裏，淚暗滴。

(1)隋堤—隋煬帝開通濟渠，沿渠築堤種柳，世稱隋堤。

(2)行色—行役時之狀況也。莊子盜跖：「車馬有行色。」

(3)京華倦客—京師爲文物所萃，因謂京師曰京華。倦客，指作者自己，因作客京師日久，故云。

(4)長亭—道途憩息之所。白帖：「十里一長亭，五里一短亭。」世常用爲送別之詞。

(5)榆火—古代鑽燧取火，四時各異其木，春取榆、柳之火，夏取棗、杏之火，夏季取桑柘之火，秋取柞、楢之火，多取槐、檀之火。唐、宋時於清明日賜百官新火，猶沿古制。此處所稱榆火即指此。

(6)寒食—節名。荊楚歲時記：「多至後一百五日，謂之寒食，禁火三日。」注：「據曆，合在清明前二日，亦有去多至一百六日者。」

(7)一箭風快二句—春水半篙，風快如箭，謂船行之疾也。

(8)迢遞—義同迢遙。

(9)驛—此處指驛站。

(10)悽惻—悲傷也。文選江淹別賦：「是以行子腸斷，百感悽惻。」

(11)浦—大水有小口別通曰浦。

(12)縈迴—旋繞回轉也。

(13)津堠—津，渡水處也。堠，記里堡也。

(14)冉冉—行貌，謂漸進也。

(15)沉思—深思也。

此詞題爲詠柳，實寫離情，兼及久客淹留之感，只是借柳起興而已。

據貴耳集所載：此詞係周美成被逐出京師，名妓李師師送別時所作。大意是某日美成在師師家，徽帝忽然來到，美成急藏匿於牀下，聽徽宗和師師謔語及剝新橙事，寫少年遊一詞云：「幷刀似水，吳鹽勝雪，纖指破新橙。錦幄初溫，獸香不斷，相對坐調笙。低聲問，向誰行宿，城上已三更。馬滑霜濃，不如休去，直是少人行。」師師偶歌此詞，徽宗聞係美成所作，大爲震怒，宣諭蔡京將美成押出都門。一二日後，徽宗再幸師師家，不見師師，知是去送美成，候至更初師師始歸，見其形容憔悴，面帶淚痕，大怒，問到那裏去，師師實告是爲美成送別。徽宗問有詞否？師師奏云有蘭陵王詞，卽奉酒歌此詞，曲終，徽宗大喜，復召爲大晟樂正。此一故事當不可信，王靜安在「清眞先生遺事」文中曾加以辨證。

此詞共分三疊。

第一疊，寫折柳送別。古人送別，多折柳相贈。故此詞寫送別之情，以柳起興，極其自然。「柳陰直，烟裏絲絲弄碧」二句，寫堤上柳樹行列的陰影成一條直線，碧柳絲絲在烟裏搖曳弄姿，暗含依依惜別之情。「隋隄上，曾見幾番，拂水飄綿送行色。」三句，繼續寫柳。隋煬帝開汴河，兩岸築堤種柳，故稱隋堤。「曾見幾番」，可見在此送行已非一次。此處已點出送行題旨，而「弄碧」、「拂水」、「飄綿」，都是着重寫柳的動態，有撩起送別者心頭離情的作用。接下「登臨望故國，誰識京華倦客？」二句，從送別說到自己也是離家作客之人，所謂「倦客」，可見羈情之切，客中送客，是極寫自己內心之苦。「長亭路，年去歲來，應折柔條過千尺。」三句再回到「柳」，「年去歲來」，是說年復一年，是承「倦客」而來，「應折柔條過千尺」，是誇張的筆法，發揮上面「幾番」的涵意。這些都是爲「倦客」兩字出力，以襯托出客中送客之情懷。

第二疊寫送別時的情景並聯想到別後的情景。「閒尋舊蹤跡」一句，緊接上疊「登臨望故國」，似又墮入回憶，但只此一句，便落到眼前送別的情景之中。全在一個「又」字着力。「酒趁哀絃，燈照離席」，刻畫別時情景，哀惋之至。「梨花榆火催寒食」一句，點明當時節令，增加了久客思歸的心情，「寒食」上加一「催」字，更激起一種時光易逝之感。以下寫送別者此時的感想，用一個「愁」字領起下文，「一箭風快，半篙波暖」二句，寫分別後船行之迅速，句法新穎明快，「回頭迢遞便數驛」，是設想船行很速，一回頭便行過幾站路而相隔很遠了。如此匆匆一別，再見無期，能不令人神傷！「望人在天北」，說別後相望已是天隔一方。

第三疊寫分別後的景色與心情。「悽惻，恨堆積」，其人已去，心頭悽惻而別恨重重堆積矣。「漸別浦縈回，津堠岑寂，」眼前所見者惟有廻旋浮動的別浦水流，與寂寞無聲的水驛而已。「斜陽冉冉春無極」一句，寫春日壯麗之景，離人已去，景愈麗而情愈悲，春光無盡而不能即時行樂，則此無盡之春光，徒增心頭之悽惋而已。至此，又不禁回憶昔時相聚之情景，「月榭携手，露橋聞笛」，昔時歡樂已不可再，「沉思前事，似夢裏，淚暗滴。」「携手」、「聞笛」，前事如昨，而今思之，恍如一夢，自不免淚暗滴矣。

綜觀此詞，沉鬱頓挫，反復纏綿，實屬詞中妙品。

陳亦峯評此詞云：「美成詞，極其感慨，而無處不鬱，令人不能遽窺其旨。如蘭陵王（柳）云：『登臨望故國，誰識京華倦客』二語是一篇之主。上有『隋堤上，曾見幾番，拂水飄綿送行色』之句，暗伏『倦客』之根，是其法密處。故下接云：『長亭路，年去歲來，應折柔條過千尺。』久客淹留之感，和盤托出。他手至此，以下便直抒憤懣矣，美成則不然，『閒尋舊蹤跡』二叠，無一語不吞吐，只就眼前景物，約略點綴，更不寫淹留之故，卻無處非淹留之苦。直至收筆云：『沉思前事，似夢裏，淚暗滴。』遙遙挽回。妙在纔欲說破，便自咽住，其味正自無窮。」

此一評語，能道出清眞詞章法用筆之妙。

六　醜

薔薇謝後作

正單衣試酒，悵客裏、光陰虛擲。願春暫留，春歸如過翼，一去無跡。爲問花何在？夜來風雨，葬楚宮傾國。釵鈿墮處遺香澤，亂點桃蹊，輕翻柳陌。多情爲誰追惜？但蜂媒蝶使，時叩窗隔。　東園岑寂，漸蒙籠暗碧。靜繞珍叢底，成歎息。長條故惹行客，似牽衣待話，別情無極。殘英小、强簪巾幘，終不似、一朵釵頭顫裊，向人欹側。漂流處、莫趁潮汐。恐斷紅、尚有相思字，何由見得？

(1)過翼－掠過之飛鳥。

(2)楚宮傾國－把薔薇花比作楚宮姿容絕世之美人。韓非子二柄：「楚靈王好細腰，而國中多餓人。」故稱美人細腰爲楚腰。杜牧遣懷詩：「楚腰纖細掌中輕。」漢書外戚傳：「北方有佳人，絕世而獨立，一顧傾人城，再顧傾人國。」言女色之害足以傾覆邦家也。後多用爲稱譽美人之詞。李白清平調詩：「名花傾國兩相歡。」

(3)釵細墮處一句－把凋落的花片比作美人遺落帶有芳澤之釵鈿。

(4)東園─泛指花園。陶潛停雲詩：「東園之樹，枝條再榮。」

(5)蒙籠─茂密貌。籠，亦作蘢。文選孫綽遊天台山賦：「披荒榛之蒙蘢，」向注：「林密貌。」文選左思蜀都賦：「蹴蹈蒙籠，」向注：「蒙籠，草樹茂盛貌。」

(6)巾幘─包髮之頭巾。

(7)顫裊─顫動搖曳之意。

(8)攲側─斜倚之意。

(9)恐斷紅尚有相思字─暗用紅葉題詩故事。唐宣宗時，舍人盧渥偶臨御溝，見一紅葉上有詩云：「流水何太急，深宮竟日閒。殷勤謝紅葉，好去到人間。」乃藏於笥。及帝出宮人，許適人，其歸渥者，適爲題葉之人，覩紅葉曰：「當時偶題，不意郎君得之。」見雲溪友議。

此詞爲詠落花而作，雖爲詠物，實是自傷，不過是借落花而抒寫其遠宦落漠的羈愁而已。

上闋開首二句「正單衣試酒，悵客裏光陰虛擲，」寫作者心情。揭出作詞的本意。「單衣」，點明時節已是春末天暖氣候，對落花而「試酒」，自是借酒澆愁，愁從何來？「悵客裏光陰虛擲」，已經把愁的來路說出。暮年遠宦，心境落漠，春來春去，光陰虛度，自然有無限感觸。

下接三句「願春暫留，春歸如過翼，一去無跡，」寫惜春之情。「願春暫留」，是作者惜春，所以願春暫時留住，明知春不可留而作此奇想，也可見惜春的情懷之切。不管你怎樣留春，春畢竟是留不住的。「春歸如過翼，一去無跡，」事實如此。春已歸去，竟像飛鳥一樣的匆匆飛逝了，而且是去得無影無蹤。以上這三句，眞有呑吐廻環之妙。周止庵云：「『願春暫留，春歸如過翼，一去無跡』十三字，千回百折，千鍾百鍊。」確是知者之言。

第六句以下，乃寫主題「落花」。「爲問花何在？」這一句來得何等突兀？又是何等筆力？花究竟到那裏去了？承上春歸而來。原來是「夜來風雨，葬楚宮傾國。」這是說「夜來風雨」把花給埋葬了。此處不說「花」而說「楚宮傾國」，以花比作楚宮姿容絕世的美人，是加重描寫花的美艷。花是如此美艷，竟被「夜來風雨」埋葬，是多麼令人惋惜的事！這也反映出「夜來風雨」之無情，足見作者之惜春惜花有不得不然者。

下接三句「釵鈿墮處遺香澤，亂點桃蹊，輕翻柳陌，」寫落花凋謝零落之狀，是對上文「葬楚宮傾國」的鋪敍，風雨無情，花落多少，「桃蹊」「柳陌」皆見遺踪，凡此皆爲「爲問花何在」一句作解答。「釵鈿」「香澤」仍是以美人比花。前後呼應，文意綿密。

上片最後三句「多情爲誰追惜？但蜂媒蝶使，時叩窗隔。」寫蜂蝶無情之物爲有情，借以發抒自己的惜花的感情。「多情爲誰追惜？」是說花落飄零，有誰多情來追惜它？只有「蜂媒蝶使」而已。蜂蝶日常在百花叢裏飛繞，花凋謝了，牠當然首先知道，蜂蝶叩窗，似乎是來給窗內惜花人傳遞花落消息的。所以作者用「蜂媒蝶使」辭句，可見文心之細。蜂蝶本是無情之物，猶解爲落花而追惜，竟而無人追惜，使多情的作者更覺落花之可悲可歎。此處「多情爲誰追惜」一句與上文「爲問花何在」一句，同是詰問語，兩者筆調相同，意亦連屬。「時叩窗隔」一句，使蜂蝶與窗內惜花人情感溝通，發生了共鳴作用。

下闋首四句「東園岑寂，漸蒙籠暗碧。靜繞珍叢底，成歎息。」寫東園花落後的景象。曲意仍連接上文。由於蜂蝶叩窗，惜花人自然要來東園探望憑弔一番，如今東園的景色大變，往日「紅杏枝頭春意鬧」的氣氛已不復存在而歸於寂靜。春去夏來，眼前是碧樹濃陰，蒙籠一片，惜花人在花叢下靜靜的徘徊悵望，問「釵鈿」「香澤」的遺踪何在，已不可知，的是春去無跡，不禁對空枝而長歎了。

下接三句「長條故惹行客，似牽衣待話，別情無極。」再寫無情之物為有情。說花落後的枝條，牽惹行人的衣袂，好像是依依不捨，有無限的別情要向行人訴說，可見人惜花固然有感情，花對惜花人也有感情。周止庵說：「不說人惜花，卻說花戀人，」其實，這裏是把花的感情和人的感情交織成為一片，花的依依不捨就是人的依依不捨，花要訴說的別情就是人要訴說的別情。所謂「花戀人」也就是「人惜花」，花能戀人，正說明花之更堪憐惜，借花寫人，惜花亦以自惜。詞意廻環反復，宛轉纏綿。

下接三句「殘英小、强簪巾幘，終不似、一朵釵頭顫裊，向人攲側。」是延伸上文之意，强調花與人的關係。似乎是議論，又似乎是追憶。意思是：把萎殘的小花勉强簪在頭巾上，畢竟不如一朵鮮妍的花插在釵頭上搖曳生姿逗人喜悅那樣美好。這是從花的衰時回想到花的盛時，花由盛而衰，人由幼而老，乃千古不易的常理，時光不可倒流，這就是作者為什麼「悵客裏光陰虛擲」的由來了。至此，作者已將惜花與自傷的衷情完全抒寫出來，到了題無賸義的地步，但作者尚有不能已於言者，再看下文，即知究竟。

結尾三句「漂流處、莫趁潮汐，恐斷紅、尙有相思字，何由見得？」就章法說，是另闢新境。沈天羽云：「節起新枝，枝發奇萼，」確是如此。作者在惜花自傷之餘，百感交縈，眞是無可奈何。雖明知花落乃無可挽回之事，但仍不忍見斷紅之隨波淹沒；苦心焦思，從斷紅聯想到紅葉，再想到紅葉題詩的故事，他認爲：斷紅說不定也能像紅葉一樣成全一段好姻緣呢！於是他便在對斷紅這一線希望中，說出內心深處的願望。他說：斷紅，不要趁著潮汐漲落漂流而被淹沒掉呵！倘若花片上還有人寫著相思的字句，豈不是敎有情人永遠見不到了嗎？這是對斷紅的叮嚀語，也是癡情語。事實上，花落何處，不是花自己所能控制的，你的願望儘管如此，而斷紅終難免於飄流淹沒的命運。這是自然界的現象。不過話說回來，作者作此癡想，而說出他的願望，我們讀此詞時，不但不覺得他癡，也不會怪他不該有此想法，反而同情他的想法，認爲這種癡想是出於眞情，也是情不能已，而爲之感動。

綜觀此詞，確是淸眞的精工獨到之作，這裏特擧出三點說明其佳處：

一、章法新穎，結構嚴密。全詞循著「惜花」一條線索，步步開展，層層脫換，前後挽合，左右逢源，處處爲「惜花」主意着力，可以說無懈可擊，確是一篇最具有完整性的作品。

二、用意出神入化，題詠落花，實以自傷。處處寫落花，處處是自己，句句寫惜花，句句是自憐。以花落之悲，抒發胸中的抑鬱。但從始至終，不作一激情語，呑吐含蓄，極盡溫厚之能事。

三、用筆奇拗，變化多端，迴旋轉折，操縱自如。已知春歸，而曰「願春暫留」，已知風雨，而曰「爲問花何在」，直者曲之，神味最足。結尾處，枝節橫生，出人意表，有「山窮水盡已無路，柳暗花明又一村」之妙。餘情蕩漾，令人回味不盡。

黃蓼園評此詞云：「自歎年老遠宦，意境落寞，借花起興，以下是花是自己，比興無端，指與物化，奇情四溢，不可方物，人巧極而天工生矣。結處意致，尤纏綿無已。」實有見地，並非溢美之辭。

最後尚須說明關於此詞用紅葉題詩故事的問題，有人認爲不甚貼切。即是說上述故事中所言是紅葉，而淸眞此詞是詠落花，兩者並非一物，被人非議的理由在此。就用典而言，自以貼切爲佳，但也不可過於拘泥，典故是可以活用的，紅葉可以題詩，紅的花片又何嘗不可？淸眞是基於這種聯想而暗用此典，且有「脫胎換骨」之妙。故此實不足爲周詞病。

滿庭芳

夏日溧水無想山作

周邦彥

風老鶯雛，雨肥梅子，午陰嘉樹淸圓。地卑山近，衣潤費爐煙。人靜烏鳶自樂，小橋外、新綠濺濺。憑欄久，黃蘆苦竹，擬泛九江船。　年年、如社燕，飄流瀚海，來寄修椽。且莫思身外，長近尊前。憔悴江南倦客，不堪聽、急管繁絃。歌筵畔，先安枕簟，容我醉時眠。

(1)溧水－江蘇溧水縣。作者嘗爲溧水令。
(2)無想山－鄭叔問云：「案淸眞集强煥序云：溧水爲負山之邑，待制周公元祐癸酉爲邑長於斯，所治後圃，有亭曰姑射，有堂曰蕭閒，皆取神仙中事，揭而名之。此云無想山，蓋亦美成所名，亦神仙家言也。」
(3)風老鶯雛－小鶯雛在暖風裏成長而成爲老鶯了。
(4)雨肥梅子－梅子在雨水滋潤中生長而肥大成熟了。
(5)午陰嘉樹淸圓－謂日午時分之樹影淸明而圓正也。
(6)烏鳶－烏鴉與鴟鷹。
(7)濺濺－水疾流貌。濺，音箋。
(8)黃蘆苦竹－用白居易琵琶行「黃蘆苦竹繞宅生」詩句。
(9)社燕－燕子春社來，秋社去，故謂之社燕。按春社、秋社，皆時令名。正字通：「立春後五戊爲春社，立秋後五戊爲秋社。」
(10)瀚海－今蒙古之大沙漠，古稱瀚海。名義考：「以沙飛若浪，人馬相失若沉，視猶海然，非眞有水之海也。」此處係泛指荒漠之地。
(11)修椽－椽，榱也。修椽，長屋椽也。即屋樑上盛瓦片之圓形木條。
(12)莫思身外二句－用杜甫詩意。詩云：「莫思身外無窮事，且盡生前有限杯。」

此詞係作者寫其宦途失意的落寞心情。

上闋首三句「風老鶯雛，雨肥梅子，午陰嘉樹清圓。」從眼前之景着筆，寫春天出生的雛鶯在溫暖的薰風裏已發育長大，春天結出的梅子經過雨水的滋養也已肥碩成熟，日午時分樹蔭底下的影子，清明而圓正，恍如一幅初夏野景的圖畫。四字兩句，對仗工穩。

下接二句「地卑山近，衣潤費爐煙。」寫作者居處的環境。地勢低凹而又在山的附近，潮濕侵衣而潤，所以經常要耗費爐火來把它熏乾。可見此地荒涼，不宜居住。但作者只是暗示，並不明說。沈天羽云：「『衣潤費爐煙』，景語也，景在『費』字。」清眞琢句用字，確有獨到之處。

再下二句「人靜烏鳶自樂，小橋外、新綠濺濺。」繼續描寫居處之景。「新綠濺濺」，只有在一片寂靜中才可以聽得清晰，「烏鳶自樂」，也只有在人跡稀少的地方才可以見到。再度暗示此地不宜居住，仍不明說，只是淡淡寫景，輕輕着筆，在不經意中，便已創造出荒涼寂寞的氣氛。他人用盡氣力，亦不易到。

上闋最後三句「憑欄久，黃蘆苦竹，擬泛九江船。」始點出心境。白居易琵琶行詩云：「住近湓江地低濕，黃蘆苦竹繞宅生。」此詞用「黃蘆苦竹」句，即是從白詩而來。黃蘆苦竹，多生於低濕之地，此處用之，在渲染作者住處荒涼低濕不宜居住的印象，頗合題旨。「憑欄久」、「擬泛九江船」，是說作者厭倦所處環境，已非一日，而「泛九江船」的願望也是很久以前就有了。這裏是以白居易降職到江州的事來暗示作者的遭遇與心境。可是爲宦生涯，自不能從心所欲，所謂「擬泛」者，只是想如此耳。

下闋首三句「年年如社燕，漂流瀚海，來寄修椽。」以社燕自比，抒寫胸臆。「年年」，從上闋「憑欄久」的「久」字而來。此身有如社燕在荒漠地區年年漂流轉徙，今能來此得一枝棲，已非容易，又怎能挂冠而去一泛九江船呢？至此，「泛九江船」，已成空想。但不明說，含蓄之至。再看此詞上闋結句說：「擬泛九江船」，下闋開始卽自嘆身如漂流社燕，來寄修椽，前後之意似不連貫，其實這是一種頓挫筆法。

陳廷焯白雨齋詞話云：「美成詞，有前後若不相蒙者，正是頓挫之妙。如滿庭芳（夏日溧水無想山作）上半闋云：『人靜烏鳶自樂，小橋外、新綠濺濺。憑欄久，黃蘆苦竹，擬泛九江船。』正擬縱樂矣，下忽接云：『年年如社燕，漂流瀚海，來寄修椽。且莫思身外，長近樽前。憔悴江南倦客，不堪聽、急管繁絃。歌筵畔，先安枕簟，容我醉時眠。』是烏鳶雖樂，社燕自苦，九江之船，卒未嘗泛。此中有多少說不出處，或是依人之苦，或有患失之心。但說得雖哀怨，卻不激烈。沈鬱頓挫中，別饒蘊藉。後人爲詞，好作盡頭語，令人一覽無餘，有何趣味？」這一段評語，甚爲精闢，實深知淸眞詞頓挫蘊藉之奧妙。

接下二句「且莫思身外，長近樽前。」續寫心境。由於泛九江船的願望，已不能實現，在無可奈何中，也只有逆來順受了。這兩句是說，不要去想身外的一切事情，把功名事業都丟在一邊，還是長伴著酒杯來聊以自遣吧。從表面看似乎是一種解脫的想法，但其中實有無限辛酸。不過在詞句中並沒有表露出激越的情緒。所以梁任公評這兩句是「最頹唐語，也最含蓄。」

最後五句「憔悴江南倦客，不堪聽、急管繁絃。歌筵畔，先安枕簟，容我醉時眠。」一氣而下，結束全篇。「倦客」，是作者自稱，溧水，地屬江南，故曰「江南倦客」。大意是說：在江南倦游的客人，身心憔悴，怕聽那急管繁絃的聲音，在唱歌筵席的旁邊，給我放好竹蓆和枕頭，讓我酒醉時去睡吧。此寫宦游倦怠之情，眞是別出心裁，聽管絃而益倦，對歌筵而思睡，意新語俊，令人玩味不盡。

綜觀此詞，意境靜穆，用筆疏快，在淸眞集中，殊不多見。而鍊字鍊句，尤見功夫。如起首兩句，對仗工穩，千錘百鍊；「且莫」兩句，運化杜甫詩「莫思身外無窮事，且盡尊前有限杯」，但也是精心鍊出，所謂極鍊如不鍊是已。至於全詞寫宦游倦怠之情，無限傷心，而語語蘊藉，亦可見其性情之溫厚，非他人所能及。

蝶戀花

周邦彥

月皎驚烏棲不定，更漏將闌、轣轆牽金井。喚起兩眸淸炯炯，淚花落枕紅綿冷。　執手霜風吹鬢影，去意徊徨、別語愁難聽。樓上闌干橫斗柄，露寒人遠雞相應。

(1)皎—月之白也。
(2)更漏—古時夜中視漏刻而知時，故謂滴漏曰更漏。
(3)闌—盡也。

(4)轆轤—紡車也。此處用作轆轤，井上汲水之具。

(5)炯炯—光明貌。

(6)徊徨—旁皇之義，猶徘徊也。

(7)斗柄—北斗星有星七，以其在北方聚成斗形，故名。其中一至四爲斗魁，五至七爲斗柄。斗魁有時稱爲璇璣，斗柄有時稱爲玉衡。

此詞係寫與戀者離別前的情景。

上半闋寫將別時之留戀，頭一句「月皎驚烏棲不定」，是說因爲月色皎白，烏鴉以爲是天明了，就離開棲息的樹枝而飛噪起來。「月皎」，自然還是夜裏。接著兩句「更漏將闌，轆轤牽金井，」是說時間一分一秒地過去，計時漏壺裏的水快要滴盡了，井上汲水的轆轤也響起來了，分明已到破曉的時分。從「驚烏」、「更漏」到「轆轤」一連串的聲音，似乎都是在催人離別，在離人枕上聽來，心頭眞有說不出的滋味。「喚起兩眸清炯炯」一句，寫離人枕上的意態，非常突出，非常傳神。喚起離人的，自是上面所說的鴉噪聲、更漏聲和轆轤聲，枕上聞聲而起，不說「驚起」而說「喚起」；睡醒雙眸，不說「惺忪」而說「清炯炯」，此足以說明伊人枕上別語纏綿終夜未曾入睡。淸眞用字之斟酌，文心之細，由此可見。上半闋結尾「淚花落枕紅綿冷」一句，刻劃深微，將分別時留戀之情寫到顚峯的地步。眼淚濕透了枕內的綿，可見淚多，下面著一「冷」字，可見時間之久，長夜漫漫，別情無極。

下半闋寫臨別時情景。

首句「執手霜風吹鬢影」，表明此時已不在閨房而走向征途了，執手相看，已是臨歧話別時候，「霜風吹鬢」，寫曉寒淒冷情況。「去意徊徨，別語愁難聽，」寫欲去又不忍去的依戀難捨的情形，此時別語綿綿傷心欲絕，已不忍再聽。結尾兩句「樓上闌干橫斗柄，露寒人遠雞相應。」北斗星的柄已挂在樓上的闌干，此時已人去樓空，這句是回顧昨夜閨中留戀的情形，照應前文。「露寒」句，說明伊人已去，愈行愈遠，未來重見，渺不可期，其依戀之情永無終極。念寒露雞聲中的行人，亦含有無限珍重憐惜之意。

全詞從閨房留戀到臨歧執手，再到行人遠去，順序著筆，一步一境，細膩綿密，自是佳構。最後兩句仍是以景結情，此是淸眞慣用章法，使詞味有餘不盡。

西　河

金陵懷古

周邦彥

佳麗地，南朝盛事誰記？山圍故國繞淸江，髻鬟對起。怒濤寂寞打孤城，風檣遙度天際。斷崖樹，猶倒倚，莫愁艇子曾繫。空餘舊迹鬱蒼蒼，霧沉半壘。夜深月過女牆來，賞心東望淮水。酒旗戲鼓甚處市?想依稀、王謝鄰里。燕子不知何世，入尋常巷陌、人家相對，如說興亡斜陽裏。

(1)佳麗地—美好之地，指金陵。謝朓入朝曲：「江南佳麗地，金陵帝王州。」

(2)南朝—東晉後，宋、南齊、梁、陳四朝，均據南方之地，都建康，史稱南朝。

(3)山圍故國等句—劉禹錫金陵詩：「山圍故國周遭在，潮打空城寂寞回；淮水東邊舊時月，夜深還過女牆來。」

(4)髻鬟—皆總髮也。挽髮而束之於頂曰髻；環髮爲髻，故謂之鬟。

(5)檣—帆柱也，俗謂之桅竿。

(6)莫愁—女子名。南京水西門外有莫愁湖，相傳六朝時有女子盧莫愁居此，故名。

(7)蒼蒼—深青色。

(8)壘—營壘。

(9)女牆—城上小牆。

(10)賞心—指賞心亭。輿地紀勝云：「建康賞心亭，下臨秦淮，盡觀覽之勝。」

(11)王謝鄰里等句—劉禹錫烏衣巷詩：「朱雀橋邊野草花，烏衣巷口夕陽斜。舊時王謝堂前燕，飛入尋常百姓家。」按晉時王謝兩大望族，世居烏衣巷。

這是一首懷古詞，作者寫他對金陵興亡盛衰的感慨。詞分三疊：

第一疊開頭「佳麗地，南朝盛事誰記？」兩句，領起全詞，並揭出金陵懷古的題旨。「佳麗地」出自謝玄暉詩：「金陵帝王州，江南佳麗地。」「南朝」是指東晉後宋、齊、梁、陳四朝。這兩句詞的意思是：金陵是江南佳麗之地，南朝先後建都的地方，當年的盛事，今天誰還去記著它呢？這就是說，歷史上的繁華已漸漸被時間所湮沒了，一開始便使人發生了無限的感慨。接下四句：「山圍故國繞清江，髻鬟對起。怒濤寂寞打孤城，風檣遙度天際。」寫眼前的金陵景色，寫青山對峙，如髻如鬟，江流環繞，風檣隱隱，山川形勝猶如往昔，但「怒潮」激盪冲擊的已不是當年繁華的都城，而是今天荒涼的「孤城」了。歲月無情，昔時的繁華事跡，人們只有在記憶中去追尋了。其中有說不盡的傷感。

第二疊繼續寫景，憑弔陳跡。「斷崖」上的樹「倒倚」下來，當年曾繫過美女莫愁的艇子，今天只是空留着舊時遺跡，在一片蒼青深暗交織中，霧色掩蓋着殘存的營壘。夜深的時候，冷寂的月色還從城上的小牆照射過來，當年的賞心亭經過幾許滄桑，依然存在，在上面可以憑弔昔時遊樂勝地的秦淮河。這一段句句寫景，句句是弔古之情，令人回憶歷代的興亡盛衰的事跡，詞的意境更爲深窈。

下闋寫人事變遷，仍是興亡盛衰之感。當年酒店戲館的繁華盛況，而今已不知何處。想當年晉朝的望族王謝兩家，彷彿猶在目前，但也不能指認了。緊接着說：「燕子不知何世，入尋常巷陌、人家相對，如說興亡斜陽裏。」「燕子」是從「王謝」而來，是說：舊時王謝兩家堂前的燕子已不知道今天是甚麼世代，棲息在尋常百姓人家，在斜陽映照裏呢喃對話，好像在訴說歷史上興亡的事跡呢。「燕子」以下，一氣直貫篇終，語句直落如珠，而意蘊則紆迴不盡，借燕子代作者說興亡事跡，以歸結全詞。

綜觀清眞此詞，句句斟酌，都有來處。最主要的是作者融化劉禹錫的兩首詩入詞，毫無斧鑿痕跡，眞不愧詞中聖手。前人對此已有定評。

陳質齋云：「美成詞多用唐人詩檃栝入律，渾然天成。」梁任公云：「張玉田謂『清眞最長處，在善融化古人詩句，如自己出。』讀此詞可見詞中三昧。」

由上可知：融化古人詩句入詞，實爲清眞擅長，非他人所能及。

浣溪沙

樓上晴天碧四垂，樓前芳草接天涯，勸君莫上最高梯。　新筍已成堂下竹，落花都上燕巢泥，忍聽林表杜鵑啼！

(1)新筍句—張擴詩：「檐前新筍看成竹。」
(2)落花句—皮光業詩：「飛燕銜泥帶落花。」
(3)林表—林杪也。謝朓詩：「林表吳岫微。」

(4)杜鵑—鳥名。本名曰鵑，相傳為古蜀帝杜宇之魂所化，故曰杜鵑，亦曰子規、子鵑；鳴聲淒厲，能動旅客歸思，故亦稱「思歸」、「催歸」。

此詞是寫暮春時節的羈愁。

上闋開頭二句「樓上晴天碧四垂，樓前芳草接天涯，」寫暮春時節，晴空一碧，青青芳草，遠接天際；一個羈旅漂泊的人，登高望遠，自不免觸景而生鄉愁。寫「樓上」所見及「樓前」所見，分明是作者已在樓頭，此時胸中自有無限傷感，但不說出感傷激越的語句，反以溫婉的口氣說：「勸君莫上最高梯」。「勸君莫上」，而他自己已經上了。這就是清眞詞的委婉曲折之妙。柳耆卿八聲甘州詞云：「不忍登高臨遠，望故鄉渺邈，歸思難收。」直抒胸臆，則不如此詞之空靈含蓄。

下片頭二句「新筍已成堂下竹，落花都上燕巢泥，」是承接上文「晴天」、「芳草」而來，著筆由遠而近。春初發出的嫩筍已漸漸解籜抽梢長成堂下的竿竹，凋落在地上的花片也被燕子和着泥土啣到窩巢裏去，時間飛逝，節序變更，春光已暮，而自身仍然是天涯作客，羈懷愁苦之情可以想見。但此時作者仍抑制著感傷激越的情緒，以「忍聽林表杜鵑啼」一句輕輕作結。正是滿懷羈愁，又聽到遠處杜鵑鳥的啼聲，似乎是在說：「不如歸去！」一個有家歸不得的人，怎能忍心聽下去呢！

綜觀此詞，先寫「晴天」「芳草」遠處之景，抒發鄉愁；次寫「堂下竹」「燕巢泥」近處之景，暗含光陰易逝之悲；最後再寫遠處的「杜鵑啼」作結。遠近相間，層層脫換，通篇不着一盡頭語，詞情蘊藉，工力深厚。結句用詰問口氣，去路悠遠，令人尋味不盡。

玉樓春

桃溪不作從容住，秋藕絕來無續處。當時相候赤欄橋，今日獨尋黃葉路。　煙中列岫青無數，雁背夕陽紅欲暮。人如風後入江雲，情似雨餘黏地絮。

(1)桃溪—暗指仙境。
(2)從容—舒緩貌。從，音樅。
(3)煙中列岫句—文選謝玄暉詩：「牕中列遠岫。」
(4)鴈背夕陽句—溫庭筠詩：「鴈背夕陽多。」
(5)人如風後句—杜詩：「風入渡江雲。」
(6)情似雨餘句—參寥詩：「禪心已作黏泥絮。」

此詞是重遊舊地懷念舊情之作，章法新奇。

首二句「桃溪不作從容住，秋藕絕來無續處。」既怨且嘆，直揭本事。「桃溪」，用劉阮天台遇仙故事，說昔時的豔遇恍若天台遇仙，由於匆匆分別，重見無期，到今天已如「秋藕」絲斷而無望再續了。「不作從容住」，造成了無可挽回的恨事，這分明是在埋怨自己。接著三、四兩句「當時相候赤欄橋，今日獨尋黃葉路。」寫今昔心情之迴異，「相候赤欄橋」是何等興致，「獨尋黃葉路」又是何等孤單落寞。不着感傷字眼，而感傷自在其中，對比之下，情景判然，苦樂懸殊矣。這四句已將昔時相戀以至今日失戀的情事完全說出。所謂「尋」者，尋桃溪舊事也。一個「尋」字，是着力描寫懷人之苦，並用以開拓下文。

下半闋寫重遊舊地之感。首二句「煙中列岫青無數，雁背夕陽紅欲暮。」在全詞記敍中顯得相當突出，因為作者以景抒情都是隨心境而變化的，此處所寫景色非常穠麗，似乎與上文「黃葉路」的蕭瑟之景不相稱。但清眞琢句用字，皆極斟酌，且有脈絡可尋，決不致索意為之而有矛盾之筆。故必須仔細摹尋，方知究竟。

此二句仍是從「黃葉路」而來，「黃葉路」在脚下，是近景；「列岫」、「夕陽」在眼中，是遠景，視線由近而遠是很自然的事，心境也會隨之而變。試看：「列岫」而在「煙中」，「夕陽」而在「雁背」，可以想像此一微茫滄遠之境，自必起人遐思，卽是「獨尋」的人此時心境已從「黃葉路」上低頭沈思舊事中驚醒過來，面對著微茫晚景想到未來的渺茫無託而倍加迷惘了。照常理說，此時「獨尋」者眼中的「列岫」、「夕陽」應該是淒淸黯然的景色，但出人意表，作者卻用「青」「紅」鮮明顏色的字眼來加以渲染，似未妥洽。殊不知在「獨尋」者的意識中，此地乃是昔時遇豔的仙境，此寫桃溪之美適足以反映舊事之更堪留戀矣。因此，這兩句並非突然，實有來路，且有回應上半「桃溪」的作用。

結尾二句「人如風後入江雲，情似雨餘黏地絮。」是寫情，卻用比喻，以雲比人，以絮比情，情景交融一片。一個失戀者舊地重尋，對著微茫的晚色，心頭迷惘，不知所從，好像一片流雲被風吹落江中，是雲是霧已不可辨，悠悠蕩蕩，已不知身爲何物，身在何處，更不知飄向何方。此身雖然如此，可是失戀者深藏於心頭的戀情，並不像一片流雲那樣飄浮失落，卻像被雨點打落在泥土上的柳絮，牢牢黏著而不再飛起。此可說明其戀情的執著，永遠不移。以人喻雲，以情喻絮，眞是貼切已極。但作者仍是不用感傷愁苦的語句，而感傷愁苦的情狀已躍然紙上。清眞詞的精工高妙，誠有出人意表者。

陳廷焯白雨齋詞話云：「美成詞有似拙實工者，如玉樓春結句云：『人如風後入江雲，情似雨餘黏地絮。』上言人不能留，下言情不能已，呆作兩譬，別饒姿態，卻不病其板，不病其纖，此中消息難言。」可知用筆之妙，在乎一心。讀者亦須善於體會，悟其妙處。所謂「似拙實工者」，端賴作者運用之妙耳。

最後尚有一點必須提出加以說明，就是這首詞從頭到尾純用排偶句法，罕有前例，實爲一大特色。查玉樓春（即木蘭花）一詞，作者甚衆，宋代詞人的名作，多只有第三、四兩句爲對仗，並無通體作對仗者，茲舉例如次：

一、晏殊木蘭花

綠楊芳草長亭路，年少抛人容易去。樓頭殘夢五更鐘，花底離愁三月雨。　無情不似多情苦，一寸還成千萬縷。天涯地角有窮時，只有相思無盡處。

二、宋祁木蘭花

東城漸覺風光好，皺縠波紋迎客棹。綠楊煙外曉雲輕，紅杏枝頭春意鬧。　浮生長恨歡娛少，肯愛千金輕一笑。爲君持酒勸斜陽，且向花間留晚照。

三、晏幾道木蘭花

鞦韆院落重簾暮，彩筆閒來題繡戶。牆頭丹杏雨餘花，門外綠楊風後絮。　朝雲信斷知何處，應作襄王春夢去。紫騮認得舊游蹤，嘶過畫橋東畔路。

以上三首詞皆是以第三、四兩句爲對仗，幾乎成爲定格，且有全篇不作對仗者，而淸眞此詞八句作四對仗，實爲一種奇格。我們知道，詞中對仗多則不免流於板滯，而此詞重重對仗，反見其空靈矯健，正如陳廷焯所謂「不病其板」，蓋大巧若拙，此卽淸眞的獨特之詣，非他人所能及。

醉桃源

周邦彥

冬衣初染遠山靑，雙絲雲鴈綾。夜寒袖濕欲成冰，都緣珠淚零。　情黯黯，悶騰騰，身如秋後蠅。若教隨馬逐郎行，不辭多少程。

(1)冬衣初染二句—白居易繚綾篇：「織爲雲外秋鴈行，染作江南春水色。」
(2)雲鴈綾—綾，有花紋之繒；雲鴈綾，織有雲鴈花紋之繒也。」
(3)夜寒袖濕二句—天寶遺事：楊妃初入宮，與父母別，淚落凍成紅冰。
(4)身如秋後蠅—杜甫詩：「況乃秋後轉多蠅。」

此詞係寫閨中女子的念遠之情。

上片首二句「冬衣初染遠山青，雙絲雲鴈綾。」只寫女子身上所著冬日的新衣，質料是細緻的綾子，但重點不在衣而在衣的顏色和花紋。「遠山」的青色，卽是黛色，多係指女子所描的眉樣，在這裏則是暗示其所愛的人關山遠隔之意。「雙絲」，寫織繡的精密，「雲鴈」，寫織繡的花紋。雲中的鴈是可以傳遞書信的，所以遠山顏色和雲鴈花紋連在一起，便意味着此女子正在思念遠方的人。接下二句「夜寒袖濕欲成冰，都緣珠淚零。」是說此女子啼痕沾滿了衣袖，由於冬夜嚴寒，淚水都快要結成冰了。這是加重描寫，以顯出深宵念遠之苦。

下片承接上文，「情黯黯，悶騰騰，」寫此女子的心情與神態，「身如秋後蠅」一句，是比喻閨中愁悶，坐臥不寧，在相思的煎熬裡，使她終日沒精打彩，有氣無力，自覺像秋天後的蒼蠅一樣，飛都飛不起來。妙喻天然，把女子懷念遠人的心情完全表達出來。下面二句「若教隨馬逐郎行，不辭多少程，」是緊接「秋後蠅」而來。自喻爲秋後之蠅，已新奇之至，再進而想到如果能夠像蒼蠅一樣附着在情郎馬尾上，隨郎而行，卽使是千里之遙，也不辭辛苦了。深情癡語，更見其想像之微妙。

蒼蠅向來是爲人們所厭惡的，而作者竟引爲女子自喻，並不覺其俚俗，反覺其清新，眞不愧是詞壇聖手。王靜安人間詞話謂淸眞詞「言情體物，窮極工巧。」於此可見。

醉桃源

周邦彥

菖蒲葉老水平沙，臨流蘇小家。畫欄曲徑宛秋蛇，金英垂露華。　燒蜜炬，引蓮娃，酒香薰臉霞。再來重約日西斜，倚門聽暮鴉。

(1)菖蒲葉老句—李白詩：「菖蒲猶短未平沙。」
(2)蘇小—南齊時錢塘妓，才空士類，容華絕世。白居易詩有「杭州蘇小小，人道最夭斜」及「若解多情尋小小，綠楊深處是蘇家」等句。
(3)畫欄曲徑宛秋蛇—謂欄徑屈曲宛若秋蛇也。
(4)金英—菊花。

(5)蜜炬—蠟燭。
(6)娃—美也。風俗通：「南楚以美色為娃。」

此詞係崔護「人面桃花」詩意。

上闋起頭「菖蒲葉老水平沙，臨流蘇小家」兩句，先寫秋天裏美人之家外面的景色。第三、四兩句「畫欄曲徑宛秋蛇，金英垂露華。」進而寫美人家內庭院的景色。畫欄九曲，菊英垂露，似一幅清秋庭院的畫圖。以上全寫美人之家，閒閒著筆，層次分明。

下闋開始才描寫室內的美人，「燒蜜炬，引蓮娃，」極寫美人聲價，其嬌柔矜持之態亦渲染而出。「酒香醺臉霞」，寫其明豔。行文至此，已佔全篇四分之三，所寫情景，究竟是眼前之事，或是記憶中事，皆不可知。結尾二句「再來重約日西斜，倚門聽暮鴉。」詞境突變，再來重約而人事已非，只見殘日西斜暮鴉噪聒而已，疑幻疑真，恍如一夢。昔日所見之「畫欄」、「金英」、「蜜炬」、「蓮娃」等，今日追憶皆成惆悵。「倚門」二字，尤見重來崔護的依依不捨之情。

綜觀此詞，前半四句全是寫景，下半應轉而不轉，前三句仍是承接上文刻意寫人，似已無回旋餘地，直到最後兩句，才揭開事實眞象，題意全明，使人讀之，並不覺篇幅之狹窄，眞是神乎其技。由此可見清眞用筆變幻之妙。最可注意的是作者著力於「再來重約」四字，使成為詞境轉變的樞紐，其中卻包涵無限情事，使人玩索不盡。

按清眞名作鉅製甚多，這首小詞，選家多不重視，不免有遺珠之憾。其實此詞最足以顯示清眞的超特之詣，開後人多少門徑，如夢窗卽有類似之作。故特將此詞標舉出來，加以闡說，使讀者瞭解清眞詞的章法之奇。

李之儀

李之儀，字端叔，自號姑溪居士，滄州無棣人。神宗元豐中舉進士，哲宗元祐初爲樞密院編修官。曾從蘇軾於定州幕府，甚受稱賞。有姑溪詞傳世。

其詞清麗明婉，長於淡語景語。四庫全書提要云：「之儀以尺牘擅名，而其詞亦工，小令尤清婉峭蒨，殆不減秦觀。」

卜算子

我住長江頭，君住長江尾。日日思君不見君，共飲長江水。　此水幾時休？此恨何時已？只願君心似我心，定不負相思意。

此詞係寫作者相思的情衷。

上半闋起頭「我住長江頭，君住長江尾」二句，先寫作者自己與其所戀之人居處兩地距離的遙遠，一在「長江頭」，一在「長江尾」，不啻是天涯地角；但「頭」「尾」相連，却又暗示兩人之間有了唯一的連繫。

接下「日日思君不見君，共飲長江水」二句，仍就「長江水」發揮題意。「日日思君」，是寫相思之切；「不見君」，是寫相思之苦；「共飲長江水」，似乎又拉近了兩人之間的距離，「長江水」，却有連繫兩人情感的作用。可是，兩人雖共飲一江之水而畢竟不能一見，是其中又含有恨意了。

下半闋續寫「江水」以引發其相思所生之恨與內心的願望。「此水幾時休？」當然是永無休時；「此恨何時已？」當然是永無已時；江水悠悠，此恨綿綿，江水無盡，相思之恨也無盡。作者住在長江之頭，其所戀之人住在長江之尾，江水東流，帶著此相思之恨流向戀人的那一方，也是把作者的相思情意帶給他的戀人。其戀人日日飲此江水，自然會體味作者的情意，也在「日日思君」了。

結尾「只願君心似我心，定不負相思意」二句，作者說出心中的願望，希望其戀人的心和自己的心一樣，並表達其永遠不變的深情。

此詞託江水起興，抒寫其眞摯的戀情與衷心的願望，而出之以自然樸實之筆，圓融流暢，結構天成，實爲不可多得之傑作。毛子晉稱此詞「直是古樂府俊語」，自亦是確當之論。

賀鑄

賀鑄，字方回。宋衞州人。爲孝惠皇后族孫。狀貌奇醜，當時人稱爲「賀鬼頭」。元祐中，通判泗州，又倅太平州，退居吳下，自號慶湖遺老。秉性剛直耿介，好飲酒使氣，對己作頗爲自負，嘗言：「吾筆端驅使李商隱、溫庭筠常奔命不暇。」著有東山詞。

東山詞，以穠麗著稱，而鍛鍊字句，尤見工夫。觀集中之作，最佳者仍以令詞爲多，故就其風格而言，仍受南唐詞風的影響。令詞發展，由馮延己而至同叔、永叔，再至小山而集大成，東山詞實其後勁。張文潛東山詞序云：「方回樂府，妙絕一世，盛麗如游金、張之堂，妖冶如攬嬙、施之袪；幽潔如屈、宋，悲壯如蘇、李。」此足說明其詞的內涵，多彩多姿，至爲精當。可見東山詞是從晏歐諸家而來，卻又富於變化。其豔麗之作，亦縝密遒鍊，沈鬱頓挫，無纖巧薄弱之病。

陳亦峯白雨齋詞話云：「方回詞，胸中眼中，另有一種傷心說不出處，全得力於楚騷，而運以變化，允推神品。」又云：「方回詞極沈鬱，而筆勢卻又飛舞，變化無端，不可方物，吾烏乎測其所至。」對於方回詞可謂讚許備至。王靜安人間詞話云：「北宋名家以方回爲最次，其詞如歷下新城之詩，非不華贍，惜少眞味。」此說似欠公允。

青玉案

淩波不過橫塘路，但目送、芳塵去。錦瑟華年誰與度？月橋花院，瑣窗朱戶，只有春知處。飛雲冉冉蘅皋暮，彩筆新題斷腸句。試問閒愁都幾許？一川煙草，滿城風絮，梅子黃時雨。

(1)淩波—狀美人步履之輕遞也。文選曹植洛神賦：「陵波微步，羅襪生塵。」注：「五臣作淩。」

(2)橫塘—在江蘇省吳縣西南。北抵楓橋，南極蠡塘，爲經貫南北之大塘。旁有橫塘鎮；又有橫塘橋，橋上有亭，額曰「橫塘古渡」。

(3)錦瑟華年—喻青春年少。李商隱錦瑟詩：「錦瑟無端五十絃，一絃一柱思華年。」馮浩箋注：「言瑟而曰錦瑟、寶瑟，猶言琴而曰玉琴、瑤琴，亦泛例也。」

(4)瑣窗—瑣，門鏤也。離騷：「欲少留此靈瑣兮。」善注：「瑣，門鏤也，文如連瑣。」瑣窗，是謂窗上刻鏤連環花紋者。

(5)冉冉—行貌，謂漸進也。離騷：「老冉冉其將至兮。」

(6)蘅皋—蘅，即杜蘅，香草也。皋，水邊地也。蘅皋，是生長香草之水邊地。

(7)梅子黃時雨—即梅雨也。據宋陸佃撰埤雅云：「江、湘、兩浙四五月間，梅欲黃落，則水潤土溽，礎壁皆汗，鬱蒸成雨，謂之梅雨。」

賀鑄

此詞係懷人之作。中吳紀聞云：鑄有小築在姑蘇盤門之南十餘里，地名橫塘，方回往來其間，作此詞。

上闋起頭「淩波不過橫塘路，但目送芳塵去」二句，寫記憶中的一段往事。是說在橫塘路上遇到一位姣好的女子，曾目送她輕盈步履的香塵歸去，以後便蹤跡杳然了。接下「錦瑟華年誰與度」一句，是疑問語氣，由於音塵久隔，懷念無已，便關切到伊人的生活情況。究竟在何處度著她青春歲月呢？「月橋花院，瑣窗朱戶，只有春知處」三句，是一種假想。在作者想像中那樣姣好的女子，一定會在美好的環境中過着優適的生活。是月下的橋、花開的院、雕飾的窗、朱紅的戶和她相伴嗎？但這不過是一種猜測而已，細想起來，恐怕只有「春」才知道她的所在吧？所謂「只有春知」，自是無人能知了。惦念芳踪，追憶前情，能不爲之悵惘！

下闋寫懷念之愁。「飛雲冉冉蘅皐暮」一句，回應首句「橫塘路」。是說雲彩冉冉飛過，長着香草的橫塘堤岸已沉入暮色之中。「彩筆新題斷腸句」一句，從上闋「目送芳塵去」句衍生出來。因爲此時天色入暮，橫塘路已是一片蒼茫，昔時目送芳塵之處，望而不見，只得提筆題斷腸詩句來抒寫胸中的愁悵了。所謂「斷腸」，自是愁多。「試問閒愁都幾許」一句，是詰問語氣，以頓筆輕逗，提引下文，把心中的愁和盤托出。「一川煙草」，是喻愁之濃密幽深；「滿城風絮」，是喻愁之迷濛撩亂；「梅子黃時雨」，更是喻愁之漫天匝地、連綿無際矣。愁多如此，情何以堪。

此詞自「試問」句以下，以婉細之筆，達胸中鬱積之情，意兼比興，精妙絕倫，自是千古名作。由於此詞「梅子黃時雨」句，當時膾炙人口，故作者有「賀梅子」之稱。李後主有詞云：「問君能有幾多愁，恰似一江春水向東流。」以「春水」狀愁之多；此詞則以「煙草」、「風絮」、「梅雨」狀愁之多。一以氣勢雄偉稱勝，一則以婉轉瑣細爲工。可謂各盡其妙，各有千秋。

此詞評論頗多，沈東江云：「『一川煙草，滿城風絮，梅子黃時雨。』不特善于喻愁，正以瑣碎爲妙。」先遷甫云：「方回青玉案詞，工妙之至，無跡可尋。語句思路，亦在目前，而千人萬人不能湊拍。」沈天羽云：「疊寫三句閒愁，眞是絕唱。」可見論者對此詞評價之高。劉融齋云：「賀方回青玉案詞收四句云：『試問閒愁都幾許，一川煙草，滿城風絮，梅子黃時雨。』其末句好處全在『試問』句呼起，及與上『一川』二句並用耳。或以方回有『賀梅子』之稱，專賞此句誤矣。且此句原本寇萊公『梅子黃時雨如霧』詩句，然則何不目萊公爲『寇梅子』耶？」此說亦頗能道出此詞之妙處。

踏莎行

楊柳回塘，鴛鴦別浦，綠萍漲斷蓮舟路。斷無蜂蝶慕幽香，紅衣脫盡芳心苦。　返照迎潮，行雲帶雨，依依似與騷人語。當年不肯嫁東風，無端卻被秋風誤。

(1)回塘—曲折之水塘也。
(2)別浦—大水有小口別通曰浦。亦稱別浦。
(3)依依—思慕之意。
(4)騷人—稱謂錄：「正字通：『屈原作離騷，言遭憂也。』今謂詩人曰騷人。」
(5)無端—猶云沒來由或無理由也。

此詞係藉寫荷花以抒己懷。當是晚年退居吳下時所作。

上闋起頭「楊柳回塘，鴛鴦別浦，綠萍漲斷蓮舟路」三句，是說岸邊垂著楊柳的回塘，水上棲著鴛鴦的別浦，都漲滿了綠色的浮萍，阻斷了採蓮舟的去路。從句中綠萍長滿與盪舟採蓮的情形來看，當是夏末秋初時候。先寫荷花生長的地方。下接「斷無蜂蝶慕幽香，紅衣脫盡芳心苦」二句，乃出荷花。就字面看，是說蜂蝶喜歡在春天的花叢裏飛舞，對於夏天荷花幽微的香氣，牠們是決不會愛慕的。當荷花的紅衣——紅色花瓣脫落盡了時就剩下芳心的苦了。這分明是在爲荷花的遭遇而感到不平，擬人的寫法，正是以荷花比自己。所以這兩句隱喻的意思是：作者生不逢辰，蹉跎不遇，正如同荷花一樣，當夏日盛開的時候，已經沒有蜂蝶來欣賞它的幽微香氣了。爲花抱恨，就是爲自己抱恨，其中實有多少傷心說不出處。

下闋「返照迎潮，行雲帶雨，依依似與騷人語」三句，以「潮」回應起頭二句之「回塘」、「別浦」，使詞境前後融合。殘陽的返照正迎著潮水，飄來的雲朵帶著雨意，好像是很有情意來和失意的詩人說話，寫得多麼神奇！接著「當年不肯嫁東風，無端卻被秋風誤」二句，便是說話的內容。「返照」、「行雲」都是不能說話的，作者偏要如此說，當然是他自己心裏要說的話。就字面解釋，是說荷花沒有生長在春天，等到秋來西風吹起「紅衣脫盡」，就是一生都被躭誤了。以荷花的遭遇來比喻自己的遭遇，無異是說他當年不肯逢迎權貴，謀位建功，歲月蹉跎；今天退隱避世，豪氣全消，已是虛度此生了，這不是同荷花的命運一樣嗎？

此詞以遒鍊之筆，寫鬱塞之懷，託喻幽微，眞得騷雅之遺。自是東山集中高作。陳亦峯白雨齋詞話云：「方回踏莎行（荷花）云：『斷無蜂蝶慕幽香，紅衣脫盡芳心苦。』下云：『當年不肯嫁東風，無端卻被秋風誤。』此詞騷情雅意，哀怨無端，讀者亦不自知何以心醉，何以淚墮。」可見對此詞評價之高。

李清照

李清照，宋濟南女子。號易安居士。禮部員外郎李格非之女，湖州守趙明誠之妻。工詩文，尤擅詞。婚後生活甚美滿，以明誠亦能詞，並有金石嗜好，兩人志趣相投，平日除唱和詩詞外，並以收集古器書畫爲樂，常相對展玩，自稱葛天氏之民。迨金人入侵，在兵燹流離之中，所藏古玩書畫，亦皆喪失。南渡後不久，明誠病逝，境遇更爲悲慘。流浪多年，始依其弟居於金華。有漱玉詞一卷行世。

漱玉詞，清麗柔婉，尤貴能鑄造尖新之語，卓然成家，在宋代女詞人中當推爲巨擘。四庫提要云：「清照以一婦人，而詞格乃抗軼周柳。雖篇帙無多，固不能不寶而存之，爲詞家一大宗矣。」李雨村云：「易安在宋諸媛中，自卓然一家，不在秦七黃九之下。其鍊處可奪夢窗之席，其麗處直參片玉之班；蓋不徒俯視巾幗，直欲壓倒鬚眉。」陳亦峯云：「李易安詞，獨闢門徑，居然可觀。其源自從淮海、大晟來，而鑄語則多生造。婦人有此，可謂奇矣。」以上三說，均對易安詞評價甚高。

綜觀集中諸作，大體可分兩期：前一期，是寫婚後歡樂閨中香豔之事，兼有與明誠分別時的離情之作；後一期，是明誠病逝以後的作品，寫其寡居生活空虛孤寂之苦。由於易安有豐富的感情，又有創造的才華，故能以白描的手法，抒發其深摯之懷。早期作品，寫得生動俏麗；晚年作品，更是哀婉動人。

如夢令

昨夜雨疏風驟，濃睡不消殘酒。試問捲簾人，却道海棠依舊。 知否？知否？應是綠肥紅瘦。

(1)濃睡不消殘酒—濃睡，沉睡之意。此句言經過沉睡以後殘餘酒意仍然未消。

(2)綠肥紅瘦—謂綠葉茂盛而紅花消減也。

此詞爲易安名詞之一。苕溪漁隱叢話云：綠肥紅瘦，此語甚新。王漁洋云：前輩謂史梅溪之句法，吳夢窗之字面，固是確論，尤須雕組而不失天然。如「綠肥紅瘦」、「寵柳嬌花」，人工天巧，可稱絕唱。

按此詞篇章雖短，卻能道出無限宛轉曲折的情思。當也是在深閨寂寞懷念離人時所作。首二句說「雨疏風驟」是昨夜，「濃睡不消殘酒」，是今晨，也說明了昨夜作者在雨疏風驟中曾飲了酒。雖未說明爲何飲酒，而寂寞無聊的人在風雨之夜裏的寂寞心情已經暗暗寫出。爲了關心窗外的花，所以醒來首先問「捲簾人」花的情況怎樣？而捲簾人向外一看便輕率的答覆說：「海棠依舊。」此時作者已知道那位捲簾人沒有詳細去查看花的情況，於是說：「知否？知否？應是綠肥紅瘦。」作者心裡在想，昨夜雨疏風驟中，花一定是被風吹落了更多，而葉子受雨的浸潤一定是更綠更茁壯了。這幾句話寫出一個惜花者的心情。

這首詞的佳處是能以極少的幾句話寫出爲關心花的一個故事，並能把惜花人的心情細細描寫出來。其中還暗暗地借花比人，在惜花的心情中還暗藏着自惜的情緒。可以說是宛轉含蓄的一種手法，不愧是易安的傑作。

一剪梅

紅藕香殘玉簟秋，輕解羅裳，獨上蘭舟。雲中誰寄錦書來？雁字回時，月滿西樓。　花自飄零水自流，一種相思，兩處閒愁。此情無計可消除，纔下眉頭，卻上心頭。

(1)玉簟秋—謂玉色竹蓆透出秋天之涼意。
(2)雁字—謂群雁飛行天空，排列如字形也。

此詞係寫離情。花庵詞選載此詞，題作「別愁」。詞林紀事云：「易安結縭未久，明誠卽負笈遠遊，易安殊不忍別，覓錦帕書一剪梅詞以送之。」

起首一句：「紅藕香殘玉簟秋」，說明節令是夏末秋初的時候。「紅藕香殘」是寫荷花凋落香氣飄散，詞境淒清，「玉簟秋」，是寫竹蓆已透出涼意，寫荷殘與簟涼，暗寫心境。接下「輕解羅裳，獨上蘭舟」兩句，寫其心緒孤寂與無奈，爲了消除內心的愁悶，換下夏季的羅衫，穿上秋裝，獨自一個人去泛舟自遣。泛舟，當然曾是易安與明誠美滿生活中的一部份，可是今天她只是一個人去了，自不免要回想到過去歡樂的情景。一個「獨」字，實含有無限淒楚。「雲中誰寄錦書來」，是寫離別時一種心境，此時，心中所懷念的人已在遠方，只有寄望於來書了；有了來書，當然也値得驚喜，可是接着兩句「雁字回時，月滿西樓。」是說雁字回來並沒有捎來書信，剩得月滿西樓，更使人佇望而滿懷悵惘。上闋寫離別之情，重在寫景，未說出傷心語句，而傷心已在其中。

下闋轉用議論筆調寫出心頭的愁苦。首句「花自飄零水自流」，是承接上闋起句「紅藕香殘」而來，以花比自己，說她爲思念郎君而容顏憔悴，如同花的飄零；以水比郎君，說郎君遠去，如同流水的一去不回頭。其中實含有無限哀怨之情。接下「一種相思，兩處閒愁」兩句，寫兩地遙隔，兩心愁苦，而相思都是一樣。而這種相思卻是最難排遣的，所以說「此情無計可消除，纔下眉頭，卻上心頭。」按此三句，係從范仲淹詞「都來此事，眉間心上，無計相迴避」三句脫換而來，但造語尤爲工巧，寫細膩之情，更合閨情詞筆調。

按易安之詞多用白描手法，妙造自然；此詞筆調流暢，情景交融，而將閨中念遠深摯之情，完全抒發出來，確是難能可貴。

醉花陰

重陽

薄霧濃雲愁永晝，瑞腦消金獸。佳節又重陽，玉枕紗幮，半夜涼初透。　東籬把酒黃昏後，有暗香盈袖。莫道不銷魂，簾捲西風，人比黃花瘦。

(1)永晝—長晝。
(2)瑞腦—薰香之一種。
(3)金獸—獸形之香爐，香煙從口中噴出者。如猊形等。
(4)重陽—舊稱陰曆九月初九日爲重陽，又曰重九。
(5)紗幮—紗帳。
(6)東籬—陶淵明詩：「采菊東籬下，悠然見南山。」後遂以東籬爲菊之故實。
(7)銷魂—謂人感觸深時，若魂將離體也。文選江淹別賦：「黯然銷魂者，惟別而已矣。」
(8)黃花—指菊花。

此詞題爲重陽，是以重陽時節的景色描述作者懷念夫婿的心情。

上闋開頭一句「薄霧濃雲愁永晝」，說明是一個陰沉的天氣，人在愁中，往往感到白天是那麼長。第二句「瑞腦消金獸」，意思是說在金爐裡燃著香料的煙也消了。燃香本來是一種閒情逸致的享受，可是愁人在落寞孤單時把燃香來消磨日子，可是香已消散，更顯得「晝」之「永」了。接着三句「佳節又重陽，玉枕紗櫥，半夜涼初透。」首先點明時節，這裏的「又」字是加重語氣，可以說作者在寂寞生活中已度過了不少的「佳節」。接着說玉枕上，紗櫥裡，在半夜時分透來的涼意，卽是說「重陽」帶來的涼意使一個寂寞的人對於節候的感受，是如何的淒涼！

下半闋的頭二句「東籬把酒黃昏後，有暗香盈袖」，用陶淵明詩故實。「把酒」，所以消愁，但却在「黃昏後」，又正是愁人的時候；而「暗香盈袖」，更足以惹起離人的相思情緒。最後三句「莫道不銷魂，簾捲西風，人比黃花瘦。」是易安名句，瑯環記云：易安以此詞致趙明誠，明誠嘆賞，苦思求勝之，忘寢食三日夜，得十五闋雜易安詞以示友人陸德夫，德夫玩之再三曰：只有「莫道不銷魂」三句絕佳。苕溪漁隱叢話，對此數句亦加讚賞。作者以黃花的纖細比自己的瘦弱，反映出一個深閨寂寞的人相思之苦。

鳳凰臺上憶吹簫

香冷金猊，被翻紅浪，起來慵自梳頭。任寶奩塵滿，日上簾鈎。生怕離懷別苦，多少事

李清照

、欲說還休。新來瘦，非干病酒，不是悲秋。 休休！這回去也，千萬徧陽關，也則難留。念武陵人遠，煙鎖秦樓。惟有樓前流水，應念我、終日凝眸。凝眸處，從今又添、一段新愁。

(1)金猊—香爐上鑄爲狻猊之形，開其口以通煙火者。陸游詩：「微風不動金猊香。」狻猊，獅子也。

(2)寶奩—珍貴之妝鏡匣。

(3)非干病酒—干，猶關涉也。此句謂與病酒無關。

(4)陽關—曲調名，本名渭城曲。王維送元二使安西詩：「渭城朝雨浥輕塵，客舍青青柳色新，勸君更盡一杯酒，西出陽關無故人。」後歌入樂府，以爲送別之曲，至陽關句，反覆歌之，謂之陽關三疊。

(5)武陵人—用桃花源記武陵漁人身入世外桃源故事，此處武陵人係指其遠離之夫婿。

(6)秦樓—用秦穆公之女弄玉故事，此處秦樓係指作者自己所居之妝樓。

此詞亦係抒寫離情。

上闋開頭，先寫閨房的沉寂及閨中人的慵困無聊。「香冷金猊，被翻紅浪」兩句，寫「香」、寫「被」，全是閨房之物，「香冷金猊」，已顯出閨房冷寂之氣氛；「起來慵自梳頭」，乃揭出閨中人的疏懶，沒有心情妝飾自己。接下二句「任寶奩塵滿，日上簾鈎」，加重描寫閨房的冷寂及人的疏懶，所以很珍貴的梳妝鏡匣落滿了灰塵也沒有心情去拭，而到日上三竿以後，還是很勉强地從床上起來。以上已把一個沉在相思之苦中的人，寫得非常逼眞。以下五句，乃寫出傷離念遠心懷。「生怕離懷別苦，多少事欲說還休」，是說怕引起離懷更多的愁悵，多少事想說出來又不願說出。所謂「多少事」，是過去相聚時歡樂的事呢？還是別後寂寞愁苦的事呢？她卻含蓄而不說明，耐人尋味。「新來瘦」，是說她近來的消瘦，「非干病酒，不是悲秋」，那究竟是爲了什麼呢？當然是「離懷別苦」了。妙在全不說明，而情懷自見。宛轉曲折，如咽如訴。

下闋抒寫胸臆，全是用淺近的語言。「休休！這回去也，千萬徧陽關，也則難留。」意思是：算了！算了！這回郎君遠去，卽使把陽關送別的曲子，唱到千徧萬徧，也是留他不住的。下接二句「念武陵人遠，烟鎖秦樓」，「武陵人遠」，用桃花源記中所寫武陵漁人的故事，比喻遠遊的夫婿。「烟鎖秦樓」，用秦穆公女弄玉的故事，借指自己的妝樓。這裏是寫夫婿遠離後自己生活的孤寂和淒清。她終日在愁烟瀰漫的妝樓中，由朝到暮，盼望夫婿歸來。下面接着寫：「惟有樓前流水，應念我、終日凝眸。」說樓前流水應該知道她終日想念盼望的情形。是痴情之語。流水本無知覺，但由於她日日對著流水痴望，思念遠人，而感覺到流水也知道她的心情了。張祖望云：「『惟有樓前流水，應念我終日凝眸。』痴語也。如巧匠運斤，毫無痕迹。」確是的評。下面緊接着寫：「凝眸處，從今又添一段新愁。」是說她終日凝神注視的地方，從現在起又要平添一段新愁了！一氣呵成，結束全詞，有行雲流水之妙。

聲聲慢

尋尋覓覓，冷冷清清，淒淒慘慘戚戚。乍暖還寒時候，最難將息。三杯兩盞淡酒，怎敵他、晚來風急？雁過也，正傷心、卻是舊時相識。　滿地黃花堆積，憔悴損、如今有誰堪摘？守著窗兒，獨自怎生得黑！梧桐更兼細雨，到黃昏、點點滴滴，這次第，怎一個、愁字了得！

(1)將息—猶言養息。王建詩：「千萬求方好將息，杏花寒食約同行。」

(2)黃花—菊花。

(3)獨自怎生得黑—意謂獨自一人如何能挨到天黑。

這首詞評者甚衆，大都著重在用疊字這一方面。如羅大經云：起頭連疊七字，以婦人乃能創意出奇如此。張正夫云：秋詞聲聲慢「尋尋覓覓，冷冷清清，淒淒慘慘戚戚」，此乃公孫大娘舞劍手，本朝非無能詞之士，未曾有下十四疊字者。後疊又云：「梧桐更兼細雨，到黃昏點點滴滴」，又使疊字，俱無斧鑿痕。更有一奇字云：「守著窗兒，獨自怎生得黑」，黑字不許第二人押。婦人有此文筆，殆間氣也。又徐虹亭云：首句連下十四個疊字，眞似大珠小珠落玉盤也。

以上三家評論，都對這首詞連下疊字，讚揚備至。確實如此，此詞所用疊字，妙在自然，堪稱卓絕。就開首的十四個疊字來說，從「尋尋覓覓」，到「冷冷清清」，再到「淒淒慘慘戚戚」，描寫內心的淒苦的由淺而深，其中層次也是合乎情感發展的自然順序。我認爲這首詞的最大好處，是描寫作者在秋晚時節孤獨生活的苦況，從頭到尾，一氣呵成，秋日景物順手拈來與作者的心情融合無間，行文如流水，步步前進，愈逼愈緊，使人讀之不禁有無限壓抑之感，不愧是富有震撼力的佳作。

現在再看全詞的內容：上闋起首三句是用七個疊字組成，「尋尋覓覓」，是作者在空虛寂寞時，在無可奈何的心境中一種茫然追尋的表現，尋覓再尋覓，仍然是空虛、茫然。下接「冷冷清清，淒淒慘慘戚戚」是說明了尋覓已屬徒然，在冷冷清清的氣氛中，其心境自然是陷於淒慘而憂戚的深淵中了。從「尋尋覓覓」到「淒淒慘慘戚戚」，一步一境，愈轉愈深。把作者寡居岑寂的生活情形完全描寫出來。所用疊字，似乎是偶然拈得，但事實上非有鍛鍊功夫，曷克臻此。第四、五兩句「乍暖還寒時候，最難將息。」點明時節，並說出在此「乍暖還寒時候」，一個寂寞憂愁的人的內心感受。接着「三杯兩盞淡酒，怎敵他晚來風急」兩句，說明作者想藉酒澆愁而不可得；「酒」而曰「淡」，「風」而曰「急」，更强調了酒力抵擋不住風力，加重了「最難將息」的意思。也回應上文「冷冷清清」一句。下面三句「雁過也，正傷心，卻是舊時相識」，用「雁過」接上句「風急」，又換一境，而使她最傷心的是飛過的雁，還是舊時相識的，此即說明作者過著這種孤寂愁苦的日子已經很久很久，她在節候變遷中所領受的悲傷，已經不知多少次了，此情此景，眞是無限傷心。

下闋起頭「滿地黃花堆積，憔悴損，如今有誰堪摘」三句：「黃花」是繼「風」、「雁」之後的又一景，黃花依舊，而竟任它滿地堆積，無人採摘，說明花的凋落和人的衰老一樣，花無人摘，人也無慰藉之人，花與人境遇相同，花可悲而人更可悲。自傷之情，溢於言表。「守着窗兒，獨自怎生得黑」，極言其在孤寂生活中時光難以排遣，度日如年。「梧桐更兼細雨」，「黃花」後再換一境，黃昏細雨，是愁人最難奈的時光，而細雨打在梧桐上的聲音，點點滴滴，都打在愁人的心上。這是說，縱然挨到天黑，這種梧桐細雨聲音會更加愁人心裡的淒淸，這時候，眞是千愁成結，萬感縈心，又豈是一個「愁」字所能描繪得了的呢？

綜觀此詞，開首卽以七個疊字，將作者寡居的孤寂無聊心境，由淺而深，完全說出。接著點明時節，再次第借風、雁、黃花、梧桐、細雨等，鋪敍其淒慘愁苦的心情，一境一轉，愈轉愈深，而節奏快速，如疾風驟雨，使人有不能喘息之感而爲之喟嘆不已。

武陵春

風住塵香花已盡，日晚倦梳頭。物是人非事事休，欲語淚先流。　聞說雙溪春尚好，也擬泛輕舟。只恐雙溪舴艋舟，載不動、許多愁。

(1)塵香—此處指塵土中落花之香氣。

(2)雙溪—在浙江金華縣。

(3)舴艋舟—小舟也。小蝗謂之蚱艋，義相近也。

這首詞是易安寓居金華晚年的作品，先寫春殘花事已盡，再寫物是人非，歸結到一個「愁」字。

上闋第一句「風住塵香花已盡」，寫春光消逝。風是停了，可是春花委地，只留塵土餘香。花事已盡，自有年華易逝之感。第二句「日晚倦梳頭」，此在易安詞中常見，如「鳳凰臺上憶吹簫」詞中之「起來慵自梳頭」；又如「浣溪沙」詞中之「髻子傷春懶更梳」，皆是表現心情之惡。此處是說日遲時晏，仍然是困倦而不想梳洗，心情之惡可知。若連同上句來看，其心情所以如此，當是眼見春光之消逝而感到年華易逝之悲。春光易逝，是愁；年華易逝，更是愁。其實，作者心中的愁，又何止於此！所以接著就寫出「物是人非事事休」。「物是」，牽起了過去的記憶，「人非」，更引起此日的哀傷。「人非」，當然指的是作者的夫婿了。作者的夫婿此時已經去世，過去的一切都已成空。從春殘、年老，再想到人非，眞是愁上加愁。「事事休」，是心中所想的每一件事都不可爲了，所以說「欲語淚先流」。心中的事已無處訴說，也無可訴說，何況話未說出而淚已先流呢！這是多麼悲慘的境遇！

下闋是用轉折之筆，使詞境忽然開朗，但最後仍以「許多愁」作結，實際上還是上半闋所寫悲慘境界的加重渲染。前二句「聞說雙溪春尙好，也擬泛輕舟。」我們看此詞上半闋以「欲語淚先流」作結，已使悲哀的情緒達於極點，此處忽然說雙溪春天尙好，想去泛舟，似乎是想找機會來排遣心中的愁苦。在上半闋中說春光已逝，使人傷感，而雙溪春好，這不是一個機會嗎？可是「雙溪春尙好」，只是「聞說」，作者去「泛輕舟」，也只是「也擬」而已。果眞有此心情去一遊雙溪嗎？當然是不會的。作者在此卻不說自己無此心情，而說是「只恐雙溪舴艋舟，載不動許多愁。」把上面所說的雙溪泛舟一筆抹去，仍然歸結到一個「愁」字上面。結尾二句，掉轉有力，筆法與東坡詞「我欲乘風歸去，惟恐瓊樓玉宇，高處不勝寒。」極相似。

朱淑眞

朱淑眞，宋錢塘女子。自號幽栖居士。幼讀書，工詩詞。由於所適非人，給一個市井鄙俗的人爲妻，備受虐待，生活淒苦，悒鬱以終。後人集其詩詞名「斷腸集」。其詞明晰曉暢，摹寫情景，均出於自然。風格仍承唐五代餘緒，墨守規律，頗爲嚴謹。由於其身世生活關係，故多幽怨悱惻之作。論其才力工力，雖不逮漱玉，然亦非宋代其他女詞人所能及。

生查子

元夕

去年元夜時，花市燈如書。月上柳梢頭，人約黃昏後。今年元夜時，月與燈依舊。不見去年人，淚濕春衫袖。

(1)元夜—上元之夜曰元夜，亦稱元宵。舊俗是夜張燈爲戲，故亦稱爲燈節。

(2)花市—謂繁華的街市。

此詞題為「元夕」，係寫今昔之感。查歐陽修集中亦載此詞，惟大多選本仍認係朱淑眞所作

上半闋是回憶去年元宵，街市的燈光照耀如同白晝，「月上柳梢」、「人約黃昏」的歡樂情景。下半闋寫今年元宵，街市的燈光依舊，柳梢的明月依舊，而人事已非。去年相約的人，已不知何處。以去年的歡樂，比照今年的孤單落寞，能不傷心？自然是「淚濕春衫袖」了！

按此詞語句平易流暢，出乎自然，是一種眞情流露。與崔護「人面桃花」詩寫法相同。「人」是一篇之主，「燈」與「月」只是陪襯。去年與今年，兩相對照，眞情自出。「不見去年人」一句，是全詞轉折的樞紐。在當日實在是大膽之作，也是不朽之作。

李　玉

李玉，宋人，未詳其事。所傳只賀新郎詞一闋，陽春白雪作潘元質詞，又見趙長卿惜香樂府。

黃花庵云：「李君詞雖不多見，然風流蘊藉，盡此篇矣。」沈天羽云：「李君止一詞，風情耿耿。」

賀新郎

篆縷銷金鼎，醉沈沈，庭陰轉午，畫堂人靜。芳草王孫知何處，惟有楊花糝徑，漸玉枕、騰騰春醒，簾外殘紅春已透，鎮無聊、殢酒懨懨病。雲鬢亂、未忺整。　江南舊事休重省，遍天涯、尋消問息，斷鴻難倩。月滿西樓憑闌久，依舊歸期未定，又只恐、瓶沈金井，嘶騎不來銀燭暗，枉教人、立盡梧桐影。誰伴我、對鸞鏡？

(1)篆縷—即香縷。

(2)金鼎—金屬焚香之器。

(3)芳草王孫—王孫，謂貴族之後裔，如言公子也。楚辭：「王孫遊兮不歸，春草生兮萋萋。」劉安招隱士：「王孫兮歸來，山中不可以久留。」後詩人多用「王孫」、「芳草」，為感景懷人之詞。

(4)騰騰—興起貌。

(5)殢酒—謂困溺于酒也。

(6)懨懨—病態也。韓偓詩：「把酒送春惆悵在，年年三月病懨懨。」

(7)忺—意所欲也。

(8)瓶沈金井—喻斷無消息也。

(9)鸞鏡—范泰鸞鳥詩序：「罽賓王獲彩鸞鳥，欲其鳴而不能致，夫人曰：『嘗聞鳥見其類而後鳴，可懸鏡以映之，』王從其言，鸞睹影悲鳴，哀響中宵，一奮而絕。」鸞鏡之名本此。

此詞係寫閨情。

上半闋開頭三句：「篆縷銷金鼎，醉沈沈、庭陰轉午，畫堂人靜。」先從閨中靜景着筆。金爐中的香縷已經消散，庭前日影漸向午時移動，彩飾的廳堂沒有人聲，一切都是靜悄悄的。閨中人也正在沈醉之中。

「芳草王孫知何處，惟有楊花糝徑」二句，乃出閨中人懷念之人，芳草萋萋，王孫何處，也就是她閨中沈醉的原因，「楊花糝徑」，點明暮春時節，也暗示楊花遍地阻住了王孫的歸路。

「漸玉枕、騰騰春醒，」是說閨中人已從沈醉中漸漸清醒，「簾外殘紅春已透，鎮無聊，殢酒慵慵病。」是說她看到簾外的殘紅而察覺到春光將盡，在孤寂無歡中，她因爲困溺於酒而慵慵欲病了。於此可見閨中人感景懷人情意之深切。「雲鬢亂、未忺整。」是說連梳洗也沒有心情去做。至此，作者已將閨中人由醉而醒、而愁、而病的情形，寫得非常周到，以結束上闋。

下半闋首句「江南舊事休重省」，是從上半闋「芳草王孫」句衍生出來，寫閨中人對於往事的回憶。「江南舊事」，當然是她與王孫之間的往事，也是她最難忘懷的事；既然提起往事，而又說「休重省」，自然是回想起來會使她傷心，但她畢竟是提起了。可見她雖然是不願去想，還是不能不想。「遍天涯、尋消問息，斷鴻難倩。」更說出她尋遍天涯毫無消息，想寫書信也無法傳遞。這仍然是過去的事情，也是她「無聊、殢酒」的原因。

「月滿西樓憑闌久，依舊歸期未定」二句，是從往事追憶中出來再寫眼前情景。「月滿西樓」，是承接前面的「庭陰轉午」而來，表明一天時間的漸進，由晝而夜；「憑闌久」，是承接前面的「玉枕春醒」而來，表明閨人一天心情行止的變化，由「酒醒」而至「憑闌」；層次井井有序。「依舊歸期未定」，是緊接上句「斷鴻難倩」而來，時間與事實交錯相承，詞意連貫。「又只恐瓶沈金井」一句，是從「歸期未定」聯想而來。既然是歸期無準，便很自然地想到最可怕的結果，那就是像銀瓶墜井而永無消息了。至此，憑闌懷望又歸於失望。

「嘶騎不來銀燭暗，枉教人立盡梧桐影」，則是說：王孫不會歸來了，銀燭淒暗，春月更明，教他站立等待直到殘月西沈梧桐影盡，也是枉然。這裏用呂巖梧桐影詞末句，只加一個「枉」字，自然合拍，毫無痕跡。於是她由失望而至絕望了。「誰伴我、對鸞鏡」，以詰問感嘆語作結，仍無怨恨之意，但不免有孤鸞對鏡之悲矣。

此詞精麗流轉，妙造自然，允推名作。陳亦峯稱此詞「綺麗風華，情韻並盛，」自是定評。惟此詞在章法結構上亦有至處，按此詞全篇以寫閨中人一日起居爲主，寫一日時間的移轉，由晝而昏、而夜，而至夜闌；寫閨人的動態，由醉而醒，而憑闌，而至立盡梧桐影，層次井然，一絲不紊。寫過去的回憶與眼前的事實，交互着筆，脈絡一貫，情景交融，確是名作。

陳與義

陳與義，宋葉縣人。字去非，自號簡齋居士。政和間，登上舍甲科；歷太學博士，擢符寶郎；南渡後，避亂襄、漢，轉湖、湘，踰嶺嶠，召爲兵部員外郎；紹興中，累官翰林學士知制誥，至參知政事。性嚴正，不苟談笑，時稱賢臣。以工詩名，少時嘗賦墨梅，受知於徽宗。其詞名不及詩名之大，有無住詞一卷。

集中之詞只十八首，但筆意超拔，琢句自然，是其高處。黃花庵云：「去非詞雖不多，語意超絕，識者謂可摩坡仙之壘。」四庫全書提要云：「吐言天拔，不作柳嚲鶯嬌之態，亦無蔬筍之氣，殆於首首可傳，不能以篇帙之少而廢之。」此兩說，均對無住詞評價甚高。

臨江仙

夜登小閣憶洛中舊游

憶昔午橋橋上飲，坐中多是豪英。長溝流月去無聲，杏花疏影裏，吹笛到天明。　二十餘年如一夢，此身雖在堪驚。閒登小閣看新晴，古今多少事，漁唱起三更。

(1)午橋—清一統志：「午橋莊在洛陽縣南十里，卽唐裴度所居綠野堂也。築山穿池，有風亭水榭燠閣涼臺之勝。」

此詞係憶舊感懷之作。

上闋寫舊游之樂。起頭「憶昔午橋橋上飲，坐中多是豪英」二句，是回憶昔時在午橋橋上飲酒，豪英滿座。那種歡游暢飲的盛況，而今猶如在目前。此二句着重寫當時人物之盛。接下「長溝流月去無聲，杏花疏影裏，吹笛到天明」三句，寫春夜景色及暢游情形。當時夜空如洗，一輪明月在紺宇長河中冉冉流去，寂靜無聲。夜已深沉，可是游飲的儔侶卻興致不減，同作竟夜之游，在杏花疏疏的月影裏流連忘返，吹起笛子，一直吹到天曉。那種毫情逸致，多麼令人神往。此三句著重寫當時歡游的豪興。

下闋寫懷舊之感。「二十餘年如一夢」一句，把上闋所敍述的「洛中舊游」之事，一筆收納。「二十餘年」，是多麼漫長的歲月。不僅是「洛中舊游」已沉入遙遠的記憶之中，而且在此期間，人物的凋謝，世事的滄桑，也不知凡幾。今日思之，都成「一夢」。「此身雖在堪驚」一句，眞是感慨萬千的傷心語。二十餘年匆匆過去，在人物不斷的凋謝之後，在世事不斷的變遷之後，回想起洛中舊游的盛況，以及承平時代的歡樂，都已渺不可追，今天還剩此歷刼餘生，怎能不爲之驚訝？

「閒登小閣看新晴」一句，扣題，與上闋午橋作對照。當時是盛會豪情，今日是孤單落寞，撫今追昔，自有許多傷心說不出處。眺望「新晴」，是轉以曠達的心情，希望給自己帶來一些喜悅和安慰。結尾「古今多少事，漁唱起三更」二句，雖是拓開之筆，卻又回到感慨之中，而且此處所發的感慨更深更廣。句中的意思是：在三更時分漁夫的歌唱聲中，「古今多少事」都消逝了。這就是說：不只是「洛中舊游」在三更漁唱聲中逝去，也不只是「二十餘年」來的滄桑世事在三更漁唱聲中逝去，古往今來的一切事情，都莫不如此。可見其感慨延伸得更爲深廣。但在此極深極廣的感慨之中，卻也透露出作者曠達的胸懷。古往今來的一切事情都隨着時間之流而逝去，是無可挽回的事，那麼，二十餘年前的洛中舊游，以及二十餘年來的滄桑世事，成爲一夢，也是必然之事，不必驚訝了。

綜觀此詞，從午橋游飲的回憶中，抒寫其懷舊與世事滄桑之感。淸新巧麗，琢句自然，意境超逸，筆力豪健，自是難得之佳構。

沈天羽云：「意思超越，腕力排奡，可摩坡仙之壘。」陳亦峯亦云：「筆意超脫，逼近大蘇。」細讀此詞，當知其言不謬。彭駿孫云：「詞以自然爲宗，但自然不從追琢中來，亦率易無味。所云絢爛之極，仍歸平淡。若使語意淡遠者稍加刻劃，鏤金錯彩者漸近天然，則駸駸乎絕唱矣。若無住詞之『杏花疏影裏，吹笛到天明』；石林詞之『美人不用斂蛾眉，我亦多情無奈酒闌時』；自然而然者也。」此說在讚賞簡齋此詞的自然之妙，但自然也是從雕琢而來，並非率易可得，明乎此，可悟作詞之法。

岳飛

岳飛，字鵬擧，宋相州湯陰人。事母孝，家貧力學。宣和中，以敢戰士應募，隸留守宗澤部下，屢破金軍，高宗手書精忠岳飛四字，製旗以贈之；復破李成，平劉豫，斬楊么，累官至太尉，又授少保，爲河南北諸路招討使。未幾，大破金兵於朱仙鎭，欲指日渡河。時秦檜力主和議，乃一日降十二金字牌召飛還，復諷万俟卨等劾飛；被捕下獄死，時年三十九。孝宗時詔復官，謚武穆。寧宗時，追封鄂王，改謚忠武。有岳武穆集。

岳飛並不是一位著名的詞人，其詞作極少傳世；可是他滿江紅一詞，寫其忠憤之懷，悲壯激昂，千古傳誦。在當時南宋詞壇也發生了很大的鼓舞作用，爲南宋前期慷慨悲歌之詞的前驅。

滿江紅

怒髮衝冠，憑闌處、瀟瀟雨歇。擡望眼、仰天長嘯，壯懷激烈。三十功名塵與土，八千里路雲和月，莫等閒、白了少年頭，空悲切。　靖康恥，猶未雪，臣子憾，何時滅？駕長車踏破，賀蘭山缺。壯志飢餐胡虜肉，笑談渴飲匈奴血。待從頭、收拾舊山河，朝天闕。

(1)怒髮衝冠—盛怒貌。史記藺相如傳：「相如因持璧卻立倚柱，怒髮上衝冠。」

(2)瀟瀟—風雨暴疾也。

(3)等閒—猶言尋常，無足輕重之意。黃庭堅詩：「不將春色等閒拋。」

(4)靖康恥—靖康，是宋欽宗年號。靖康二年，金兵入侵宋都汴京，徽欽二帝被擄，是宋朝的奇恥大辱。故曰靖康恥。

(5)賀蘭山—在寧夏省治之西。

(6)胡虜—北狄曰胡，通常稱敵人曰虜。胡虜，泛稱北方外族敵人。此處係指金人。

(7)匈奴—是古北狄種，戰國時始稱匈奴，又稱曰胡，此處亦係指金人。

(8)天闕—猶言帝京。

此詞是述懷之作。

上半闋發端「怒髮衝冠，憑闌處、瀟瀟雨歇」二句，寫作者在一陣暴雨初停時憑闌盛怒之狀，氣衝牛斗，筆力千鈞，有海上風濤之聲，令人屏息。

接下「擡望眼、仰天長嘯，壯懷激烈」二句，寫作者盛怒時的動作和心情。「擡望眼」，是說擡起頭來，把憑闌眺望的視線移向更遠的地方；由於在縱目遙望中，看到錦繡山河在敵人的鐵蹄踐踏之下，使他心頭的悲憤難以壓抑，這卽是他「壯懷激烈」的由來。「仰天長嘯」，有呼天籲地之意。作者是一位忠心赤膽的志士，當國家危急存亡之際，自然要自奮自勵，希望一展其雄才大略，創出一番驚天動地的事業來。

「三十功名塵與土，八千里路雲和月」二句，寫作者心中的感慨。說他在從軍以後，雖然是披星戴月，轉戰萬里，歷盡艱辛；但自愧未能收復河山，建立大功，回想他「三十功名」，無異是委諸塵土了。

因此，他想到自己年歲漸長，必須把握時機，殺敵報國，不可再虛度時光；等到頭白力衰時，還是一無成就，那只有空自悲歎徒喚奈何了。所以他大聲疾呼：「莫等閒白了少年頭，空悲切！」這是作者的自警語，也是萬世不朽的至理名言。

以上半闋，以發抒內心感慨及自我勉勵爲主，下半闋乃寫其光復河山的偉大抱負。

換頭「靖康恥，猶未雪，臣子憾，何時滅」四句，揭出了他的心意。這是說：靖康年間，金人破汴京擄二帝的奇恥，還未湔雪，是一個做臣子的人永遠不能忘懷的恨事。這就是他悲憤塡膺的原因，也是他惟恐「白了少年頭」的理由所在。

接下「駕長車踏破，賀蘭山缺」二句，說出他殺敵報國的作爲，是駕著長列的兵車，踏破賀蘭山那邊的敵巢。「壯志飢餐胡虜肉，笑談渴飲匈奴血」二句，更進一步，寫「黃龍痛飲」的勝利情形。「飢餐胡虜肉」，「渴飲匈奴血」，表示他對敵人仇恨之深，也顯示他雪恥心切。

結尾二句「待從頭收拾舊山河，朝天闕。」是說他要收復宋朝舊有的山河，加以整頓，叫所有的敵人都來帝京朝拜。這便是作者的壯志雄心，也是本詞全篇的精神所在。

我們看這首詞，文字不加修飾，直抒胸臆，但見性情。其忠憤之氣，上干雲霄，足以鼓舞人心，爲南宋初期激昂慷慨之詞風，導其先路，影響至爲深遠，自是千秋不朽之作。

劉公勇云：「詞有與古詩同意者，『瀟瀟雨歇』，易水之歌也。」陳亦峯云：「何等氣慨！何等志向！千載下讀之，凜凜有生氣焉。『莫等閒』二語，當爲千古箴銘。」都是最精當的評論。

張孝祥

張孝祥，字安國，宋歷陽烏江人。紹興二十四年廷試第一，孝宗朝累遷中書舍人，直學士院，領建康留守，尋以荆南湖北路安撫使請祠，進顯謨閣直學士致仕卒。四朝聞見錄云：「張孝祥精於翰墨，人稱紫府仙。」有于湖詞二卷。

由於他在當時屬於主戰派，頗受主和派的打擊，使他胸懷抑鬱。故其詞多表現其忠憤之氣。湯衡云：「于湖平昔爲詞，未嘗著藁，筆酣興健，頃刻即成，無一字無來處。」查恂叔云：「于湖詞聲律宏邁，音節振拔，氣雄而調雅，意緩而語峭。」我們看他的詞確是沈雄悲壯，不免有憤世激越之語。但亦有清麗俊逸之作，表現其達觀超世的思想。

六州歌頭

長淮望斷，關塞莽然平。征塵暗，霜風勁，悄邊聲，黯消凝。追想當年事，殆天數，非人力；洙泗上，絃歌地，亦羶腥。隔水氈鄉，落日牛羊下，區脫縱橫。看名王宵獵，騎火一川明，笳鼓悲鳴，遣人驚。念腰間箭，匣中劍，空埃蠹，竟何成！時易失，心徒壯，歲將零。渺神京，干羽方懷遠，靜烽燧，且休兵。冠蓋使，紛馳騖，若爲情。聞道中原遺老，常南望、翠葆霓旌。使行人到此，忠憤氣塡膺，有淚如傾！

(1)關塞—指關隘要塞。
(2)莽然—草木深茂之貌。
(3)當年事—指金人南侵杭州，宋高宗逃走之事。
(4)洙泗—山東省境二水名，洙水出曲阜縣北入泗。孔子在此設教講學，世人言魯之文化，遂以洙泗爲代稱。
(5)絃歌—卽弦歌，謂樂歌有琴瑟以和之者。論語陽貨：「子之武城，聞弦歌之聲。」後人每引此以稱學校教學之事。
(6)羶腥—羶，羊臭也；腥，腥臭也。此處係指金人。
(7)氈鄉—氈，毛製品，金人習以氈爲臥具，因稱金人佔據之地曰氈鄉。
(8)區脫—區，讀同甌，區脫，係匈奴在邊境作爲候望之用的建築物。
(9)名王—指金人君王。
(10)埃蠹—爲埃塵封閉和蠹蟲侵蝕。
(11)神京—指宋汴京。
(12)干羽—干，盾也；羽，鳥毛也。皆舞者所執。古有干舞羽舞。
(13)懷遠—懷柔遠方使之歸附之義。

張孝祥

⒁烽燧—古時邊方有警，夜則舉烽，晝則燔燧，以告戍守之兵。
⒂冠蓋使—謂朝廷使臣。冠蓋，謂士宦之冠服車蓋也。
⒃紛馳騖—謂紛忙奔走也。
⒄翠葆霓旌—翠葆，以翠羽爲旗上葆也。霓旌，儀仗之一種。翠葆霓旌，指王師而言。
⒅塡膺—塞滿心胸。

此詞係作者不滿當時主和派屈辱求和不思匡復的悲憤之作，忠義之氣，拂拂毫端，讀之令人鼓舞。

上半闋起頭二句「長淮望斷，關塞莽然平」，寫江淮關塞要地都隱沒於草莽之中，北望中原，已暗示故國河山之痛，令人想到杜甫「國破山河在，城春草木深」詩意。接下「征塵暗，霜風勁，悄邊聲，黯消凝」四句，寫邊境蒼涼景象與作者的感受。征途的揚塵昏暗，深秋的霜風淒緊，且由於戰爭停止，邊塞之地悄然無聲，使他黯然神傷。

「追想當年事，殆天數，非人力」三句，是說回想當年金人入侵杭州的往事，好像是天意註定非人力所能挽回。以「追想當年事」一句領起，次第抒發其悲憤之懷。「洙泗上，絃歌地，亦羶腥」三句，寫代表中原文化的聖潔之地也被金人的腥臊氣沾汚了。這是多麼令人傷心的事！「隔水氈鄉，落日牛羊下，區脫縱橫」三句，直承上句「羶腥」，寫金人在侵佔土地上的情形，日落時牛羊歸去，邊境上窺伺漢人的土堡，東西錯落，到處都是。結四句「看名王宵獵，騎火一川明，笳鼓悲鳴，遣人驚」，寫敵人的囂張。說金人君主夜間打獵，馬上燃起的火把，把川流照得通明。胡笳羯鼓的悲涼聲音，使人驚心動魄。敵人如此猖獗，使愛國的忠義之士難以忍受，不禁有「請纓無路」之悲了。

下半闋起頭「念腰間箭，匣中劍，空埃蠹，竟何成」四句，是說殺敵的武器——箭和劍，由於求和不戰，都被塵土封閉和蠹蟲侵蝕而損壞了，還有甚麼成就呢？「時易失，心徒壯，歲將零」，說時機容易失掉，空有雄心壯志而無所作爲，一任年華消逝。語含無限悲愴。

「渺神京，干羽方懷遠，靜烽燧，且休兵」四句，揭出作者滿腔悲憤的原因。說遙望京師，正作干羽之舞，採取懷柔政策，熄滅烽燧，停止用兵，以求苟安。「冠蓋使，紛馳鶩，若爲情」，是說朝廷使臣，紛忙奔走，屈辱議和，好像是不知羞恥，眞是可悲。

「聞道中原遺老，常南望翠葆霓旌」二句，說中原父老不忘故國，無時不在盼望王師北伐，而此日朝廷却無匡復的志向。結尾三句：「使行人到此，忠憤氣塡膺，有淚如傾！」寫到此行人，北望中原，羶腥滿地，而敵人又復囂張恣肆，滿腔忠憤，自不禁熱淚如傾了。此處說屈辱謀和不思匡復，不僅是作者個人心中的「忠憤」，也是成千成萬愛國人士心中的「忠憤」。

按此詞係作者在建康留守時席上所賦，前半闋先寫北望中原一片蒼涼之感慨，次寫金人猖獗橫行之情況。後半闋先寫作者壯志難酬之感歎，次寫朝廷屈辱謀和之失策，最後以中原父老的企望與國人一致的悲憤作結，層次分明。全詞直抒胸臆，慷慨淋漓，與岳武穆滿江紅詞同爲千古不朽之作。

陳亦峯云：「張孝祥六州歌頭一闋，淋漓痛快，筆飽墨酣，讀之令人起舞。惟『忠憤氣塡膺』一句，提明轉淺、轉顯、轉無餘味，或亦聳當途之聽出於不得已耶？」又劉融齋云：「張孝祥安國於建康留守席上賦六州歌頭，致感重臣罷席，然則詞之興觀羣怨豈下於詩哉？」此二說皆有見地。

西江月

洞庭

問訊湖邊春色，重來又是三年。東風吹我過湖船，楊柳絲絲拂面。　世路如今已慣，此心到處悠然。寒光亭下水連天，飛起沙鷗一片。

(1)洞庭—湖名，在湖南省境。環湖爲岳陽、華容、安鄉、常德、漢壽、沅江諸縣。湘、資、沅、澧諸水皆滙瀦於此。又太湖亦有洞庭湖之稱。

(2)世路—指世間一切行動及經歷之情態而言。文選劉峻廣絕交論：「世路險巇，一至於此。」又陸龜蒙詩：「世路巇嶮，淳風蕩除。」按此處與世態之義相近。

(3)寒光亭—岳珂玉楮集云：「溧陽三塔寺寒光亭柱上刻張于湖詞，景定建康志亦載于湖西江月詞云題溧陽三塔寺。」錄供參考。

此詞係重遊洞庭湖的即興之作，在曠達中也帶著一點對於世態的感慨。

上半闋起頭「問訊湖邊春色，重來又是三年」二句，是說作者今天重來訪問洞庭湖的春天景色，時序匆匆，距上一次來遊時已有三年之久了。是一種時光易逝的感慨。其中也不免含有時世變遷與個人遭遇的感傷。

「東風吹我過湖船，楊柳絲絲拂面」二句，是說東風依舊殷勤地吹送他過湖的遊船，而楊柳絲絲更是多情時時拂過他的臉上，彷彿是在歡迎它的故人。這是作者表露他恬淡的心情以及對於「湖邊春色」的依戀。

下半闋「世路如今已慣，此心到處悠然」二句，仍是一種恬淡的心情，但也微露出他對於「世路」的感慨。由於作者仕途並未顯達，已飽受世態炎涼之苦，可是他今天由於遭遇太多的挫折，已經使他習以爲常，所以說他的心在任何地方都能保持閑靜而不以爲意了。這是多麼曠達的胸懷！

結尾「寒光亭下水連天，飛起沙鷗一片」二句，撇開對於「世路」的感慨，再寫眼前的景色。春水連天，是多麼寬濶渺遠的境界！一片沙鷗飛起，又是多麼恬適而與世無爭的生活！這兩句話在作者發出「世路」的感慨之後，可以看作上句「此心悠然」的形象化。含有人生解脫煩惱的啓示。

此詞寄情於景，形跡銷融，有不著言詮之妙，自是詞中逸品。

陸游

陸游，字務觀，別號放翁。宋山陰人。孝宗時，賜進士出身，遷樞密院編修官。范成大帥蜀，引用爲參議。光宗時，爲禮部郎中；寧宗時，受命修史，進寶章閣待制。

放翁個性豪放，不拘小節，畢生以恢復中原爲職志。才氣超逸，尤長於詩，清新圓潤，自成一家，爲南宋傑出詩人。而其作品中充滿了愛國情操，尤爲後人所推重。重要著作，除「劍南詩稿」外，有「放翁詞」一卷傳世。

放翁詞的特色，在「一掃纖艷，不事斧鑿。」（劉潛夫語）而在風格上却有各種不同的表現。故毛子晉云：「楊用修云：『纖麗處似淮海，雄快處似東坡。』予謂超爽處更似稼軒耳。」以下諸家對放翁詞的評論均甚允當。錄供參考。

一、馮夢華云：「劍南屛除纖艷，獨往獨來，其逋峭沈鬱之概，求之有宋諸家，無可方比。」

二、劉融齋云：「陸放翁詞安雅清贍，其尤佳者在蘇秦間，然乏超然之致，天然之韻，是以人得測其所至。」

三、劉中叔云：「劍南之詞，屛除纖艷，清眞絕俗，逋峭沈鬱，而出之以平淡之詞，例以古詩，亦元亮、右丞之匹，此道家之詞也。」

卜算子

詠梅

驛外斷橋邊，寂寞開無主。已是黃昏獨自愁，更著風和雨。　無意苦爭春，一任羣芳妒。零落成泥碾作塵，只有香如故。

(1)驛—指驛站，古時傳遞文書中途暫止之處所。
(2)碾—你演切，讀若捻。磨也。

此詞係詠梅之作，作者借物寄意，抒發其高潔堅貞之懷抱。

上半闋起頭「驛外斷橋邊，寂寞開無主」二句，寫梅花的身世。說一株梅花在驛站外面，斷橋旁邊，孤零地開着花。「驛外」，「斷橋邊」，表明梅花生長在荒僻幽寂的地方，由於它不是有主人在花園裏栽培的，故曰「無主」。因爲「無主」，更是「寂寞」。此乃暗寫作者孤寂的身世。

接下「已是黃昏獨自愁，更著風和雨」二句，寫梅花的遭遇。說這株野梅在荒僻的地方著花，儘管是玉蕊幽香而無人欣賞，到了黃昏時候，正在獨自發愁，又有風雨來加以摧殘。此乃暗寫作者懷才不遇，在仕途上備受打擊的不幸遭遇，其中實含有無限的辛酸。

下半闋前二句，乃寫梅花的性情。「無意苦爭春，一任羣芳妒」，是說梅花並無意苦苦地去爭占春光，與百花爭妍鬪豔，任憑百花妒嫉，它也不管。此係暗示作者孤高峭拔的性情。

結尾二句，寫梅花的堅貞。「零落成泥碾作塵，只有香如故」，是說梅花凋零委地成爲泥土，甚至碾碎化爲飛塵，它的清幽香氣依然不會消散。這正暗示作者的冰心勁節，在任何惡劣的環境中，也能堅持不變。

此詞全篇詠梅，而句句是以梅自喻。梅花之孤芳勁節，想見放翁其人。

訴衷情

當年萬里覓封侯，匹馬戍梁州。關河夢斷何處，塵暗舊貂裘。　胡未滅，鬢先秋，淚空流。此生誰料，心在天山，身老滄洲。

(1)覓封侯—謂立志從戎建大功以取封侯。後漢書班超傳：「超家貧，常爲官傭書以供養，久勞苦，嘗輟業投筆歎曰：『大丈夫無他志略，猶當效傅介子、張騫立功異域，以取封侯，安能久事筆研間乎！』」旋投筆從戎。明帝時，使西域，建立大功，於是西域五十餘國悉納貢內屬，詔以超爲西域都護，封定遠侯。此處係謂作者有雄心壯志效班超立功異域之意。

(2)戍—守邊也。
(3)梁州—古九州之一，今四川全省及陝西省西南部皆其地。
(4)天山—在新疆省境，此處係指邊境戍地。
(5)滄洲—謂水限之地，常用以稱隱者之居。

此詞是作者晚年自傷其從戎立功的壯志未酬，而寫其悲憤之懷。

上半闋起頭「當年萬里覓封侯，匹馬戍梁州」二句，說他當年有志效法班超投筆從戎立功異域，隻身匹馬，去萬里外戍守梁州邊防之地。這是追敘壯年從戎戍邊的壯舉，以揭示其殺敵報國的偉大抱負。

「關河夢斷何處？塵暗舊貂裘」二句，從當年說到今日。由於南宋君臣不思匡復，屈辱求和，以圖苟安，以致他關河征戰的夢久斷而不知何處，舊時戍邊所着的貂裘，也久已不用，爲灰塵所蔽而暗淡了。這是說明他夢想中爲國殺敵的征戰生涯，已成過去。語含無限悲涼。

下半闋前三句「胡未滅，鬢先秋，淚空流！」說胡人未滅，外患未除，這是他不能一刻忘懷的事；可是今天他壯志雖在，而鬢髮已蒼，縱有殺敵機會，恐也力不從心。這是他最傷心的事情，所以流下了黯然的眼淚。

結尾「此生誰料，心在天山，身老滄洲」三句，似乎是肯定了他的命運如此，感慨無窮。說這一生的命運誰能料到竟是如此：他的雄心永遠在邊境殲敵的疆場，而他的年邁之身却將老死於隱遯之地，這是多麼悲憤蒼涼的語調！

此詞是放翁寫其壯士暮年的悲愴之懷，顯示其一片忠忱，雖死不渝，讀之使人淚下，實爲此愛國詞人的代表作品。

釵頭鳳

紅酥手，黃縢酒，滿城春色宮牆柳。東風惡，歡情薄。一懷愁緒，幾年離索，錯！錯！錯！　春如舊，人空瘦，淚痕紅浥鮫綃透。桃花落，閑池閣。山盟雖在，錦書難託，莫！莫！莫！

(1)紅酥手—紅潤細膩的手。
(2)黃縢酒—一種酒名。
(3)離索—離散。
(4)錯—音厝，乖誤也。
(5)浥—音邑，濕也。
(6)鮫綃—謂鮫人所織之綃。述異記：「南海中有鮫人室，水居如魚，不廢機織。」又文選注：「俗傳鮫人從水中出，曾寄寓人家，積日賣綃。」

(7)莫—音寞，無也，勿也。

此詞係懷念前妻的感傷之作。

據着舊續聞所載：「陸放翁娶唐氏女，伉儷相得，弗獲於姑，未忍絕，爲別館住焉，姑知而掩之，遂絕。後改適同郡宗室趙士誠。春日出遊，相遇於禹跡寺南之沈園，唐語其夫爲致酒肴，陸悵賦釵頭鳳一詞云。」

上半闋起頭二句「紅酥手，黃縢酒」，寫唐氏送酒時所見的手與酒。「滿城春色宮牆柳」，寫春城景色。或謂此處的「宮牆柳」，是比喩唐氏此時已經改嫁，有如宮禁中之柳。

「東風惡，歡情薄」二句，是指唐氏弗獲於姑之事，使他們的美滿姻緣，成爲陌路之人。「一懷愁緒，幾年離索」二句，是說作者和唐氏幾年離散中，他無時不在懷念，心中充滿了離愁別緒。結語「錯！錯！錯！」是說這事情是乖誤了，重複三字，顯示其悔恨之深。

下半闋前二句「春如舊，人空瘦」，說春光依舊，而唐氏的容顏却顯得清瘦了。「淚痕紅浥鮫綃透」，是說沾染着脂紅的淚水把綃帕都濕透了。寫唐氏不忘舊情。「桃花落，閑池閣」，寫沈園春日景色，是追憶昔日和唐氏來此春遊的歡樂，而今天桃花已經凋落，池閣也顯得閑靜，這些美景都成爲心頭惆悵了。

「山盟雖在，錦書難託」二句，是說當年兩人訂下的鴛盟依然存在心裏，可是今天唐氏已另適他人，無法再互通音訊。結尾「莫！莫！莫！」是說事實如此也只有算了。這是一種絕望的感嘆。

此詞寫作者對於前妻深摯之感情，含有無限悽愴與悔恨，令人感動。

辛棄疾

辛棄疾，宋濟南歷城人。字幼安，號稼軒。生於南宋高宗紹興十年，少時在金人統治下，目睹宋室偏安，大好河山被異族蹂躪，義憤塡膺，卽抱有恢復中原之志；及至壯歲，乃聚衆二千加入山東耿京之忠義軍，共謀抗金。後以事敗，遂率衆南渡歸宋。

高宗時，授承務郞。孝宗時，歷任江西、湖北、湖南等處安撫官，屢以平盜立功。在湖南時曾創立飛虎軍，雄鎭一方，不久又被調職，知隆興府，兼江西安撫使。後竟被謗而免官，隱於江西帶湖。寧宗時，復受詔知紹興府，改鎭江，移江陵，稼軒辭免，抑鬱以終。有稼軒長短句行世。

稼軒性情豪邁，重氣節，幼時飽經離亂，南渡以後，憤於宋室君臣一意主和，無匡復之志，以致胸懷大略，而無施展之機會，抑鬱不平之氣，隨處而發。故其所作之詞，充滿故國河山之痛，忠憤悲咽之思，慷慨激烈，戛然獨造，蔚爲南宋前期詞壇之主流。其影響亦至爲深遠。

稼軒詞的最大特色，是充分表現出一個愛國英雄人物的個性與懷抱。激昂奔放，一掃兒女情態，爲詞壇別開生面。他承襲了東坡的遺緖，又由於魄力大、才情富，從而發揚光大，更擴展了東坡所創的疆域。

劉潛夫云：「公所作大聲鏜鞳，小聲鏗鍧，橫絕六合，掃空萬古。其穠麗綿密處，亦不在小晏秦郞之下。」沈東江云：「稼軒詞以激揚奮厲爲工，至『寶釵分，桃葉渡』一曲，昵狎溫柔，魂銷意盡，詞人伎倆，眞不可測。」此皆言稼軒詞多采多姿之風格。惟其詞雖然偶有穠麗溫婉之作，且清逸超曠諸篇，亦有佳境，然論其風格，終以橫放激昂爲主。

稼軒詞另有一大特色，是取材廣泛，無所不包。人說東坡詞最大長處是「無意不可入，無事不可言。」若將此語來評論稼軒之詞，似乎更爲恰當。稼軒詞不限於言情詠物，尤善於論事說理。毛子晉謂宋人以「東坡爲詞詩，稼軒爲詞論。」卽係指稼軒詞多議論而言。其實稼軒在發揮議論中，運用經史中語彙，亦是出於創意。正因爲如此，乃能突破沿襲成風的兒女私情或傷離念遠的狹隘範圍，使詞的內涵更爲豐富，詞的天地更爲寬廣，也就是東坡在宋代詞壇開創的新境界，到了稼軒手中才使其發展到最高峯，完成了創造的全功；並使之蔚爲風氣，形成南宋前期詞壇的主流，爲後來作者開闢了新的道路。世以蘇辛並稱，其來有自，東坡、稼軒在宋詞發展史上實具有同等重要的地位。我們讀詞，對此應有正確的認識。

四庫全書提要云：「詞自晚唐五代以來，以清切婉麗爲宗，至柳永而一變，如詩家之有白居易；至軾而又一變，如詩家之有韓愈，遂開南宋辛棄疾等一派。尋源溯流，不能不謂之別格。然謂之不工則不可。」又云：「棄疾詞慷慨縱橫。有不可一世之概，於倚聲家爲變調；而異軍突起，能於剪紅刻翠之外，屹然別立一宗，迄今不廢。」此對兩家詞的風格及其在宋代詞壇的地位，固有恰當的認定，但謂其爲「別格」、「變調」，則不免囿於以婉約爲正宗的偏狹之見。蓋文學作品，貴能開闢新蹊徑，創造新境界；如果認爲「謂之不工則不可」，而且能「屹然別立一宗」，卽是成功而有價値之創作。「清切婉麗」，有其佳處，「慷慨縱橫」，亦同樣有其佳處；並無

「正格」、「別格」之分與「常調」、「變調」之別；讀宋詞必須秉持此種正確的鑑賞態度。

至於稼軒詞愛用古書成語及歷史故事，歷來評家頗多爭論，亦應予以說明。樓敬思云：「稼軒驅使莊騷經史，無一點斧鑿痕，筆力甚峭。」劉融齋云：「稼軒詞龍騰虎擲，任古書中理語瘦語，一經運用，便得風流。」此兩說皆係對其用成語故事的讚美之詞。劉後村謂稼軒詞「一掃纖艷，不事斧鑿，高則高矣，但時時掉書袋，要是一癖。」則對此有所譏議。前後兩種評語，完全不同。究竟應用成語故事入詞，是優點還是缺點？我們以為，這不可一概而論，評判優劣，應該以運用手法的工拙來作決定。用得自然渾成，不着痕跡，能以古人字句，表達豐富的情意，烘托出自我的境界，則是優點；如果用得生硬晦澀，而無意味，反不如自琢新語來得恰當，則是缺點。以上所引三家評語，讚美之者，當係欣賞其自然渾成之作而言，加以譏議者，自是指其生硬晦澀之作而言。稼軒詞數量極多，運用典實亦隨處可見，自不免有生硬鬆懈之作，惟由於才情豐富，筆力峭健，其中引用成語自然入妙以及用事而不為事所使者，仍居多數。故所謂「掉書袋」者，實不足為稼軒病。

賀新郎

辛棄疾

別茂嘉十二弟

綠樹聽鵜鴂，更那堪、鷓鴣聲住，杜鵑聲切。啼到春歸無啼處，苦恨芳菲都歇。算未抵、人間離別。馬上琵琶關塞黑，更長門、翠輦辭金闕。看燕燕，送歸妾。　將軍百戰身名裂，向河梁、回頭萬里，故人長絕。易水蕭蕭西風冷，滿座衣冠似雪，正壯士、悲歌未徹。啼鳥還知如許恨，料不啼、清淚長啼血。誰伴我，醉明月？

(1)茂嘉—稼軒之族弟。

(2)鵜鴂—鳥名，一作鷤鴂，亦作鶗鴂。離騷：「恐鵜鴂之先鳴兮，使夫百草爲之不芳。」王逸注：「鵜鴂，一名買鵤，常以春分鳴也。」

(3)鷓鴣—鳥名。本草綱目禽部：「鷓鴣性畏霜露，夜棲以木葉蔽身，多對啼，今俗謂其鳴曰行不得也哥哥。」

(4)杜鵑—鳥名。本名曰鵑，相傳爲古蜀帝杜宇之魂所化，故曰杜鵑，亦曰子鵑、子規；鳴聲淒厲，能動旅客歸思，故亦稱「思歸」、「催歸」。

(5)芳菲—謂花草之芳香，亦以稱花草。

(6)馬上琵琶句—用王昭君出塞事。琵琶，樂器。晉傅玄琵琶賦序謂漢遣烏孫公主嫁昆彌，於馬上作此樂。石崇王明君辭序：「昔公主嫁烏孫，令琵琶馬上作樂，以慰其道路之思，其送明君亦必爾也。」杜甫詠懷古跡（昭君村）詩：「千載琵琶作胡語，分明怨恨曲中論。」

(7)長門句—用漢武帝時陳皇后失寵別居長門宮事。漢武帝時，陳皇后失寵，別居長門宮，愁悶悲思，聞司馬相如工文章，奉黃金百斤，令爲解愁之辭，相如爲作「長門賦」，帝見之深爲感動，因而陳皇后復得親幸。

(8)翠輦—以翠羽爲飾之宮車。

(9)金闕—謂天子之宮闕。

(10)燕燕送歸妾句—用衞莊姜送歸妾戴嬀事。詩經邶風「燕燕」篇首章云：「燕燕于飛，差池其羽。之子于歸，遠送于野；瞻望弗及，泣涕如雨。」詩序云：「燕燕，莊姜送歸妾也。」（據近人考證，以此詩爲衞君送女弟遠嫁之詩。）

(11)將軍百戰身名裂三句—用李陵降匈奴及別蘇武事。漢武帝時，李陵率步騎五千，伐匈奴，以少擊衆，遇敵力戰，矢盡而降，致身敗名裂。河梁，橋也，指送別之地。文選李陵與蘇武詩：「攜手上河梁，遊子暮何之？」李陵留匈奴遂與故人長絕。

(12)易水蕭蕭三句—用戰國時荊軻刺秦王事。燕太子丹使荊軻刺秦王，太子及賓客知其事者，皆白衣冠以送之；至易水之上，既祖取道，高漸離擊筑，荊軻和而歌，爲變徵之聲，士皆垂淚涕泣，又前而歌曰：「風蕭蕭兮易水寒，壯士一去兮不復還！」復爲羽聲忼慨，士皆瞋目，髮盡上指冠。於是荊軻就車而去，終已不復顧。見史記荊軻傳。

此詞是作者送別其族弟茂嘉的傷別之作。

辛棄疾

開頭「綠樹聽鵜鴂，更那堪、鷓鴣聲住，杜鵑聲切」三句，先從暮春啼鳥落筆。暮春時節，在送別之地，聽到綠樹中鵜鴂哀啼，已覺不勝悽惋；接着，鷓鴣「行不得也」的啼聲才住，杜鵑又啼出「不如歸去」的悲切之聲。眞使人難以爲懷。人在送別，而鳥似乎也有送春之意，傷春傷別，人與鳥的感情已融成一片。

接下「啼到春歸無啼處，苦恨芳菲都歇」二句，繼續寫鳥。說啼鳥啼到春天歸去的時候，一切花草的芳香都已消盡，只落得無處可啼的苦恨了。可是事實如此：啼鳥傷春，而春天仍然要去；人傷離別，而離別終將到來；這都是不可挽回的恨事。

「算未抵人間離別」一句，是說計算起來啼鳥的苦恨還比不上「人間離別」的苦恨。把啼鳥之文歸結，卽是把陪襯之筆撇開，落到「送別」的正題上，這是關鍵性的一筆，也是全篇的主意所在。下文便從「人間離別」四個字引發出來。

「馬上琵琶關塞黑」，寫昭君辭別漢宮遠涉胡沙的去國之恨。馬上琵琶，斷腸一曲，望中關塞昏黑，前路茫茫；寥寥七字，寫盡悲酸。「長門翠輦辭金闕」，寫陳皇后辭別漢武帝的失寵之恨。以「翠輦」、「金闕」，反襯「長門宮」的冷落淒涼，怨情自顯。「看燕燕、送歸妾」，寫戴嬀離衞歸陳的慘別之恨。「燕燕于飛，差池其羽，」遠送歸程的情景，使人爲之黯然。

下半闋繼續列擧史實，描寫手法則更爲細膩。「將軍百戰身名裂，向河梁、回頭萬里，故人長絕，」寫漢李陵與蘇武的離絕之恨。孤軍轉戰，力竭而降，以致身敗名裂；而異域覊留，故人萬里，河梁分手，竟成長絕。孤憤幽咽，感人肺腑。「易水蕭蕭西風冷，滿座衣冠似雪，正壯士悲歌未徹。」寫荊軻離燕刺秦王的離別之恨。易水蕭蕭，西風瑟瑟，送別衣冠，紛紛如雪，壯士慷慨悲歌，衆皆淚下，描述悲憤場面，動人心魄。

以上列舉了五項古時離別的恨事，由於作者筆力矯健，刻畫深微，遂不覺有用事太多之病。

「啼鳥還知如許恨，料不啼清淚長啼血」，是說：如果啼鳥也能知道這些人間離別的恨事，想必更爲傷心而「不啼清淚長啼血」了。這是出於想像，却是多麼沈痛的言語。此處的上一句，與前半闋開頭的啼鳥一段遙遙挽合；下一句，又與「算未抵人間離別」一句互相呼應；有此二句，則前後文意連屬，全篇脈絡貫通，構成此詞的完整性。且此二句，以重筆強調人間離別之苦，亦可暗示作者今天送別茂嘉族弟，當然也是人間的一大恨事，今後他將更爲孤寂而無人爲伴共圖一醉了。接着以「誰伴我，醉明月」感嘆之語作結，很自然地回頭扣住送別的正題，眞有水到渠成之妙。

稼軒此詞，爲歷來評家所激賞，或稱其章法絕妙，或言其寄託遙深，而筆力峭健，氣勢騰溢，亦出宋代諸詞家之上。或謂其用事太多，並非確論。

許蒿廬云：「上三項說婦人，此二項言男子，中間不敍正位，却羅列古人許多離別，如讀文通別賦，亦創格也。」王靜安云：「稼軒賀新郎詞送茂嘉十二弟，章法絕妙，且語語有境界。」此皆言其章法之妙。但若細玩此詞，則知全篇實以一個「恨」字爲主幹，中間盤旋廻折，縱橫奔放，但句句皆不離此一主幹，故章法嚴緊而無堆砌鬆懈之病。

周止庵云：「前半闋北都舊恨，後半闋南渡新恨。」此則言此詞有所寄託。蓋稼軒雄才壯志而不獲重用，滿腔忠憤抑鬱，往往隨處即發。張皋文以爲茂嘉係因得罪謫徙，果如此，則稼軒借此一洩其不平之氣與憂國之思，亦屬極自然之事。

陳亦峯云：「稼軒詞自以賀新郎一篇爲冠，沈鬱蒼涼，跳躍動盪，古今無此筆力。」所言並非過譽，確是稼軒最高之作，也最能表現其激昂慷慨之風格。

水龍吟

登建康賞心亭

楚天千里清秋，水隨天去秋無際。遙岑遠目，獻愁供恨，玉簪螺髻。落日樓頭，斷鴻聲裏，江南遊子。把吳鈎看了，闌干拍遍，無人會，登臨意。　休說鱸魚堪膾，儘西風，季鷹歸未？求田問舍，怕應羞見，劉郎才氣。可惜流年，憂愁風雨，樹猶如此。倩何人、喚取紅巾翠袖，搵英雄淚！

(1)建康賞心亭—建康，古地名。故城在今南京市南。王象之輿地紀勝云：「建康賞心亭，下臨秦淮，盡觀覽之勝。」

(2)楚天—今湘、鄂、皖、江、浙諸省，皆爲古楚國之地，故稱上述諸地之天空曰楚天。

(3)遙岑—遠山也。

(4)玉簪螺髻—摹狀遙岑也。

(5)吳鈎—刀名。吳越春秋：「闔廬既寶莫耶，復命於國中作金鈎，令曰：『能爲善鈎者賞之百金。』吳作鈎者甚衆，而有人貪王之重賞也，殺其二子，以血釁金，遂成二鈎，獻於闔廬。」唐人詩言吳鈎本此。

(6)休說鱸魚堪膾二句—用晉張翰事。晉張翰，字季鷹，吳人。入洛，齊王冏辟爲掾。因見秋風起，乃思吳中菰菜、蓴羹、鱸魚膾，曰：「人生貴得適志，何能羈宦數千里，以要名爵乎？」遂命駕歸。見晉書張翰傳。

(7)求田問舍三句—用劉備與許汜事。許汜嘗與劉備共論人物，汜曰：「元龍湖海之士，豪氣不除，」備問故，汜曰：「昔過下邳，見元龍無主客禮，自上大牀臥，使客臥下牀。」備曰：「君有國士名，而不留心救世，乃求田問舍，言無可采，是元龍所諱也；如我當臥百尺樓上，臥君於地，何但上下牀之間哉！」

(8)樹猶如此—世說云：晉桓溫見昔時種柳皆已十圍，慨然曰：「木猶如此，人何以堪！」庾信枯樹賦述桓溫語曰：「昔年種柳，依依漢南；今看搖落，悽愴江潭。樹猶如此，人何以堪！」

此詞係寫登賞心亭的感慨。

上半闋起頭「楚天千里清秋，水隨天去秋無際」二句，寫登臨時所見景色，筆勢飄忽，眞如破空而來。楚天遼濶，秋水連天，一片淡遠微茫的秋色，無邊無際，盡入眼底，已顯示出作者心頭蕭然的意緒。

「遙岑遠目，獻愁供恨，玉簪螺髻」三句，續寫眺望中所見景色。就常理說，美人的玉簪螺髻，是一種美好的形象，應該會喚起人們愉悅的情緒，爲甚麼反說它「獻愁供恨」呢？這自然是在懷有愁恨的作者眼中如此感覺而已。此處最須注意的是「遙岑遠目」一句，旣曰「遙」，又曰「遠」，這是一種加重的筆法，其目的在暗示那遙遠的美好峯巒還在敵人的踐踏之下；如此，則「玉簪螺髻」之「獻愁供恨」，便不是沒有來由了。於此可見，作者遣詞命意，心細如髮。讀者不可誤以爲稼軒粗豪而輕易讀過，不加深思。

「落日樓頭，斷鴻聲裏，江南遊子」三句，用眼前景物來襯托出江南遊子。從「落日」而想到時世之衰微，從「斷鴻」而想到身世之孤零，樓頭佇望的江南遊子，自不禁感慨無窮矣！「把吳鉤看了，闌干拍遍，無人會，登臨意」四句，緊承「江南遊子」而寫出他內心的感慨和苦痛。說他雖然還有男兒的氣概，身上佩着吳鉤，但吳鉤何用？看了也是徒然，只有手拍闌干來發洩心頭的鬱悶而已，還有何人能領會他登臨的深意呢？

下半闋開始，乃以紆折宛轉之筆寫其鬱塞的心境。「休說」以下五句，借他人之事來說明自己，奇妙之至。先用張翰因秋風起而思鄉故實，說季鷹未歸，儘管西風已起，「鱸魚堪膾」，也是徒然，故曰「休說」。這是說他身逢世亂，有家而歸不得。接着用劉備與許汜故實，意思更深一層，說像許氾那樣「求田問舍」，應該愧對有才氣的劉郎。這是說他眼見時勢艱危，有志救世報國，自不屑「求田問舍」，爲個人打算。以上用事，已將其內心深意，宛轉說出。可是，報國有心，請纓無路，眞是事與願違，人生之不幸，莫過於此。

「可惜流年，憂愁風雨，樹猶如此」三句，用桓溫語，寫英雄易老之悲。意思是：可惜年光如流，由於無情風雨的摧殘，樹木都將搖落；「樹猶如此」，而人，又怎能經得起憂患的煎熬呢！作者把「人何以堪」一句咽住而不說出，是則「江南遊子」只有抱恨以終老矣。

結尾「倩何人、喚取紅巾翠袖，搵英雄淚」二句，與上闋結語「無人會，憑闌意」遙相呼應。由於家國之愁，身世之悲，一時交集心頭，英雄亦不免淚下，但憑闌之意，無人能會，有誰來拭乾淚眼予以慰藉呢？那只有寄望於「紅巾翠袖」了。

稼軒此詞係寫登臨賞心亭之感慨，才氣縱橫，意境沈鬱，自是集中高作。而登高懷土之思，與遭亂不遇之憂，充分表現其一己之性情與懷抱，尤見賦心，故陳亦峯謂此詞不減王粲登樓賦。

摸魚兒

辛棄疾

淳熙己亥，自湖北漕移湖南，同官王正之置酒小山亭，爲賦。

更能消、幾番風雨？匆匆春又歸去！惜春長怕花開早，何況落紅無數。春且住，見說道、天涯芳草無歸路。怨春不語，算只有殷勤，畫簷蛛網，盡日惹飛絮。　長門事，準擬佳期又誤。蛾眉曾有人妒。千金縱買相如賦，脈脈此情誰訴？君莫舞，君不見、玉環飛燕皆塵土！閑愁最苦，休去倚危闌，斜陽正在，煙柳斷腸處。

(1)淳熙己亥—宋孝宗淳熙六年。
(2)漕—水運曰漕。此處爲漕司之簡稱。宋時以轉運使掌漕運，亦稱爲漕司。
(3)長門事—指漢武帝時陳皇后失寵別居長門宮事。詳見辛棄疾賀新郎詞註。
(4)玉環—唐玄宗貴妃楊太眞之小名。得寵後，父兄均驟然尊貴，勢傾天下。安祿山叛亂，玄宗奔蜀，至馬嵬坡，六軍以太眞與從兄國忠倡亂，止不發，乃誅國忠，賜太眞死。
(5)飛燕—趙姓，漢成帝宮人，擅歌舞，寵冠後宮，嗣立爲皇后。哀帝立，尊爲皇太后。平帝初廢爲庶人，自殺。

此詞是作者將自湖北漕司調移湖南，其同僚王正之在小山亭設酒餞行時所作。其內涵雖在傷春惜別，但實際上却是暗傷國事，並抒發其鬱鬱不得志的忠憤胸懷。

首句「更能消幾番風雨」，起勢翻騰有力，宛若破空而來。故陳亦峯云：「起處『更能消』三字，是從千回萬轉後倒折出來，眞是有力如虎。」此句與「匆匆春又歸去」一句連結一起，是說：還能禁得起幾番風雨呢？春天很快的就要歸去了。把傷春的哀感直截了當地揭示出來。這二句，是一種慨歎的語氣，雖是傷春，也含有暗傷國事之意。同時也包蘊了全篇的意旨。

「惜春長怕花開早，何況落紅無數」二句，是從「春歸去」而發展出來的惜春的意念。花是春天的象徵，因爲愛惜春天，長是怕象徵着春天的花開得太早，而提早凋謝；這是一種癡情的想法。可是事實如此：今天春花在幾番風雨中已飄落無數，「何況」二字，把作者惜春春去的哀傷失望的心情，加重地表達出來。

下接二句：「春且住，見說道、天涯芳草無歸路。」是轉折筆法，仍在發揮惜春之意。前二句是說怕春歸去而春竟歸去，惜春情緒已陷於無可奈何之中，於是發出「春且住」一喝，帶有拗怒之意，呼喚春天且住，聽說天涯芳草芊緜已沒有歸路了。是把春天擬人的寫法，其中實寓有深意。

在上面「惜春」以下的四句中，「怕花開早」，是暗示對國家的關愛；「落紅無數」，是暗示國勢的衰微；「春且住」，是心傷國事而發出的呼喚；「春無歸路」，是失望的悲愁。

「怨春不語，算只有殷勤，畫簷蛛網，盡日惹飛絮」四句，由「惜春」而到「怨春」，但惜春者仍然是盡力而爲，希望留住春天。留春不住，所以「怨春」；「怨春」而「不語」，可知「惜春」的心情已入於無可言說的淒咽之境。但此時却見到「畫簷蛛網」，仍然是情意殷殷盡日不停地網住飛落的絮花。蛛網本是無情之物，它爲了要留住春天，還知道把飛絮網住。蛛網尚知如此，何況人乎？由此可見，作者雖然是滿腔悲憤，感歎國事之難以挽回，仍然藉蛛網而自爲惕勵，激發「知其不可爲而爲之」的精神。在悲憤中見渾厚，這就是稼軒不可及的地方。

上半闋以寫景爲主，暗傷國事。下半闋則着重寫事，抒發其懷才不遇的憤懣。

「長門事，準擬佳期又誤。蛾眉曾有人妒。千金縱買相如賦，脈脈此情誰訴？」這幾句用漢武帝陳皇后失寵退居長門宮的故事，比喻自己的不幸遭遇。稼軒原任湖北漕司，掌理軍需糧餉轉運之事，無法一展其才，這次調往湖南仍是同樣職務，他原來忖度着將可得朝廷重用，至此又告失望，錯過了報效國家的機會，所以說「準擬佳期又誤」。「蛾眉」在此處是指美人，他說美貌的女子常遭人嫉妒。其隱含的意思是：一個有才識有作爲的人也會遭朝廷小人的嫉妒，使他不獲重用，有如陳皇后被冷落在長門宮一樣。接着他又感慨地說：今天縱有千金能買得像司馬相如寫長門賦那樣的才華，諒也無法把我心中的情意傾訴出來。這就是說：陳皇后還有司馬相如爲作「長門賦」，能感動漢武帝而復得寵幸，而他是沒有希望獲得朝廷的重用了。可見他的遭遇比陳皇后更爲不幸。眞是幽怨感傷已極。

下接「君莫舞，君不見、玉環飛燕皆塵土」二句，是從上面「蛾眉曾有人妒」而來，是對朝廷那些讒害賢能的小人而發的。「玉環飛燕」，都是恃寵善妒的女子，此處用來比擬朝廷的小人。所以這二句隱含的意思是：你們這些得寵的小人不要洋洋得意，那恃寵善妒的楊貴妃和趙飛燕不都是終遭慘死而化爲塵土了嗎？這是對朝廷小人的誅伐，可見作者心中的悲憤。

最後「閑愁最苦，休去倚危闌，斜陽正在煙柳斷腸處」三句，再寫眼前之景，回應上半闋的「落紅」、「飛絮」，以總結全篇之意。「閑愁」一句，把春歸、國事以及個人遭遇的種種哀傷感慨全部收納在內。「斜陽煙柳」，喻國運之衰微。「休去倚危闌」，似乎是作者在極端失望中浮現出的消沉的意念，他警惕自己：不要去看那象徵國運衰微的「斜陽煙柳」吧，但那却是最使他「腸斷」的景象呵！其中多少曲折，而胸中的一片赤忱，却蘊藏在內。

綜觀此詞，意極沈鬱，而筆勢靈動，曲折頓挫之處，令人盪氣廻腸，在幽怨悲憤之中尚能見其渾厚，尤爲可貴。陳亦峯評此詞云：「怨而怒矣，然沈鬱頓宕，筆勢飛舞，千古所無。『春且住』一喝怒甚，結得愈淒涼，愈悲鬱。」梁任公則云：「廻腸盪氣，至於此極。前無古人，後無來者。」均是至當之論。

永遇樂

京口北固亭懷古

辛棄疾

千古江山，英雄無覓，孫仲謀處。舞榭歌臺，風流總被，雨打風吹去。斜陽草樹，尋常巷陌，人道寄奴曾住。想當年金戈鐵馬，氣吞萬里如虎。　元嘉草草，封狼居胥，贏得倉皇北顧。四十三年，望中猶記，烽火揚州路。可堪回首，佛貍祠下，一片神鴉社鼓。憑誰問，廉頗老矣，尙能飯否？

(1)京口—地名，今江蘇省鎮江縣治。元和志：「孫權自吳徙丹徒，號曰京城；後遷建業，於此置京口縣。」

(2)北固亭—在鎭江城北一里北固山上。清顧祖禹撰讀史方輿紀要云：「北固山在鎭江城北一里，下臨長江，三面濱水，廻嶺斗絕，勢最險固。晉蔡謨起樓其上，以貯軍實，謝安復營葺之，即所謂北固樓，亦曰北固亭。」

(3)孫仲謀—三國吳帝孫權，字仲謀。

(4)寄奴—南朝宋武帝劉裕，字德輿，小字寄奴。曾居住丹徒京口縣。

(5)金戈鐵馬—謂戰事。五代史李襲吉傳：「金戈鐵馬，蹂踐于明時。」

(6)元嘉—南朝宋文帝年號。

(7)草草—草率之意。

(8)封狼居胥—狼居胥，山名。史載漢武帝時，霍去病追擊匈奴，遠涉沙漠，封狼居胥山而還。清會典圖謂狼居胥山在蒙古鄂爾多斯黃河西北騰格里泊之西南。封山者，謂封土爲壇增山之高以祭天也。此詞以封狼居胥爲追擊胡虜之意。

(9)四十三年—按此詞係宋寧宗開禧元年稼軒守京口時所作，距宋高宗紹興三十二年稼軒南渡回朝，恰爲四十三年。

(10)佛貍祠—北魏太武帝，小字佛貍。元嘉中，他在擊敗宋文帝北伐之師後，引兵南下，直抵長江，在六合縣東南瓜步山上建立行宮，後爲佛貍祠。

(11)一片神鴉社鼓—謂社日祭神擊鼓與啼鴉一片喧鬧之聲。

⑿廉頗老矣二句—史記廉頗列傳：「廉頗爲趙上將，以讒奔魏。久之，趙思復得廉頗，使使者視廉頗尚可用否。廉頗之仇郭開多與使者金，令毀之。趙使者既見廉頗，廉頗爲之一飯斗米，肉十斤，披甲上馬，以示尚可用。趙使者還報王曰：『廉將軍雖老，尚善飯，然與臣坐，頃之，三遺矢矣。』趙王以爲老，遂不召。」此詞是稼軒自比廉頗，人雖老而雄心猶在。

此詞是登京口北固亭懷古之作。

上半闋先寫歷史上與京口有關係的英雄人物。

發端「千古江山」一句，氣勢雄渾，挾有無比的震撼力量。「千古」是代表時間，「江山」是代表空間，時空揉合，從登臨之地來追懷歷史人物，揭開了抒寫懷古之情的序幕。「英雄無覓，孫仲謀處」，是說：作者眼裏的江山，依舊是千百年以前的江山，可是今天卻無處可以尋得像孫權那樣的英雄人物了。因爲孫權當年曾鎮守京口，擊潰自北方來犯的曹操大軍，所以作者認爲他是一位值得讚美的英雄。是讚美，也是感嘆。

接下「舞榭歌臺，風流總被，雨打風吹去」三句一轉，是說古來喧赫一時的大英雄大事業，都跳不出歷史盛衰的轍跡，如同隆盛時期建築起來的「舞榭歌臺」一樣，總是在「雨打風吹」中趨於衰落，最後又歸於消失。這是更深一層的感嘆。

「斜陽草樹，尋常巷陌，人道寄奴曾住」三句，再提出一位歷史上的英雄人物，這是從登臨眺望的景物聯想出來的，說是根據傳說，在斜陽裏，那草木掩映的平常的里巷，就是當年大英雄劉裕居住的地方。「想當年金戈鐵馬，氣吞萬里如虎」二句，極寫劉裕當年揮兵討逆氣吞六合的雄風，卒能誅滅桓玄，興復晉室。這也是作者心目中一位值得讚美的英雄。

以上作者舉出歷史上的孫權和劉裕，都是與京口有關的人物，自是寫登臨懷古之作的慣用手法；不過在這裏作者要盛讚這兩位英雄的勇武有爲，實際上是在感嘆：今天還沒有這樣的英雄能夠擊敗金人，光復河山。同時也暗自感嘆他雖有雄才大略，却不獲朝廷重用。

下半闋轉寫歷史上的挫敗事蹟，以及個人的慘痛回憶，然後以身世之感作結。

開始「元嘉草草，封狼居胥，贏得倉皇北顧」三句，寫南朝宋文帝好大喜功，想效法漢代霍去病大破匈奴，封狼居胥，草率出師北伐，結果招致慘敗。「倉皇北顧」，是寫其倉惶敗退回望追兵的狼狽之態。這是作者呼籲當道主戰者，要記取歷史的教訓，不可魯莽從事。於此可見作者的憂國之思。

「四十三年，望中猶記，烽火揚州路」三句，是作者登高眺望引發出來的慘痛回憶，也是他血淚的歷程。當年作者率衆南歸從揚州渡江，正值金兵南犯，揚州路烽火連天，到今天已經四十三年了。往事猶歷歷在目，思之倍覺感傷。

接下「可堪回首，佛貍祠下，一片神鴉社鼓」三句，按當年北魏太武帝擊敗宋文帝以後，直抵長江北岸，在瓜步山上建立行宮，即是後來的佛貍祠。此處是作者慨嘆當時的異族在此祭神，擊鼓喧闐，亂鴉啼噪，混成一片，借以表明金人猖獗的情形。言之痛心，故說不堪回首。

結尾「憑誰問，廉頗老矣，尚能飯否」三句，明白揭出作者的身世之感。至此，可知作者在上半闋列舉英雄人物，是爲作者自傷不遇而發。這裏他是以廉頗自比，表示他今天雖然年邁，仍是可用之才。但有此雄心，却無人前來探問。壯懷慷慨，如見其人。素志未酬，爲之三嘆。

稼軒此詞，沈雄悲壯，氣盛言宜，爲千古不朽之作。楊升庵云：「辛詞當以『北固亭懷古』永遇樂爲第一。」陳亦峯云：「句句有金石聲音，吾怖其神力。」繼蓮畦云：「此闋悲壯蒼涼，極詠古能事。」可見評家對此詞評價之高。

祝英臺近

晚春

寶釵分，桃葉渡，煙柳暗南浦。怕上層樓，十日九風雨。斷腸片片飛紅，都無人管，更誰勸、啼鶯聲住？鬢邊覷，試把花卜歸期，纔簪又重數。羅帳燈昏，哽咽夢中語：「是他春帶愁來，春歸何處？却不解、帶將愁去！」

(1)寶釵分—喻夫妻分別。古有分釵贈別之習俗。白居易長恨歌：「惟將舊物表深情，鈿合金釵寄將去；釵留一股合一扇，釵擘黃金合分鈿。」

(2)桃葉渡—晉王獻之送其妾桃葉，在今南京市秦淮與青溪合流處，後人名其地曰桃葉渡。

(3)南浦—泛指送別之地。

(4)覷—伺視也。

此詞題作晚春，乃是寫春閨怨情之作。

上半闋開頭「寶釵分，桃葉渡，煙柳暗南浦」三句，寫夫妻分別時的情景。釵股擘分，桃葉渡水離去，南浦送別之地，柳煙如織，綠暗淒迷，已是暮春時節，依依惜別，令人不能爲懷。（按祝英臺近一調，首二句三字對偶，乃是定格。此詞首二句「寶釵分，桃葉渡，」「分」爲動詞，則「渡」亦必爲動詞；故此處之「渡」，應作「渡水」解，若將「渡」當爲名詞，解作「渡口」之意，則誤。且在下一句中有「南浦」字樣，若此句解作「桃葉渡口」，意亦重復。）「怕上層樓，十日九風雨」二句，寫別後的心情。暮春天氣，風風雨雨，十日難得一晴，憑高眺望，但見煙雨迷濛，南浦送別之處亦不能見，更增加離人心頭的悵惘，故說「怕上層樓」。「斷腸片片飛紅，都無人管，更誰勸，啼鶯聲住」三句，再就暮春景色，以寫離人之愁。斷腸的飛紅零落堪憐，而竟無人管，已使人不勝悽愴；惱人攪夢的鶯聲，也無人能勸它停住，更使人煩憂不已。明知飛紅無人能管，啼鶯也無人能勸，而作者却如此說，離人心緒，固是哀怨無端，然其中是否另有怨情，亦耐人尋味。

下半闋乃寫閨中情事。「鬢邊覷，試把花卜歸期，纔簪又重數」三句，係寫盼望重聚的心情，意思可分三層來說：第一層，是仔細察看插在鬢邊的花；第二層，是試把花取下，數花瓣多少以卜算歸期；第三層，是把花簪上鬢邊以後，再取下來重數一遍。描寫婦人的心情動作，可謂曲盡其妙。再三問卜，足以顯示其盼望歸人之心切。

「羅帳燈昏，哽咽夢中語」二句，是說在羅帳低垂夜沈燈暗的時候，夢中言語，亦因悲泣而至結塞了。由此可知，問卜無準，歸期成幻，夢尋亦不得見矣。其情之苦，令人黯然魂銷。「是他春帶愁來，春歸何處？却不解、帶將愁去」三句，便是夢中哽咽的言語。說她的愁是春天帶來的，而春天歸去却不把她的愁帶走。人去春歸，是她的怨情所在，但她却不怨良人不歸，而只怨春不把她的愁帶去。詞旨溫厚，其情益見深摯。

稼軒此詞，寫閨中怨情，曲折細膩，意興深微，極工巧之能事，自不在晏歐之下。沈東江云：「稼軒詞以激揚奮厲爲工，至『寶釵分，桃葉渡』一曲，昵狎溫柔，魂銷意盡，詞人伎倆，眞不可測。」足見稼軒詞的多種風格。

張臯文謂此詞「飛紅」、「流鶯」，皆有所指；「春帶愁來」，亦有所刺。黃蓼園亦謂此詞係借閨怨以抒其志。皆係有得之言，姑存其說，以供讀者玩味。

菩薩蠻

書江西造口壁

辛棄疾

鬱孤臺下清江水，中間多少行人淚。西北是長安，可憐無數山。　青山遮不住，畢竟東流去。江晚正愁余，山深聞鷓鴣。

(1)造口──在今江西萬安縣西南六十里，有皂水（一作造水）經此流入贛江。據云南渡初，金人曾追隆裕太后御舟至造口，不及而還。

(2)鬱孤臺──在江西省贛縣西南賀蘭山之巔，鬱然孤峙，故名。唐時郡守李勉，登臨北望，故又名望闕臺。宋時郡守曾慥又築二臺，南爲鬱孤，北爲望闕。

此詞是作者在江西造口的懷古之作，寫其胸中的感慨與憤懣。

上闋開頭「鬱孤臺下清江水，中間多少行人淚」二句，從面前之景著筆，却含有無限的懷古之情與憂國之思。作者所臨之地造口，在宋室南渡之初，金人曾追隆裕太后御舟至此；而且這一帶地區也曾遭受金兵的蹂躪，所以造口是一個令人感到恥辱與傷心的地方。作者身臨其境，追想過去的沉痛史實，自不免要流下淚來，面對鬱孤臺下的清江水，說出：「中間多少行人淚」。接下「西北是長安，可憐無數山」二句，是由南渡之恨而興起對於北宋舊都的懷念。但中原遙望，只有無數的山巒而已。而舊都久陷還未恢復，望闕不見，叢山入眼，故曰「可憐」。語意悲涼，却含有鬱勃的忠憤之氣。

下闋前二句「青山遮不住，畢竟東流去。」是承接上面「無數山」而來，却把筆鋒轉移到面前的江水上去。說青山雖然遮住舊都使人望而不見，畢竟擋不住悠悠的江水。而此江水却挾帶着無數憂國的眼淚滾滾東流，使人們永遠不能忘記南渡之恨，也永遠不能忘記北宋的舊都。

結語「江晚正愁余，山深聞鷓鴣」二句，是說作者見到江上的日色已暮，正在爲着舊都未復而發愁的時候，遠處深山裏却傳來鷓鴣的啼聲。「行不得也」，似乎是告訴作者今天收京之事還非其時呢！自然又使作者感到沮喪，而陷於深深的傷感之中了。

稼軒此詞，以樸拙之筆，寫深摯憂國之思，而豪宕剛勁之氣，貫串全篇，非經深鍊，亦所不能。故梁任公云：「菩薩蠻如此大聲鞺鞳，未曾有也。」

鷓鴣天

鵝湖歸病起作

枕簟溪堂冷欲秋，斷雲依水晚來收。紅蓮相倚渾如醉，白鳥無言定自愁。　書咄咄，且休休。一丘一壑也風流。不知筋力衰多少，但覺新來懶上樓。

(1)鵝湖—山名。在江西省鉛山縣。上有湖，湖中多荷，舊名荷湖山。晉末有龔氏養鵝於此，改名鵝湖。

(2)書咄咄—用殷浩事。晉殷浩被黜放後，常終日書空，作「咄咄怪事」四字。按言咄咄怪事者，取猝乍相驚之意。書空，謂以指畫空間，虛構字形也。

(3)且休休—用司空圖事。唐書卓行傳：「司空圖本居中條山王官谷，有先人田，遂隱不出，作亭觀素室，悉圖唐興節士文人，名亭曰休休。作文以見志曰：『休，美也；既休而美具，故量才一宜休，揣分二宜休，耄而聵三宜休。又少也惰，長也率，老也迂，三者非濟時用，則又宜休。』因自目為耐辱居士。」

此詞是作者鵝湖病起的遣興之作。

上半闋寫景，先從室內說起。首句「枕簟溪堂冷欲秋」，是說作者在臥病的溪邊堂屋裏，感覺枕簟生涼，好像是秋天即將到來。接下一句「斷雲依水晚來收」，筆鋒乃移向室外，說孤零的片雲依戀着湖水，直到傍晚的時分纔漸漸消去。

「紅蓮相倚渾如醉，白鳥無言定自愁」二句，對仗工巧，續寫湖上景物。紅色的蓮花相互依偎着，像是在醉酒沈酣之中；白色羽毛的鳥棲止不啼，定是在暗自發愁。

以上全是寫景，而景中有情，且有喻意。時節未秋而先覺秋，是自傷老病之意；「斷雲依水」，是自傷幽獨之意；「紅蓮相倚」、「白鳥無言」，是樂者自樂、憂者自憂之意。

下半闋乃發議論，「書咄咄」，係用晉殷浩事；「且休休」，係用唐司空圖事。一為驚詫被黜而憤憤不平，一為自忖宜休而以歸隱為得計，兩者心境相反，而作者却將此二事同時並舉，殊堪玩味。蓋作者現在的心境已與往昔不同，他固然同情殷浩的遭遇，却更讚賞司空圖的想法。故曰「且休休」。可見「老病宜休」是本詞的主意所在。作者在前半闋中寓有「樂者自樂、憂者自憂」之意，心中仍不免存有憤懣之情緒，至此已消化於無形。

下接「一丘一壑也風流」一句，意思是：鵝湖山的一丘一壑都有風韻情趣，也就是他養病歸隱的好地方。這是寬慰自己，爲「老病宜休」說出理由。

結尾二句「不知筋力衰多少，但覺新來懶上樓。」既非寬慰，也無憤懣。樓也懶上，自然是筋力漸衰，仍是補足「老病宜休」的主題。

綜觀此詞，前闋寫景，託意幽深，後闋抒發議論，明其心事。詞境恬穆，剛氣內斂，全篇以老病宜休爲主意，用筆則若即若離，神味最永。

陳亦峯云：「信筆寫去，格調自蒼勁，意味自深厚，不必劍拔弩張，洞穿已過七札，斯爲絕技。」此係對此詞結語二句而言，並非過譽。

俞國寶

俞國寶，宋臨川人。淳熙太學生。有醒庵遺珠集。其詞不多見，惟風入松一詞，風神婉秀，情致綿綿。不讓小山、淮海。

風入松

一春長費買花錢，日日醉湖邊。玉驄慣識西湖路，驕嘶過、沽酒樓前。紅杏香中簫鼓，綠楊影裏鞦韆。暖風十里麗人天，花壓鬢雲偏。畫船載取春歸去，餘情付、湖水湖煙。明日重扶殘醉，來尋陌上花鈿。

(1)玉驄——謂玉色之馬。
(2)沽酒——沽，通酤，買也，又賣也。故沽酒，解作買酒或賣酒均可。
(3)花鈿——嵌金花的婦人首飾。

此詞是作者在西湖買醉的即興之作。

武林舊事云：「淳熙間德壽三殿遊幸湖山，一日御舟經斷橋，旁有小酒肆頗雅，舟中飾素屏，書「風入松」一詞于上。光堯駐目稱賞久之，宣問何人所作，乃太學生俞國寶醉筆也。上笑曰：『此詞甚好，但末句未免儒酸。』因爲改定云：『明日重扶殘醉』，則迥不同矣。卽日命解褐云。」

上半闋首句「一春長費買花錢」，起勢飄逸。下接「日日醉湖邊」一句，說作者每天都在湖邊買醉，暗示他對西湖的欣賞與熱愛，這也是他「長費買花錢」的原因。

「玉驄慣識西湖路，驕嘶過沽酒樓前」二句，是說作者所騎的馬已熟諳西湖路徑，在行過買酒樓前時，特別高聲放縱地嘶鳴，這是借玉驄會意來描寫他日日買醉的生涯。此與清眞夜飛鵲詞「花驄會意，縱揚鞭亦自行遲，」同其新逸，耐人咀嚼。

「紅杏香中簫鼓，綠楊影裏鞦韆」二句，眞是有聲有色，「紅杏」、「綠楊」、「簫鼓」、「鞦韆」，交織成一幅穠麗的畫面，把西湖景色之美與游樂之盛，形容到了極致。

下半闋首二句「暖風十里麗人天，花壓鬢雲偏」二句，是以「麗人」來襯托春日西湖的遊樂之盛。簪花壓鬢，顯示出她們嬉遊在暖洋洋春風中的姿態之美，也顯示出她們對西湖春遊的興致之高。

「畫船載取春歸去，餘情付湖水湖煙」二句，是寫西湖遊樂高潮已經過去，畫船把春天載着歸去，也把嬉遊的麗人帶走，西湖又歸於一片沉寂，「餘情」都付與「湖水湖煙」了。作者的一日之醉也必須結束，對於西湖的戀意詩心，也融化於「湖水湖煙」中了。

結尾「明日重扶殘醉，來尋陌上花鈿」二句，說明作者對於西湖之春的繾綣，餘興未已，明天還要帶着殘留的醉意，來尋找路上遺落的花鈿。餘波蕩漾，情致纏綿。

綜觀此詞，精美流暢，情致盎然；描寫西湖風光之綺麗與遊事之盛況，盡態極妍，實爲遊賞西湖作品中不可多得之作。

陳亦峯云：「『金勒馬嘶芳草地，玉樓人醉杏花天。』有此香豔，無此情致。結二句餘波綺麗，可謂回頭一笑百媚生。」所評甚爲精當。

劉過

劉過，字改之，號龍洲道人。南宋吉州太和人，當光宗、寧宗時，以詩遊謁江湖，嘗爲辛稼軒之客。性疏豪不羈，才氣橫溢。有龍洲詞二卷傳世。

其詞學稼軒，多發壯語，間亦有疏快婉秀之作。馮夢華宋六十家詞選例言云：「龍洲自是稼軒附庸，然得其豪放，未得其宛轉。」劉融齋云：「劉改之詞，狂逸之中，自饒俊致，沈著不及稼軒，足以自成一家。」

唐多令

重過武昌

蘆葉滿汀洲，寒沙帶淺流，二十年重過南樓。柳下繫船猶未穩，能幾日，又中秋。　黃鶴斷磯頭，故人曾到否？舊江山渾是新愁。欲買桂花同載酒，終不似，少年遊。

(1)汀洲—汀，水岸平處。洲，水中可居之沙洲。

(2)南樓—卽黃鶴樓，在湖北省武昌縣西黃鵠磯上。寰宇記謂費文禕登仙，嘗駕黃鶴憩此，故名。

此詞係作者重過武昌黃鶴樓，撫今追昔，抒寫其憂國之思與自傷老大之感。

上半闋起頭「蘆葉滿汀洲，寒沙帶淺流」兩句，寫在黃鶴樓所見之景色：汀洲上長滿了蘆葦，枯淺的寒水在沙灘流過，交織成秋日江頭一片蕭條冷寂的氣氛，侵人的秋意已撩起作者感傷的心緒。「二十年重過南樓」一句，說明這次過黃鶴樓是舊地重遊。「二十年」，是多麼漫長的一段時間！爲甚麼今天纔能重來此地？在這二十年中，國家和個人又發生了多少變故？俯仰今昔，自然是感慨萬端。

上半歇拍「柳下繫船猶未穩，能幾日，又中秋」三句，緊接上句「重過南樓」；「繫船未穩」的意思，是說路過此地還未住定。不多幾天又是中秋節日了。這是寫流光迅羽之感。

下半闋頭二句「黃鶴斷磯頭，故人曾到否？」是就黃鶴樓的故實來抒寫其感慨。「故人」係指仙人費文禕，說昔時曾駕黃鶴來黃鵠磯頭遊憩的故人，這些年來曾經重臨此地否？作者心中的意思：二十年來的滄桑之變，就是仙人看到，一定也會感傷的。「舊江山渾是新愁」一句，乃揭露其胸中的國破之悲。江山依舊，世事已非，此語最爲沉痛，令人讀之無限悽愴。

結尾「欲買桂花同載酒，終不似，少年遊」三句，又將家國之悲寓於個人的傷感之中。此是說作者想結伴載酒同遊，可是今天的一切都不似少年時候了。故國破碎，自身老大，故人也不知何處，還有甚麼心情載酒同遊呢？

綜觀此詞，精暢婉秀，自是小令中之工品。而語意悽愴，感人至深，乃龍洲詞中不可多得之作。先遷甫稱此詞與陳去非「杏花疏影裏，吹笛到天明」，並數百年絕作。譚復堂稱之爲雅音。

黃蓼園云：「按宋當南渡，武昌係與敵分爭之地，重過能無今昔之感。詞旨清越，亦見含蓄不盡之致。」以上三說，均對此詞有極高之評價。

姜夔

姜夔，字堯章，宋鄱陽人。依夏瞿禪姜白石繫年考證：白石生年約當高宗紹興二十五年前後，孩幼時侍父宦漢陽，往來沔鄂幾二十年。孝宗淳熙間，識蕭德藻，德藻以其兄之子妻之，攜之同寓吳興之武康；以所居鄰苕溪之白石洞天，故自號白石道人，又號石帚。

白石少時卽以詞名，嘗由楊萬里介謁范成大於蘇州，成大以為翰墨人品皆似晉宋之雅士。白石平日頗以唐詩人陸龜蒙自擬，萬里亦稱其文無不工，甚似龜蒙。生平交游甚廣，並時名流文士多與訂交。藏一話腴稱：白石道人氣貌若不勝衣，而筆力足以扛百斛之鼎。家無立錐，而一飯未嘗無食客。圖史翰墨之藏，汗牛充棟，襟懷灑落，如晉宋間人。

寧宗慶元三年，白石進大樂議及琴瑟考古圖于朝，論當時樂器、樂曲、歌詩之失，以時嫉其能，不獲盡所議。二年以後，又上聖宋鐃歌鼓吹十二章，詔免解。與試禮部，不第，遂以布衣終身。卒於西湖，約在寧宗嘉定十四年，貧不能殯，吳潛諸人助之葬于錢塘門外西馬塍。

白石才情超逸，精曉音律。擅詩詞，所為詩說，多精至之論，亦精鑑賞，工翰墨。著書可考者十三種。然以詞之成就最高，有白石道人歌曲傳世。集中有十七首詞，每字旁皆注明工尺譜，此是七百餘年前流傳下來唯一完整之宋詞樂譜，為歷來學者研究民族音樂最珍貴之資料。

白石為南宋後期之大詞人，其詞文字典雅，聲律精嚴，與南宋前期稼軒一派激昂橫絕、不計文字工拙、不受音律拘束之詞風，大異其趣。蓋南宋後期，由於匡復無望，士習苟安，於是世胄遺賢，文人才士，乃陶醉湖山，寄情聲樂；對於音律之考究，字句之鍛鍊，皆竭盡心思，競相爭勝。白石承襲清眞之遺緒，才高筆健，精思獨造。所作之詞，典麗騷雅，清虛峭拔，音節諧婉，意蘊深微，樹立典雅詞派之獨特風格，爲衆所讚賞，蔚成一時風氣。其同時及後起之詞人，如張輯、盧祖皐、史達祖、高觀國、吳文英、周密、王沂孫、張炎等，莫不以白石之詞是尙，使白石成爲南宋後期詞壇之宗主。而清眞典型詞風又重爲世人所推重。至此，悲壯激昂之詞風，即隨之而趨於銷沉。由此可知，白石詞風之鼎盛，實有其時代背景之關係。其流風餘韻，影響極爲深遠，降至元明兩代，仍爲多數詞人所宗奉；清代詞學大盛，名家輩出，清眞、白石詞風依然是詞壇之主流。可見白石在中國詞學發展史上所佔地位之重要。

綜觀白石之詞，格高韻遠，氣清筆峭，確有其高絕獨詣之處。歷來評家推崇備至，玆選錄其較爲精當之評語於次：

黃花庵云：「白石詞極精妙，不減清眞，其高處有美成所不能及。」

張叔夏云：「姜白石如野雲孤飛，去留無迹。」

宋于庭云：「詞家之有姜石帚，猶詩家之有杜少陵，繼往開來，文中關鍵。其流落江湖，不忘君國，皆借託比興，於長短句寄之。」

先遷甫云：「張三影醉落魄詞，有『生香眞色人難學』之句，予謂『生香眞色』四字，可以移評石帚之詞。」

鄧嶰筠云：「詞家之有白石，猶書家之有逸少，詩家之有浣花；蓋緣識趣既高，興象自別。」

戈順卿云：「白石之詞，清氣盤空，如野雲孤飛，去留無迹；其高遠峭拔之致，前無古人，後無來者，眞詞中之聖也。」

馮夢華云：「白石爲南渡一人，千秋論定，無俟揚搉。樂府指迷，獨稱其暗香、疎影、揚州慢、一蕚紅、琵琶仙、探春慢、淡黃柳等曲，詞品則以詠蟋蟀齊天樂一闋爲最勝。其實石帚所作，超脫蹊徑，天籟人力，兩臻絕頂，筆之所至，神韻俱到；非如樂笑、二窗輩，可以奇對警句，相與標目，又何事於諸調中強分軒輊也。」

劉融齋云：「姜白石詞，幽韻冷香，令人挹之無盡。擬諸形容，在樂則琴，在花則梅也。」

陳亦峯云：「姜堯章詞，清虛騷雅，每於伊鬱中饒蘊藉，清眞之勁敵，南宋一大家也。夢窗、玉田諸人，未易接武。」又云：「美成、白石，各有至處，不必過爲軒輊。頓挫之妙，理法之精，千古詞宗，自屬美成；而氣體之超妙，則白石獨有千古，美成亦不能至。」

以上九家之評語，足以闡發白石超絕之詣，對於吾人探研白石詞之精奧，亦多啓發，值得尋繹玩味。

關於貶抑白石詞之評論，約有二項，分別說明於次：

㈠沈義父云：「白石清勁知音，亦未免有生硬處。」持此論者，似未能體味白石詞清剛之骨氣；白石詞常以硬語盤空、滑處能澀取勝，實未可以生硬目之。陳亦峯云：「白石詞以清虛爲體，而時有陰冷處格調最高，沈伯時（義父）譏其生硬，不知白石者也。」此說甚當。

㈡王靜安云：「白石有格而無情。」此說甚陋。白石胸懷恬淡，運意高遠，故詞中罕有激越之音。其言情之作，亦多以淡語出之，而淡語中却有深摯感情在，自不可誣之爲「無情」。夏瞿禪「白石懷人詞考」云：「白石詞從周邦彥入而從江西詩出，非如五代、北宋之但工薔豔；懷人各篇，益以眞情實感，故生新刻至，愈淡愈深。……今讀江梅引、鷓鴣天諸詞，一往之情，執着如此。……王國維（靜安）評爲『有格而無情』，則尤爲輕詆厚誣矣。」可知「無情」之說，實墮偏見。

點絳脣

丁未冬，過吳松作。

燕雁無心，太湖西畔隨雲去。數峯清苦，商略黃昏雨。　第四橋邊，擬共天隨住。今何許？憑闌懷古，殘柳參差舞。

(1)丁未——南宋孝宗淳熙十四年。

(2)吳松——卽吳淞江。在江蘇省境。古稱笠澤，亦稱吳江、松江，俗名蘇州河。源出太湖，東北流，經吳江、吳縣、青浦、松江、嘉定等縣，至上海合黃浦江入海，爲太湖入海之惟一幹流。

(3)太湖——古曰震澤，又有笠澤、五湖等名。湖跨江、浙兩省，湖水東溢爲劉河、黃浦、吳淞諸水，分注長江。

(4)商略—討論之義，與商量、商度略同。

(5)第四橋—蘇州府志：甘泉橋一名第四橋，以泉品居第四也。

(6)天隨—唐詩人陸龜蒙，隱居松江甫里，性高放，不交俗流，自號天隨子。白石慕其爲人，詩中每以龜蒙自比。

此詞是丁未年冬白石過吳松時所作，細玩詞意，兼有傷時及身世之感。開頭「燕雁無心，太湖西畔隨雲去」二句，寫過吳松時所見之景，卽暗示作者的身世之感。依夏瞿禪「姜白石繫年」所載：丁未年白石是三十三歲，在這一年的春初，白石曾過金陵江上，三月後遊杭州，以蕭德藻介，袖詩謁楊萬里，再由萬里以詩送往見范成大，到夏天的時候乃依蕭德藻居湖州。在這一時期裏，白石是過着浪跡江湖漂泊無定的生活，這年冬再過吳松作這首詞時，其心境自必受漂泊生活的影響。再看這首詞起筆就拈出「燕雁」，頗值得我們玩味。小燕和大雁都是候鳥，牠們是隨着天候的轉變而南來北去的，一個在漂泊生涯中的人，見到「燕雁」自不免有所感觸。「無心」二字，是說「燕雁」隨意來去而無所用心，這也與作者寄情山水瀟灑自如的性格相似。「太湖西畔」，指明吳松所在的位置，也卽是作者經過之地，於此可見，所謂「隨雲去」的，是燕和雁，也是過着雲遊生活的作者。所以我們認爲：這首詞頭二句是以燕雁比喩自己，暗示作者的行踪和心跡，實含有身世之感。

第三、四兩句「數峯清苦，商略黃昏雨。」寫「數峯」，寫「黃昏」，寫「雨」，和前二句中所寫的「燕」和「雁」一樣，都是眼前的景物，但很顯然這些景物却不是比喻自己了。「黃昏」一詞，在古人詩詞中往往用來暗示時世的晦暗衰微；「黃昏」再加上「雨」，自是說時世的晦暗衰微之甚。如此解釋，此處當是指宋室南渡後的國勢。「黃昏雨」既有所指，「數峯」亦必然有所指。從形容「數峯」的「清苦」兩字去尋繹，其所指的必然是人物，而且是關心時世而又可以影響時世的人物。因爲「清苦」一詞，似是描寫人物的清鯁愁苦之神態，而不是描寫峯巒的形狀。有人說「數峯」是指清正剛直的李綱等人，並不是沒有由來的。再看「黃昏雨」上又用「商略」二字，也是以物擬人的寫法，更加強了「數峯」是指人物的論據。可見白石此詞除寄以身世之感而外，並寓有家國之感。宋于庭云：白石流落江湖，不忘君國，皆借託比興於長短句寄之。於此益信。

下闋第一、二兩句「第四橋邊，擬共天隨住。」寫作者的願望。天隨子是唐詩人陸龜蒙的別號，龜蒙性孤高疏放，不交俗流，常泛舟江湖間，故又號江湖散人。爲白石所仰慕，常以龜蒙自況。松山甫里爲龜蒙隱居之地，這次白石路過，自不免因地懷人，並說出心頭的願望。「擬共天隨住」，表示他想和龜蒙在此共住，過着「蓑笠寒江過一生」（白石詩）的生活。

「第四橋」卽是「甘泉橋」，以泉品居第四而得名，龜蒙嗜茶，並置茶園於顧渚山下，龜蒙隱居於此，自與泉品有關。白石此詞不說甫里而特標出「第四橋」，自是有原因的。

最後三句「今何許？憑闌懷古，殘柳參差舞。」寫懷古之感。「今何許」，是緊接上面「擬共天隨住」一句而說的，是疑問語，也是感歎；意思是：我想隨他隱居，可是今天他在甚麼地方呢？這分明是一種空虛的想望而已。於是憑闌「懷古」，不禁「傷今」矣。由於白石羨慕龜蒙的隱居生活而無法實現，自然又興起身世之感了。「殘柳參差舞」，是「憑闌懷古」時所見景物，與上半闋末句中「黃昏」相映照，可作煙柳斜陽之意解釋，作者感時傷事，只以詠歎了之矣。

陳亦峯白雨齋詞話云：「白石長調之妙，冠絕南宋，短章亦有不可及者。如點絳脣（丁未過吳松作）一闋，通首只寫眼前景物，至結處云：『今何許？憑闌懷古，殘柳參差舞。』感時傷事，只用『今何許』三字提唱，『憑闌懷古』下，僅以『殘柳』五字詠歎了之。無窮哀感，都在虛處。令讀者弔古傷今，不能自止，洵推絕調。」頗能道出此詞之妙處。

揚州慢

淳熙丙申至日，予過維揚。夜雪初霽，薺麥彌望。入其城，則四顧蕭條，寒水自碧，暮色漸起，戍角悲吟。予懷愴然，感慨今昔，因自度此曲。千巖老人以為有黍離之悲也。

淮左名都，竹西佳處，解鞍少駐初程。過春風十里，盡薺麥青青。自胡馬窺江去後，廢池喬木，猶厭言兵。漸黃昏清角，吹寒都在空城。　杜郎俊賞，算而今、重到須驚。縱豆蔻詞工，靑樓夢好，難賦深情。二十四橋仍在，波心蕩，冷月無聲。念橋邊紅藥，年年知爲誰生？

(1)淳熙丙申—卽宋孝宗淳熙三年。

(2)至日—多至日。

(3)維揚—謂揚州。

(4)薺—蒺藜也。

(5)戍角—軍營號角。

(6)千巖老人—蕭德藻，南宋初詩人，與白石之父同年進士，晚年自號千巖老人。

(7)黍離—詩經王風篇名。周室東遷，大夫行役至于宗周，過故宗廟宮室，盡爲禾黍，憫周室之顚覆，徬徨不忍去，而作是詩。

(8)淮左名都—指揚州。淮左，謂淮水下游之地，揚州乃淮左著名都會。

(9)竹西佳處—亦指揚州。揚州城北有竹西亭。杜牧題揚州禪智寺詩：「誰知竹西路，歌吹是揚州。」

(9)春風十里—用杜牧詩句，寫揚州路的景象。杜牧贈別詩：「娉娉裊裊十三餘，豆蔻梢頭二月初。春風十里揚州路，捲上珠簾總不如。」

(11)胡馬窺江—指宋高宗時金兵兩次南侵而言。

(12)杜郎—指杜牧。

⒀俊賞—卓越的鑑賞。

⒁豆蔻詞工—指杜牧贈別詩。見前「春風十里」注。

⒂青樓夢好—指杜牧遣懷詩。詩云：「落魄江湖載酒行，楚腰纖細掌中輕。十年一覺揚州夢，贏得青樓薄倖名。」

⒃二十四橋—在揚州城西門外。杜牧寄揚州韓綽判官詩：「二十四橋明月夜，玉人何處教吹簫？」揚州畫舫錄云：「二十四橋，一名紅藥橋，卽吳家磚橋，古有二十四美人吹簫於此，故名。」

⒄紅藥—紅芍藥花。

此詞主旨，在感時傷亂，抒寫家國之思。

起頭「淮左名都，竹西佳處，解鞍少駐初程」三句，直接說出揚州，是作者預定旅程的第一站，並將稍事停留，遊覽一番。此處的「名都」、「佳處」，表示作者對揚州的嚮往。就行文技巧言，則是烘托揚州過去的繁華，以反襯下文「空城」的荒涼之甚。「過春風十里，盡薺麥青青」二句，借用當年杜牧詩稱賞的「春風十里揚州路」，今天行經舊處，只看到野生蒺藜和麥子青青一片。一個「盡」字，暗示出人跡稀少廬舍蕩然的荒涼景象。揚州已不再有昔日的繁華了！

以上在起頭三句中，寫揚州在作者心中的印象，是「名都」、是「佳處」。接下二句，寫作者到了揚州親眼所見的眞實景象，揚州路是「薺麥青青」，一片蕭條。想像中的繁華和眼前的荒涼，兩相對照，自是感喟無窮！以下便說出揚州衰落的原因，以抒發其「黍離之悲」。

「自胡馬窺江去後，廢池喬木，猶厭言兵」三句，是說金兵兩次南侵，揚州飽受戰禍摧殘，瘡痍滿目，直到十幾年後的今天，那荒廢的護城河邊已經生長了高大的樹木，人們還是怕提起當年的兵災劫火。此足說明金兵入侵戰禍之慘烈，其對人們心理影響是如此深遠。陳亦峯白雨齋詞話云：「『猶厭言兵』四字，包括無限傷亂語，他人累千萬言，亦無此韻味。」確是識者之言。

上半收束二句：「漸黃昏清角，吹寒都在空城。」以黃昏時分吹起的淒涼號角聲，渲染「空城」的荒漠氣氛。完成了對於劫後揚州的描述。揚州本來是行人熙攘歌吹喧闐的地方，而作者此刻所聽到的，只有帶着寒氣的號角聲音在「空城」廻盪。撫今追昔，內心的悽愴可知。

上半闋已將昔時繁華的揚州經過戰亂而衰落的情況，描寫得非常完滿，下半闋開始乃轉而從想像着筆，繼續發抒其感慨。

頭二句：「杜郎俊賞，算而今重到須驚。」是作者在想：當年杜牧來揚州遊賞，歌詠繁華，興高采烈，如果今天重來此地看到這荒涼的景象，一定會大爲驚詫的。

接下「縱豆蔻詞工，青樓夢好，難賦深情」三句，是說縱使有杜牧歌詠揚州那樣的才華和雅興，面對着今天衰落到如此地步的揚州，恐怕也難抒寫內心深處的情感了。這三句是用杜詩來表達作者的感慨。

「二十四橋仍在，波心蕩冷月無聲」二句，又從想像中回到眼前的景物上來，是說揚州昔日的繁華已隨歲月的流轉而消逝，當時遊樂勝地——二十四橋的遺跡猶在，可是紛沓嬉笑的遊人，喧囂的歌吹，已不知何處，也聽不到玉人的簫聲，現在只賸橋下波心蕩漾着的一丸冷月，繁華勝地的一切都歸於沉寂了。讀詞至此，彷彿有一種冷寂悲切的氣氛襲上心頭，眞不愧是千古名句。所謂「冷月無聲」，不只是描繪了二十四橋的冷清寂寞，表示揚州勝地的冷清寂寞，同時也反映出懷着家國之感的作者心頭的冷清寂寞。

結尾「念橋邊紅藥，年年知爲誰生」二句，寫作者想念到橋邊的紅芍藥花，年年自開自落，眞不知是爲誰而生？藉紅藥之無人欣賞，表達名都勝地的劫後淒涼，眞是一唱三嘆，韻味無窮。按二十四橋亦名紅藥橋，白石在此詞結語中拈出紅藥，亦有出處，並非憑空而說。

綜觀此詞，係寫揚州劫後的荒涼，以抒發「黍離之悲」。全篇先由眼前實景轉入想像中去，然後再由想像回到實景上來，輾轉往復，將今昔盛衰之感與家國之悲，寫得淋漓盡致。在寫今昔盛衰的過程中，先以作者想像中的繁華勝地，來反襯今日的荒涼；再以杜牧詩中所描寫的繁華景況，來反襯今日的落寞，運用對比之筆以加深感慨，更爲有力。運用典故，渾然無跡，鍊句鍊字，尤非他人所能及。

此外，白石作詞，對於寫景用事的選擇，亦極爲精到。由於詞之篇幅有限，眼中之景與心中之事非常繁多，不可能樣樣都寫，故必須選擇最具代表性的事物，作重點描寫，使其爲我所要發揮的主題出力。以白石此詞而論，他要寫揚州劫後的蕭條，在寫景方面，先選擇足以代表揚州的揚州路，加以描寫；然後又選擇足以代表揚州風景勝地的二十四橋，加以描寫。以重點的情況顯現揚州整體的情況，使人不覺其少。在用事方面，他選擇了一個歌詠揚州最有名的詩人杜牧爲代表，來發揮詞的主題，也是最恰當不過的。所以作詞要選景選事是一大學問，也是高度的藝術。

白石對此有獨到之詣，讀者千萬不可忽視。

暗香

辛亥之冬，余載雪詣石湖，止既月，授簡索句，且徵新聲，作此兩曲，石湖把玩不已，使工妓隸習之，音節諧婉，乃名之曰暗香、疏影。

舊時月色，算幾番照我，梅邊吹笛。喚起玉人，不管清寒與攀摘。何遜而今漸老，都忘卻、春風詞筆。但怪得、竹外疏花，香冷入瑤席。江國，正寂寂。歎寄與路遙，夜雪初積。翠尊易泣，紅萼無言耿相憶。長記曾攜手處，千樹壓、西湖寒碧。又片片吹盡也，幾時見得！

(1)辛亥—宋光宗紹熙二年。

(2)石湖—在江蘇省吳縣西南接吳江縣界，與太湖通。湖畔峯巒聳峙，風景絕勝。宋詩人范成大晚年築居於此，號石湖居士。

(3)暗香疏影—謂梅也。林逋詠梅詩有「疏影橫斜水清淺，暗香浮動月黃昏」名句，膾炙人口，後遂以暗香疏影為梅之故實。

姜夔

(4)何遜—南朝梁詩人，八歲能吟詠，蜚聲於時，有詠早梅詩。杜甫和裴迪逢早梅相憶詩云：「東閣官梅動詩興，還如何遜在揚州。」
(5)寄與路遙—暗用陸凱折梅寄范曄故事。
(6)翠尊—翠玉酒杯。
(7)紅萼—指紅梅。

白石的暗香疏影二詞，均係詠梅之作，論者多以此爲千古詠梅絕調，惟以其寄託遙深，所見各殊，不免使讀者困惑。按白石此詞，運意用筆，精鍊高渾，虛實變化之間，使人不易察覺其來踪去跡；加以作者胸中所欲託喻的家國之事，亦有不忍明言之處，幽咽隱吐，更使人莫測其中之所有。此即是二詞難解的原因之所在。綜觀二詞，係白石在石湖一時之作，應爲一篇前後連貫的完美作品，經探研二詞可能託喻之意，加以融會貫通，並參酌歷來論者精審的意見，乃得較爲合理之結論。前一闋是寫盛衰之感；後一闋是寫靖康之痛，玆依此認定分別予以解析，冀能闡發其精微之意蘊。

上半闋起筆「舊時月色，算幾番照我，梅邊吹笛」三句，先從記憶中的梅花說起，使舊時的「月色」、舊時月下吹笛的「我」和舊時的「梅」融成一片。此處「梅」是主體，「月色」與「我」皆是陪襯；而「舊時」二字，則是作者精神所貫注，但使人不覺。詠梅如此起筆，便是一種寫意而不寫形的手法，格調新奇，與南宋諸家的詠物之作迥然不同，故劉公勇云：「落筆得『舊時月色』四字，便欲使千古作者皆出其下。」

接下「喚起玉人，不管清寒與攀摘」二句，仍是回憶，寫月下吹笛的「我」，「喚起玉人」，冒着「清寒」攀摘梅花的舊事。這裏並不是強調作者與玉人摘梅的韻事，而是暗寫舊時梅花之盛，才使舊時作者欣賞梅花的興致如此之高，其重點仍在暗示「舊時」之值得懷念。

再下「何遜而今漸老，都忘卻、春風詞筆」二句，乃從「舊時」說到「而今」，用何遜詠早梅事，並以何遜自喻，說由於作者「漸老」，舊時「梅邊吹笛」以及「不管清寒與攀摘」的興致，而今已不存在，把詠梅的「春風詞筆」都給忘記了。這是表明作者心境今昔的不同，也就是今不如昔。

上闋結語「但怪得、竹外疏花，香冷入瑤席」二句，乃寫作者今日所見的梅花，與「舊時月色」下的梅花相對照。說作者本來已忘卻春風詞筆，而今天「疏花」的冷香吹入瑤席，又喚起作者對於舊時梅花的懷念。由此可知，上文所說梅邊吹笛及冒寒摘梅往事的回憶，都是由眼前的「疏花」所引起的。倒敍之法，至此點明，但使人不覺。這裏的「竹外」，是以竹的清幽來襯托梅花的高潔。所謂「疏花」，正是說明枝上花朵只是數點而已。可見今日的梅花大不如昔日之盛。於此亦可想像得到：作者的心境今不如昔，即是梅花昔盛今衰的反映了。這裏的一個「怪」字，是怪疏花冷香入席之意，此足表明作者極不願意勾起舊時梅花的記憶，究其原因，當然是此種回憶會引起作者的傷感。更可證明梅花的昔盛今衰，乃是作者傷感的來由。至此，作者以梅花的盛褒託喻家國的盛衰，已隱約地顯示出來。

換頭「江國，正寂寂，歎寄與路遙，夜雪初積」四句，暗用陸凱折梅寄范曄故事，寫作者的心情，「江國」，是作者關懷想望之處，「正寂寂」，是寂無聲息之意。這裏是說作者想折梅花寄往「江國」，以傳達他的心意，但由於「路遙」、「雪積」的阻隔而不能；心願難償，故下一個「歎」字。

接下「翠尊易泣，紅萼無言耿相憶」二句，乃是從想像出，意兼比興，以「翠尊易泣」，喻盛時易逝之悲；意謂盛時難再，不只是人們懷念舊時的梅花，就是「紅萼」也默默無語在暗自憶念盛時呢。無限憂鬱之思，而以精深華妙之筆出之，耐人尋味不盡。故譚復堂云：「『翠尊』二句深美，有騷辯意。」劉公勇對此二句亦有解說云：「詠梅嫌純是素色，故用『紅萼』字，此謂之破色筆；又恐突然，故先出『翠尊』字配之。」這是指白石用意之妙與用字之高。

再下「長記曾攜手處，千樹壓、西湖寒碧」二句，再寫記憶中的梅花，與上半闋起筆相應。「曾攜手處」，是當年遊賞之處，與舊日梅花盛時吹笛摘梅情事融成一片，「長記」，是舊時賞梅情事永遠不能忘記。「千樹壓、西湖寒碧」，極寫舊時遊賞所見梅花之繁盛，如此重筆渲染，更顯出今日所見「竹外疏花」之寥落。這是見其衰時，想其盛時；懷昔日之盛，歎今日之衰。「千樹」一句，寫梅花素艷與湖水寒碧相映的奇麗之景，用一個「壓」字，境界自出，自不愧是千古名句，為歷來評家所讚賞。鄧嶰筠稱之曰：「神情超越，不可思議，寫生獨步也。」

結尾「又片片吹盡也，幾時見得」二句，是盛時難再之歎，含有無限傷感。說盛開的梅花，又一片一片地凋落盡了，幾時才能重見呢？一片眷戀之情，含蓄不盡。

疏影

苔枝綴玉，有翠禽小小，枝上同宿。客裏相逢，籬角黃昏，無言自倚修竹。昭君不慣胡沙遠，但暗憶、江南江北。想佩環、月夜歸來，化作此花幽獨。　猶記深宮舊事，那人正睡裏，飛近蛾綠。莫似春風，不管盈盈，早與安排金屋。還教一片隨波去，又卻怨、玉龍哀曲。等恁時、重覓幽香，已入小窗橫幅。

(1)苔枝－梅之根幹著有苔蘚者，名曰苔梅。苔梅有二種：一種出宜興張公洞者，苔蘚甚厚，花極香；一種出越土，苔如綠絲，長尺餘。見乾淳起居注。故此詞稱梅枝曰苔枝。

(2)無言自倚修竹－用杜甫詩意，把梅花比喻清高貞潔的美人。杜甫佳人詩：「天寒翠袖薄，日暮倚修竹。」

(3)昭君－漢元帝宮女王嬙，字昭君。因漢與匈奴和親，昭君出塞入胡，嫁呼韓邪單于為妻，死葬於胡地，有漢昭君墓，又名青冢。

(4)佩環月夜歸來二句－用杜甫詩意，說昭君的魂魄月夜歸來，化作幽獨的梅花。杜甫詠懷古跡（昭君村）詩：「環佩空歸月夜魂。」

(5)深宮舊事三句—用壽陽公主事。南朝宋武帝女壽陽公主，人日臥含章殿簷下，梅花飄著其額，成五出之花，因仿之爲梅花粧。見翰苑新書。

(6)蛾綠—指黛眉。

(7)盈盈—美好貌。

(8)安排金屋—用漢武帝阿嬌故事。漢陳嬰曾孫女名阿嬌，其母爲武帝姑館陶長公主。武帝幼時，長公主抱置膝上，問曰：「兒欲得婦否？」並指阿嬌曰：「好否？」帝笑對曰：「若得阿嬌，當以金屋貯之。」見漢武帝故事。

(9)玉龍哀曲—謂笛曲「梅花落」也。李白詩：「黃鶴樓中吹玉笛，江城五月落梅花。」玉龍，笛名。

此詞與前一闋「暗香」，同是詠梅之作，寓有家國之痛。

前半闋起筆「苔枝綴玉，有翠禽小小，枝上同宿」三句，先寫眼中所見的梅花，此與前一闋「暗香」先寫記憶中的梅花不同。梅枝上苔絲凝綠，玉蕊玲瓏，又有一雙翠羽的么禽在枝上棲宿。色澤鮮明，構成一幅春到寒梅的精美圖畫，浮現出一種清妍幽雅的境界。此處「苔枝」一句，自是實景；「翠禽」二句，則可能是虛構之境，亦未可知。按「翠禽」是指珍貴之禽，又以瓊枝玉蕊爲其背景，更顯出其珍貴，再曰「枝上同宿」，作者之意，殆係隱指徽欽二帝。

接下「客裏相逢，籬角黃昏，無言自倚修竹」三句，續寫眼前的梅花，亦卽是前一闋「暗香」中所說的「竹外疏花」。此處用杜甫「天寒翠袖薄，日暮倚修竹」詩意，把梅花比作高潔幽獨的佳人，此日「客裏相逢」，正是天色「黃昏」時候，又是「籬角」冷寂之地，不免有一種「同是天涯淪落人」的滋味，襲上心頭。於此，作者不僅自傷客懷之落漠，更爲梅花的冷寂境遇而觸發了無限的哀感，此卽是今昔盛衰之感。由此可見前一闋「暗香」中所寫的盛衰之感，仍然貫注在此一闋中，隨時出現，所以此二闋詞的主意是前後連貫而一致的。

再接「昭君不慣胡沙遠，但暗憶、江南江北」二句，乃撇開眼前的梅花而從想像着筆，用昭君出塞事，大意是說：昭君不慣於遠涉胡沙的塞外生活，故不能忘情於漢宮，暗暗地憶念故國。暗示昭君的境遇，如同高潔幽獨的梅花被人遺忘於籬落冷寂之處一樣，其思路仍是從「籬角黃昏」、「自倚修竹」來。

上半闋結語「想佩環、月夜歸來，化作此花幽獨」二句，仍是遐想，用杜甫「佩環空歸月夜魂」詩意，是說昭君眷戀故國，在月明夜裏魂魄歸來，想必會化爲高潔幽獨的梅花。前二句是開，此二句是合，以昭君魂化梅花，歸結到梅花的主題上。

以上「昭君」四句，爲一般論者評議的重點，亦爲體會此詞用意的關鍵所在。如果此詞純係詠梅之作，並無寄託之意，則用昭君故實，似不甚貼切，故劉公勇認爲「昭君」二句「費解」。不過，白石之詞，用意遣辭，無不窮極工巧，而此詞是其精心之作，焉有舉典儗於不倫之理？故知作者此種寫法，實由於其中含有寄託之意。鄭叔問對此有精到的見解，他說：「此蓋傷心二帝蒙塵，諸后妃相從北轅，淪落胡地，故以昭君託喻，發言哀斷。考唐王建塞上詠梅詩曰：『天山路邊一株梅，年年花發黃雲下；昭君已沒漢使回，前後征人誰繫馬？』白石詞意當本此。」可見白石用昭君事以詠梅，實有其出處。且由於傷心二帝蒙塵，不忍明說，故以昭君暗喻淪落胡地的后妃。

下半闋起頭「猶記深宮舊事，那人正睡裏，飛近蛾綠」三句，用壽陽公主事，寫梅英飄落著於深宮睡裏人的眉黛旁邊，不即不離，而壽陽當日的情事自見，「飛近蛾綠」四字，融鍊工麗，不落俗套，可謂翻陳出新。張叔夏云：「詞用事最難，要體認著題，融化不澀，如白石疏影云：『猶記深宮舊事，那人正睡裏，飛近蛾綠。』用壽陽事。又云：『昭君不慣胡沙遠，但暗憶江南江北。想佩環月下歸來，化作此花幽獨。』用少陵詩，此皆用事不為事所使。」此確是白石獨特之詣。

惟此詞用事却另有一層深意：上半闋用昭君事，隱喻后妃胡地流落之苦；下半闋用壽陽公主事，隱喻后妃舊時深宮優閑之樂；一苦一樂，兩相對照，是隱示宋室之盛衰，但不忍明說而已。此與前一闋「暗香」所寫的盛衰之感，遙遙呼應。暗寫靖康之痛，由於用筆高妙，使人不易察覺。

接下「莫似春風，不管盈盈，早與安排金屋」三句，仍是明寫梅花，暗喻后妃。由於作者在觸及靖康之痛時，自不免有許多說不出處，故有時將要說出又自咽住，使人不易瞭解。「莫似春風，不管盈盈」二句，是一種祈望的語氣；至此，后妃的形象已與梅花融合，說的是花是人，亦不可分。其含意是：祈望不要像春風不管梅花吹落一樣，讓后妃們遭遇到摧殘的厄運；可是不忍說出「吹落」的傷心語句，轉而說「早與安排金屋」。這一句是經過宛轉曲折之後而說出的，也就是與上二句之間省略了一句話。其含意是：后妃們早已安排在帝王之家貯以金屋了。

再下「還教一片隨波去，又卻怨、玉龍哀曲」二句，寫梅花的凋落，暗喻后妃的厄運。其含意是：后妃們既已安排在帝王之家，應該是不會遭到摧殘，結果呢？還是教她們淪落胡地有如凋落的花片隨波而逝，又令人空自怨歎玉笛聲中的「梅花落」曲子了。

結尾「等恁時、重覓幽香，已入小窗橫幅」二句，寫未來記憶中的梅花，也是指懷想中的后妃。意思是說：后妃們早已像梅花一樣片片凋落，隨波而逝了，當我們重來追尋懷念她們的時候，她們像是描繪於小窗橫幅上的梅花影子留在人們心目中而已。這是出於想像的悼念之詞，在含蓄吞吐中歸結全篇之意，實寓有無限的感嘆與哀傷。此二句，與前一闋「暗香」結尾「又片片吹盡也，幾時見得」二句，遙相呼應；彼言何時重見，此言空留記憶，前後映照，詞境渾然融化。

綜觀白石暗香、疏影二詞，皆是詠梅之作。前一闋寫梅花今昔以寓家國盛衰之感；後一闋則以昭君託喻抒寫靖康之痛；運筆空靈，詞旨溫厚，格高韻遠，極麗極工，確是千古絕唱。張叔夏云：「詞之賦梅，惟姜白石暗香疏影二曲，前無古人，後無來者，自立新意，眞爲絕唱。」許蒿廬云：「二詞絳雲在霄，舒卷自如；又如琪樹玲瓏，金芝布護。」鄭叔問云：「案此二曲，爲千古詞人詠梅絕調，以託喻遙深，自成馨逸。」以上各家之說，自是定評。

齊天樂

丙辰歲，與張功甫會飲張達可之堂，聞屋壁間蟋蟀有聲，功甫約余同賦，以授歌者。功甫先成，詞甚美。余徘徊末利花間，仰見秋月，頓起幽思，尋找得此。蟋蟀，中都呼爲促織，善鬥；好事者或以二三十萬錢致一枚，縷象齒爲樓觀以貯之。

庾郎先自吟愁賦，淒淒更聞私語。露溼銅鋪，苔侵石井，都是曾聽伊處。哀音似訴，正思婦無眠，起尋機杼。曲曲屏山，夜涼獨自甚情緒？　西窗又吹暗雨，爲誰頻斷續，相和砧杵。候館迎秋，離宮弔月，別有傷心無數。豳詩漫與，笑籬落呼燈，世間兒女。寫入琴絲，一聲聲更苦。

(1)丙辰歲─爲宋寧宗慶元二年。

(2)張功甫─張鎡，字功甫。號約齋，西秦人，居臨安。有南湖詩餘一卷。

(3)中都─都城之泛稱，猶言都內也。

(4)庾郎─指庾信。信文章艶麗，與徐陵齊名，世稱徐庾體，駢文集六朝之大成，爲後世所宗，名作有哀江南賦等。

(5)銅鋪─銅製鋪首，著門上以銜環者。

(6)思婦—幽思之婦也。
(7)機杼—織布之具。機以轉軸，杼以持緯。
(8)屏山—古時以屏施帳，故屏山多指屏帳言。
(9)砧杵—皆擣衣之具。
(10)候館—客館。
(11)離宮—古時天子出巡憩息之行宮。
(12)豳詩—詩經豳風七月篇有云：「七月在野，八月在宇，九月在戶，十月蟋蟀入我牀下。」
(13)漫與—隨意付與之意。
(14)寫入琴絲—作者自注：「宣政間有士大夫製蟋蟀吟。」

此詞係詠蟋蟀之作，中有無限幽怨之情，或寄有身世之感。

首句「庾郎先自吟愁賦」，是借庾信作哀江南等賦的愁吟以引發胸中的幽怨。但看作者本詞小序有云：「聞屋壁間蟋蟀有聲，功甫約余同賦，以授歌者，功甫先成，詞甚美。」則此句之「吟愁賦」或係指功甫先成之詞而言。次一句「淒淒更聞私語」，乃寫聽到蟋蟀鳴聲，揭出主題。「淒淒」，是寫功甫先成之詞已引動了他的悽惻之懷，「私語」，是寫蟋蟀低鳴有如人的私語，使作者的悽惻之懷更加上一層愁悃。此二句中的虛詞「先自」與「更聞」前後呼應，使詞句靈活而富有神韻。

下接「露濕銅鋪，苔侵石井，都是曾聽伊處」三句，寫蟋蟀幽鳴的處所，在露水沾濕銅鋪的門外，長滿青苔的石井邊，都是曾經聽到蟋蟀鳴聲的地方。這是就蟋蟀本身描寫。

再下三句「哀音似訴，正思婦無眠，起尋機杼，」是從蟋蟀本身寫到牠與人們之間的關係，開始鋪敍蟋蟀哀音給予人們的種種感觸，藉此抒發詞人心中的幽怨。「似訴」，是從上面的「私語」而來。這三句是說：蟋蟀的哀音好像在訴說甚麼心事，使幽思無眠的婦人更難入夢，不得已起來織布，企望排遣寂寞，度過漫漫的長夜。

上闋結尾「曲曲屏山，夜涼獨自甚情緒」二句，是從「思婦無眠」句引出，說在曲曲屏風深處，夜涼如水，四壁悄然，獨自聽着蟋蟀的哀訴，該是甚麼樣的心情呢？能不撩起心頭的幽怨嗎？不獨是思婦如此，任何一個孑然獨處的人，此時此境，也都會感受到孤寂的侵襲而難以為懷了。

換頭首句「西窗又吹暗雨」，直承上闋詞意。上闋結處，寫蟋蟀哀音已撩起人們的幽怨情緒，此時西窗又吹來暗夜的雨點，在幽怨中又添了無限淒涼。「為誰頻斷續，相和砧杵」二句，筆鋒再回到蟋蟀身上，說斷斷續續的蟋蟀聲，和遠處搗衣的砧杵聲遙相應和，還有窗外的暗雨聲，聲聲入耳，在人們淒涼幽怨的心頭，該是何等滋味？「為誰」一詰，怨意頗深，似是作者心情的揭露。

下接「候館吟秋，離宮弔月，別有傷心無數」三句，仍就蟋蟀的哀音繼續鋪敍，而所寫幽怨則更廣更深。其中包涵的意思是：當蟋蟀在「吟秋」「弔月」之時，還有無數傷心人在暗自傾聽，那「候館」羈泊的離人，那「離宮」索居的嬪妃，其心頭又不知要撩起多少怨情！從「思婦無眠」，到「候館吟秋」、「離宮弔月」，層層鋪敍，愈轉愈深，把蟋蟀聲中的種種怨情寫得淋漓周至。

再下三句「豳詩漫與，笑籬落呼燈，世間兒女。」是說詩經豳風七月篇蟋蟀詩，不過是隨意之作而已。可笑「世間兒女」不知道人間的怨情，還在夜裏呼燈嬉鬧到籬邊去捕捉蟋蟀呢！以世間無知兒女之樂，來反襯傷心人之苦。其中或有所刺亦未可知。

結尾「寫入琴絲，一聲聲更苦」二句，是說把蟋蟀哀音譜入琴絲，則其聲調必更加淒苦了。此詞寫蟋蟀哀音引起的種種怨情，纏綿幽咽，令人盪氣廻腸。其格調之高，意味之永，尤非他人所能及。

陳亦峯云：「白石齊天樂一闋，全篇皆寫怨情；獨後半云：『笑籬落呼燈，世間兒女，』以無知兒女之樂，反襯出有心人之苦，最爲入妙；用筆亦別有神味，難以言傳。」鄭叔問云：「功甫滿庭芳詞詠促織兒，清雋幽美，實擅詞家能事，有觀止之歎。白石別構一格，下闋寄託遙深，亦足千古已。」從上兩家所評，可知此詞實含有寄託之意。

淡黃柳

姜　夔

客居合肥南城赤闌橋之西，巷陌淒涼，與江左異，唯柳色夾道，依依可憐。因度此闋，以紓客懷。

空城曉角，吹入垂楊陌。馬上單衣寒惻惻，看盡鵝黃嫩綠，都是江南舊相識。　正岑寂，明朝又寒食。強攜酒，小橋宅，怕梨花落盡成秋色。燕燕飛來，問春何在？唯有池塘自碧。

(1)合肥—今縣名。屬安徽省。淮水至此與肥水合，故名。始置於漢，清爲廬州府治。
(2)江左—謂長江最下游之地，即今江蘇省等處。
(3)曉角—清晨號角聲。
(4)惻惻—淒悲也。
(5)鵝黃嫩綠—謂柳色。
(6)岑寂—猶高靜也。
(7)寒食—節名。荊楚歲時記：「多至後一百五日，謂之寒食，禁火三日。」注：「據曆，合在清明前二日，亦有去多至一百六日者。」按寒食禁火之俗，世多以爲晉文公哀念介之推而作。
(8)小橋宅—一作小喬宅，夏瞿禪以爲是用三國時喬玄次女小喬故事，暗指白石合肥情侶所住之處。

此詞係寫客居合肥的淒寂情懷。

起頭「空城曉角，吹入垂楊陌」二句，寫春城拂曉的景色。「空城」一語，暗示「城南」一帶的空曠寂寥，故在小序中說：「巷陌淒涼」。破曉時分的號角聲，單調而淒厲，吹到垂楊路上，自然會震動客居異地遊子的心弦。

「馬上單衣寒惻惻」一句，說明作者衣衫單薄騎着馬在垂楊路行進，曉寒侵人，心頭有一種淒冷之感。

「看盡鵝黃嫩綠，都是江南舊相識」二句，寫異鄉柳色。浪跡天涯的遊子，自不免有離索之感。此時在異鄉看見「鵝黃嫩綠」的柳色，在作者記憶中這柳色是很熟悉的，原來是和在江南時常見到的一樣，故曰：「江南舊相識」。在江南熟識的柳色，今天在此地重見，眞是如見故人，遊子心頭似乎又浮現出一絲喜悅和安慰。相信作者是喜愛柳色的，故在「鵝黃嫩綠」上加「看盡」二字，在小序中也有「依依可憐」之語。遊子浪跡他鄉，時時有懷鄉之思，也時時有尋求安慰的意願。白石見到柳色而說是舊識，就是遊子這種心情的表現。

下半闋續寫客懷的寂寞。

換頭第一句「正岑寂」，收納上半闋之意。上闋所寫「曉角」、春寒、柳色，已使「馬上單衣」的遊子有「岑寂」之感，而明天又是「寒食」佳節了。寒食，是禁火的日子，村舍無煙，使天涯遊子正被「岑寂」所苦的心頭，又加上節令所觸發的另一種「岑寂」的感受。

下接「強攜酒，小橋宅，怕梨花落盡成秋色」三句，寫客愁難以排遣無可奈何的心情。由於客中寒食，寂寞無聊，感覺歲月如流，年華易逝，怕梨花落盡，一轉眼間春光老去秋天又來，所以勉強帶酒去訪情遇住處求得一醉。可知攜酒以酬佳節實有珍惜春光之意。

結尾「燕燕飛來，問春何在？唯有池塘自碧」三句，是從上面「梨花」句轉出。意思是：等到梨花落盡的時候，燕子飛來問春天的踪跡何在？只看到池塘寂靜的碧水一片，春天已不知去向了。

綜觀此詞，寫客中寒食的岑寂之懷，而以珍惜春光作結，筆調灑脫，詞情淒抑，音節清婉，實爲白石詞之勝境。「燕燕飛來」三句，似結非結，墨淡無痕，言盡而意不盡，眞是詞中逸品。

鷓鴣天

元夕有所夢

肥水東流無盡期，當初不合種相思。夢中未比丹青見，暗裏忽驚山鳥啼。　春未綠，鬢先絲，人間別久不成悲。誰教歲歲紅蓮夜，兩處沈吟各自知。

(1)元夕──上元之夜曰元夜，亦曰元夕。

(2)肥水──在安徽省境。肥亦作淝。淸一統志：「肥水出合肥縣西南紫蓬山；北流二十里，分爲二：其一東北流，經合肥縣，又東南入巢湖，其一西北流二百里，至壽州入淮。」

(3)紅蓮夜—紅蓮謂燈，紅蓮夜謂元夜。

此詞是作者元夕之夜夢見其合肥情人而寫的相思心曲。

上半闋起頭二句「肥水東流無盡期，當初不合種相思」，明白說出元夕所夢是其合肥的情人，也是此詞的主旨所在。這裡說肥水東流永遠沒有窮盡的時候，用來比喻他對於合肥情人的懷念也永無已時。由於這種刻骨相思有如肥水東流永無盡期，他的心也無時無刻不在煎熬之中，所以他很傷心地說：「當初不合種相思」。他責怪自己當年不該在合肥種下相思的種子。這似乎是他眞實的體驗，不忍說而又不能不說的話。「種相思」而至後悔，其痛苦的程度可知。其實所謂後悔，也只是在無可奈何中產生的一種矛盾心情而已，不管怎樣說，他仍然無法擺脫對他那久別情人的懷念。

接下二句「夢中未比丹青見，暗裏忽驚山鳥啼」，點題，說出夢見情人的事實。由於作者對於合肥情遇永遠不能忘懷；元夕燈節，花市繁燈如晝，月上柳梢，是情人約會最好的日子，更使他觸景傷情。有所思乃有所夢，可是他在夢中見到了情人，却是迷離恍惚，不像在繪畫中見到的那麼眞切，而且一瞬間又被暗夜中山禽的啼聲驚醒。一場好夢，時間是那麼短暫，印象又是那麼模糊，眞是莫大的恨事。在詞句中雖然未說出一個「恨」字，而無限的恨意已在其中。

下半闋前三句「春未綠，鬢先絲，人間別久不成悲」，是就上半闋揭出的「相思」而加以發揮，寫「相思」給予他的感受。元夕時節是春天的初期，草木纔從冰雪中甦醒萌芽，還未到綠滿大地的時候，故曰「春未綠」。「鬢先絲」，是說多年來飽受相思之苦，已使他未老先衰，雙鬢皆白。以春尚「未綠」與鬢已「先絲」作強烈的對照，以顯示他內心的傷感。白石與其情人分別到作此詞時，已有二十年之久，故曰「別久」。「人間」一句，是說人間的離別本是最悲傷的事情，可是時間過久就不覺得悲傷了。這句話，看起來彷彿是淡漠而無情，實際上它所蘊涵的意思是萬分沈痛的。因爲在二十年相思不斷的煎熬下，他的心境已近乎「痲木」；因爲「痲木」，所以「不成悲」；可知這裏所說的「不成悲」，乃是悲傷達於極度以後的自然反應。所謂「多情却似無情」，可作爲此種心境的說明。

最後二句「誰教歲歲紅蓮夜，兩處沈吟各自知」，以相思無盡之意作結，與起筆二句相應。「紅蓮夜」扣題「元夕」。這兩句話是說：年年元夕華燈燦爛的時候，作者和他的情人，雖然是異地相處，天隔一方，可是兩人心裏都在沈吟默念這個最難忘懷的日子。過去的「歲歲」如此，未來的「歲歲」也必然如此，可見「相思」永無已時，有如「肥水東流」之永無盡期。「誰教」，是說誰使我們分離而不能長相廝守竟致年年元夕兩處沈吟呢？時耶？命耶？這只有兩人的心裏明白了。

我們看白石集中元夕之作多爲懷人之詞，爲甚麼元夕值得如此懷念，自必有其原因。據夏瞿禪考證，謂燈節可能是兩人別離的時節，可信。夏氏「白石懷人詞考」云：「鷓鴣天『元夕有所夢』云：『誰教歲歲紅蓮夜，兩處沈吟各自知，』同調『正月十一日觀燈』亦有『少年情事老來悲』句，又『元夕不出』云：『芙蓉影暗三更後，臥聽鄰娃笑語歸。』知此影事又與燈節有關。

發合肥在正月二十四日，殆由燈節即其別離時節，故歲歲沉吟也。」此說有助於我們對於這首詞的瞭解與欣賞。

這首詞，是白石懷人諸詞中極爲精粹完美的一篇，雖係戀情之作，但清新純雅，與五代、北宋之但工薔艷，大異其趣。而眞情實感，以淡語表達深情，尤足感人。風格高超，堪稱獨詣。就章法言，亦無可指摘。此詞以感嘆之筆開端，後復以感嘆之筆作結，均在闡發相思無盡之主旨。首尾相應，詞境渾然融化，此蓋得清眞之妙。在鍊句琢詞方面，如第三、四兩句，一說夢中事，一說醒來事，文意不偶而字句對仗極工，此非具有大工力者不能。

史達祖

史達祖，宋汴人，字邦卿，號梅溪。生於高宗紹興二十五年。曾爲權奸韓侂胄之堂吏，頗擅權用事，爲當時士林所鄙棄。韓事敗伏誅，邦卿亦被劾受黥刑，卒死於貧困交迫之中。有梅溪詞傳世。

邦卿爲南宋典雅派的重要詞人之一，上承清眞遺緒，與白石、夢窗、碧山諸家之詞風相近；細玩其詞，雖無白石之剛勁與夢窗之綿密，亦不若碧山之沉鬱，但清妍俊秀，婉雅圓融，却能樹立其獨具之風格。而其詠物之作，如綺羅香之詠春雨，雙雙燕之詠燕，摹寫物態，極盡工巧，且通體完整，幾乎無疵可尋，令人歎爲觀止，實足使南宋詞壇大爲增色。白石稱賞其詞云：「邦卿詞奇秀清逸，有李長吉之韻，蓋能融情景於一家，會句意於兩得。」可謂邦卿知音。張功甫云：「史生詞織綃泉底，去塵眼中，妥貼輕圓，辭情俱到，有瓌奇警邁清新閒婉之長，而無訑蕩汙淫之失。」亦能道出邦卿詞之佳處。

至於邦卿詞鍊字琢句，巧奪天工，亦是獨特之詣。如集中「軟語商量」、「柳昏花暝」、「做冷欺花，將煙困柳」等句，皆極受評家讚賞。惟雕琢過甚，有時亦不免有尖巧瑣細之失；雖然如此，仍不能掩其佳處。周止庵云：「梅溪甚有心思，而用筆多涉尖巧，非大方家數，所謂一鈎勒卽薄者。」此說亦有所見，可作研讀邦卿詞之參考。

綺羅香

詠春雨

做冷欺花，將煙困柳，千里偷催春暮。盡日冥迷，愁裏欲飛還住。驚粉重、蝶宿西園，喜泥潤、燕歸南浦。最妨他、佳約風流，鈿車不到杜陵路。　沈沈江上望極，還被春潮晚急，難尋官渡。隱約遙峯，和淚謝娘眉嫵。臨斷岸、新綠生時，是落紅、帶愁流處。記當日、門掩梨花，剪燈深夜語。

(1)冥迷—晦暗迷離之意。

(2)驚粉重—蝴蝶翅上多有粉，被雨沾濕，自然就覺得沉重。

(3)西園—三國魏時游宴之名區。曹丕芙蓉池詩：「乘輦夜行遊，逍遙步西園。」曹植公讌詩：「清夜游西園，飛蓋相追隨。」沿稱名流集會之所。本詞所用西園係泛稱花園。

(4)南浦—自屈原九歌：「予交手兮東行，送美人兮南浦。」始言南浦之後，遂用爲送別之地。江淹別賦：「送君南浦，傷如之何！」武元衡送柳郎中詩：「南浦離別處，東風杜蘭多。」及牛嶠感恩多詞：「自從南浦別，愁見丁香結。」等皆是。但南浦實有其地，方輿攬勝：「武昌路有南浦，在江夏南。」李白江夏行：「適來往南浦，欲問江西船。」則南浦實在江夏，即今湖北武昌。本詞所用南浦係泛指浦邊之地。

史達祖

(5)鈿車—以金華爲飾之車。
(6)杜陵—古地名，亦曰樂遊原。在今陝西省長安縣東南。此地秦時爲杜縣，漢宣帝築陵葬此，因曰杜陵。長安志：「樂遊原居京城之最高，四望寬敞，城內瞭如指掌，亦曰樂遊苑。爲唐時長安仕女郊遊勝地。
(7)沈沈—深邃貌。
(8)春潮晚急二句—韋應物滁州西澗詩：「春潮帶雨晚來急，野渡無人舟自橫。」官渡，謂公家置船以渡行人。
(9)謝娘—唐時名妓。
(10)門掩梨花—李重元憶王孫詞：「雨打梨花深閉門。」
(11)剪燈深夜語—李商隱夜雨寄北詩：「何當共剪西窗燭，却話巴山夜雨時。」

此詞是詠春雨之作。

上半闋開頭「做冷欺花，將煙困柳」二句，寫春雨對花和柳的妨害。春雨生寒，故曰「做冷」；春雨做冷，使含苞的花不易綻放，已開的花容易凋殘，故曰「欺花」。春雨弄煙，故曰「將煙」；翠柳煙籠，顯得黯淡而無生氣，故曰「困柳」。這裏不說春雨滋潤花柳，而說「欺花」「困柳」，似是含有怨情。緊接「千里偸催春暮」一句，寫春雨無邊無際，暗地裏催促春天歸去，這也是令人不悅的事情。一個「偸」字，似含有鄙視小人行徑之意。

接下「盡日冥迷，愁裏欲飛還住」二句，寫細雨霏微之狀。整日裏欲飛又住，似住還飛，晦暗迷離，朦朧一片，在愁人眼中，彷彿是愁絲萬縷。故許蒿廬稱賞此二句曰：「摹寫入神。」

再下「驚粉重、蝶宿西園，喜泥潤、燕歸南浦」二句，寫春雨中的蝶和燕：由於翅上的粉經雨沾濕而加重，蝶兒只好停止飛舞而在西園歇宿；由於春雨濕潤了泥土，燕子便好趕去南浦啣泥築巢；一「驚」，一「喜」，乃是苦樂不同之意。

上闋結語「最妨他、佳約風流，鈿車不到杜陵路」二句，寫春雨與人事的關係。說由於春雨連綿，道路泥濘，佳偶的華麗車子都不能去游賞勝地，躭誤了多少密約佳期。這就是表示尋歡作樂的無愁人，也爲着春雨而發愁了。

下半闋起頭「沈沈江上望極，還被春潮晚急，難尋官渡」三句，用韋應物「春潮帶雨晚來急，野渡無人舟自橫」詩意，寫春日江上驟雨，又換一境。「沈沈」，是雨意濃深晦遠；「難尋官渡」，是雨漲春潮之急。

接下「隱約遙峯，和淚謝娘眉嫵」二句，寫江上遠方雨景；「遙峯」在「隱約」之中，足見雨勢之大；以山喻美人之眉，乃是詞中慣用；「和淚」，是對春雨的加重描寫，「眉嫵」，則是帶雨眉峯的朦朧之美了。

再下「臨斷岸、新綠生時，是落紅、帶愁流處」二句，寫春雨後的落紅；春江水漲而生「新綠」，「新綠」生浪而沖盪「落紅」逐漸逝去，「落紅帶愁」，可知「落紅」亦有怨意。「新綠」是由春雨而生，是則「落紅」所怨者仍是春雨。然此處只是用一個「愁」字輕輕一逗，即予煞住，可謂怨而不怒。

結尾「記當日、門掩梨花，剪燈深夜語」二句，寫記憶中的春雨；追溯春雨梨花剪燈夜語的往事，情景交融。妙在以拓開之筆作結，實處皆虛。而融化「雨打梨花深閉門」詞句及「何當共剪西窗燭，却話巴山夜雨時」詩句，毫無痕跡，亦見匠心。

此詞題是詠春雨，開頭二句，即已將春雨的特性點畫出來；以下層層脫換，珠玉紛陳，無不與主題相關。從微雨說到驟雨，摹寫物態，極盡工巧。而全篇復以一個「怨」字貫串其間，詞境更爲深遠，但却能隱而不顯，足見溫厚而有品格。此自是梅溪詠物詞的最高之作。

雙雙燕

詠燕

過春社了，度簾幕中間，去年塵冷。差池欲住，試入舊巢相並。還相雕梁藻井，又軟語、商量不定。飄然快拂花梢，翠尾分開紅影。芳徑，芹泥雨潤，愛貼地爭飛，競誇輕俊。紅樓歸晚，看足柳昏花暝。應自棲香正穩，便忘了、天涯芳信。愁損翠黛雙蛾，日日畫闌獨凭。

(1)春社—時令名。正字通：「立春後五戊爲春社。」

(2)差池—猶言參差。詩經邶風燕燕：「燕燕于飛，差池其羽，」箋：「差池其羽，謂張舒其尾翼。」

(3)相—讀去聲，視也，又爲占視之意。

(4)雕梁藻井—雕梁，刻鏤花紋之屋梁。藻井，承塵也，俗稱天花板，繪有水草之文，故云。

(5)軟語—指呢喃燕語。

(6)飄然—輕疾貌。

(7)紅影—此處係指花影。

(8)芹泥—芹，生於濕地，芹泥，燕泥也。

(9)輕俊—輕盈佼巧之意。

(10)紅樓—原指豪家眷屬所居，後用作女子妝樓之通稱。

(11)芳信—稱嘉美之訊息。

(12)翠黛雙蛾—黛，青黑色之顏料，古時婦女用以畫眉。蛾，蛾眉之簡稱。翠黛雙蛾，稱女子雙眉。

此詞爲詠燕之作。

上半闋開頭「過春社了，度簾幕中間，去年塵冷」三句，寫燕子初來尋覓舊巢的情景。「春社」節日過了以後，正是春暖花開時候，去年秋涼離去的燕子又歸來尋覓舊巢，飛入人家，穿過重重簾幕，發覺樑間舊巢裏的塵土是冷冰冰的。這裏的「塵冷」二字，是一波折。如逕寫歸燕入巢，則直率而無意味，有此波折，下面便生出許多文章來。

接下「差池欲住，試入舊巢相並」二句，寫燕子進入舊巢的情狀。燕子乍回，對於「塵冷」的舊巢，不免有陌生之感，躊躇了半晌，才舒展一下尾翼，好像很想進住的樣子，最後還是帶着試探的意味回到巢內，比翼而棲。「欲」字、「試」字，極妙；不僅描繪出燕子猜疑惶懼的神貌，也表現出燕子心態發展的過程，眞是神乎其技。

再下「還相雕粱藻井，又軟語、商量不定」二句，寫燕子仔細察看周遭環境的神態。燕子回巢棲止以後，對於巢邊事物仍然有點怯生，於是先看看刻鏤花紋的屋樑，再看看繪有水草的承塵板，然後又柔聲私語，呢喃不停，好像是商量甚麼事情而猶疑不定的樣子。摹寫燕子的動作神情，細膩逼眞，可謂傳神阿堵。

以上四句，只說燕子歸巢一件事，皆是從「塵冷」二字衍生出來。「欲」字、「試」字、「還」字、「又」字，層層波折，可以看出燕子歸巢「住」、「入」、「相」、「語」各種動作的經過情形，層次分明。

結語「飄然快拂花梢，翠尾分開紅影」二句，寫燕子飛向花間的情景。燕子在熟悉了周遭環境以後，好像是商量決定要到戶外去嬉游一番，牠們很輕快地從花梢掠過，翠色的尾翼分開了艷紅的花影，以「花梢紅影」襯托出燕子輕盈美妙的姿態。

以上都是從正面描寫燕子，下半闋開始「芳徑，芹泥雨潤」二句，乃拓開一筆，寫花徑上長着芹草的泥土，經過春雨的滋潤而鬆軟了，這正是燕子啣泥的好地方。接着「愛貼地爭飛，競誇輕俊」二句，筆鋒又掉回到燕子身上，寫他們喜愛貼地低飛，競相追逐，誇耀自己輕巧美倩的姿勢。

接下「紅樓歸晚，看足柳昏花暝」二句，乃轉從想像着筆。寫燕子到天色很晚才飛囘來，已看足了柳蔭黃昏花梢日暝的景色。描述燕子嬉春的興致，刻畫入微。誠如陳眉公所云：「不寫形而寫神，不取事而取意，白描高手。」「紅樓」二字，點明燕巢所在是女子妝樓，作爲下文「雙蛾」之伏筆。

再下「應自棲香正穩，便忘了、天涯芳信」二句，仍是想像之詞，而另換一意。說燕子香巢棲穩，便忘記了爲遠在天涯的人帶來好的訊息。「棲香正穩」，反襯紅樓女子的孤單寂寞。很自然的引出下文。

結尾「愁損翠黛雙蛾，日日畫闌獨凭」二句，是說由於燕子忘記了傳遞「天涯芳信」，使紅樓女子爲着懸念遠方的人而緊蹙雙眉，天天一個人倚着闌干悵望發愁。以拓開之筆作結，更覺空靈婉妙。

此詞題爲詠燕，摹寫物態，曲盡其妙，清新俊逸，極麗極工，確是詠物的不朽名作。故王漁洋云：「僕每讀史邦卿詠燕詞，以爲詠物至此，人巧極天工錯矣。」而詞中「軟語商量」與「柳昏花暝」二語，最爲論者所稱賞，且有不同之意見。姜白石最賞其「柳昏花暝」之句，而賀黃公則不以爲然，而稱其「軟語商量」。王靜安人間詞話云：「賀黃公謂：姜論史詞，不稱其『軟語商量』，而賞其『柳昏花暝』，固知不免項羽學兵法之恨。然『柳昏花暝』，自是歐秦輩句法，前後有晝工化工之殊，吾從白石，不能附和黃公矣。」此論自屬精當。

吳文英

吳文英，字君特，號夢窗，晚年又號覺翁，宋四明人。依夏瞿禪吳夢窗繫年：夢窗約生於寧宗慶元、嘉泰間，較白石爲晚出。早歲居蘇州，後居杭州。其平生吟游行跡，不出今日江浙兩省之地，集中題詠之作，亦以蘇杭二州爲最多。其交游往還人物，除嗣榮王、吳潛、賈似道、史宅之等顯貴外，多係詞人名士，故酬唱之作頗多。曾納蘇、杭二妾，集中懷人悼亡諸詞，皆係爲二妾所作。據考證：夢窗未應科試，終身布衣，晚年困躓而死。今傳夢窗詞，篇章頗富，有二百五十餘首。

夢窗詞以研鍊擅長，深得清眞之妙。其才力雖不如白石，但學力深厚，則有過之。不僅是南宋大家，卽在兩宋詞壇亦佔有極重要之地位。

惟歷來論夢窗詞者，多欠公允。尹惟曉云：「求詞於吾宋，前有淸眞，後有夢窗。此非煥之言，天下之公言也。」此說實推崇過甚。如此將東坡、稼軒、白石等一筆抹煞，豈是公平之論？沈義父云：「夢窗深得淸眞之妙，其失在用事下語太晦，人不可曉。」張叔夏云：「夢窗詞如七寶樓臺，眩人眼目，拆碎下來，不成片段。」此二說則又失之過苛。其實夢窗詞幽邃綿密，未可指爲太晦。戈順卿云：「夢窗晚年好塡詞，以綿麗爲尙，運意深遠，用筆幽邃，鍊字鍊句，迥不猶人；貌觀之雕繢滿眼，而實有靈氣行乎其間。細心吟繹，旣不病其晦澀，亦不見其堆垛。此與清眞、梅溪、白石並爲詞學之正宗，一脈眞傳，特稍變其面目耳。」陳述叔云：「飛卿嚴妝，夢窗亦嚴妝；惟其國色，所以爲美。若不觀其倩盼之質，而徒眩其珠翠，則飛卿且譏，何止夢窗？玉田所謂拆碎不成片段者，眩其珠翠耳。」此二說極爲精當，可正沈張兩家所論之謬。

綜觀夢窗之詞，穠麗綿密，矯健厚重，其中離合變化，皆有脈絡可尋；雖不能比肩清眞，亦可與白石相伯仲。陳亦峯云：「夢窗精於造句，超逸處，則仙骨珊珊，洗脫凡艷；幽索處，則孤懷耿耿，別締古歡。」周爾墉云：「於逼塞中見空靈，於渾樸中見勾勒，於刻畫中見天然。」況蕙笙云：「夢窗密處，能令無數麗字一一生動飛舞，如萬花爲春，非若璃璚璺繡，毫無生氣也。」以上三家之說，皆極精當，可以說明夢窗詞之風格，及其工力精深的獨特之詣。

風入松

聽風聽雨過清明，愁草瘞花銘。樓前綠暗分攜路，一絲柳、一寸柔情。料峭春寒中酒，迷離曉夢啼鶯。西園日日掃林亭，依舊賞新晴。黃蜂頻撲秋千索，有當時、纖手香凝。惆悵雙鴛不到，幽階一夜苔生。

(1)愁草—草，起稿也。愁草，愁中起稿之意。

(2)瘞花銘—瘞，埋也。銘，文體之名，古多刻於器物，如鼎銘、盤銘之類。或刻於石，如班固燕然山銘之類。或以示稱揚，或以著警戒。本詞「瘞花銘」，係葬花詞之意。

(3)綠暗—謂濃綠成陰也。

(4)分携—卽分離。

(5)料峭—風寒貌。蘇軾詩：「漸覺東風料峭寒。」

(6)中酒—謂醉酒也。中，讀去聲。杜牧詩：「殘春杜陵客，中酒落花前。」

(7)迷離—模糊不明也。

(8)西園—三國魏時游宴之名區，後沿稱名流集會之所。此詞則泛稱花園。

(9)雙鴛—指女子之雙鞵。

此詞是作者思念其杭妾之作。

上半闋起頭「聽風聽雨過清明，愁草瘞花銘」二句，寫別後清明的愁思。別後又逢佳節，在「聽風聽雨」中黯度清明，無聊已極，只有帶着滿懷愁緒來寫葬花之詞句。接下「樓前綠暗分携路，一絲柳、一寸柔情」二句，寫分別之處。樓前柳陰綠暗的路上，就是當時分別之處，今天看在眼中的柳絲萬縷，都是伊人的寸寸柔情。此足以顯示伊人的情意之深，也足以表明作者對伊人的思念之切。

「料峭春寒中酒，迷離曉夢啼鶯」二句，仍寫作者思念之情。在料峭春寒中，想借酒澆愁而至沉醉，在迷離曉夢中尋覓伊人而又被鶯啼驚醒。相思醉夢之間，其款款深情可見。

下半闋寫懷念往事渴望重聚之思。開頭「西園日日掃林亭，依舊賞新晴」二句，是說一番風雨過去，又是新晴，舊日林亭，依然淸掃，是企望伊人歸來同賞。「黃蜂頻撲秋千索，有當時、纖手香凝」二句，是託物以言情。秋千依舊，乃念及當時伊人嬉戲之情景，黃蜂頻撲秋千的繩索，因而想到伊人纖手的餘香猶在。痴情痴語，更見其想望之殷切。

結尾「惆悵雙鴛不到，幽階一夜苔生」二句，是從古詩「全由履迹少，併欲上堦生」化出。由於痴望伊人雙履重到而終於不到，其惆悵之情可知，「一夜苔生」，伊人蹤跡不知何處，則惟有日日惆悵而已。

此詞是夢窗寓居杭州，時逢淸明，爲思念其杭妾而作。情深意摯，極豔極工，貴能不纖不薄，臻於雅境。陳亦峯謂此詞「情深而語極純雅，詞中高境也。」自是確論。譚復堂云：「此是夢窗極經意詞，有五季遺響。『黃蜂』二句，是痴語，是深語。結處見溫厚。」亦是知者之言。

鶯啼序

春晚感懷

殘寒正欺病酒，掩沈香繡戶。燕來晚、飛入西城，似說春事遲暮。畫船載、清明過卻，晴煙冉冉吳宮樹。念羈情，游蕩隨風，化爲輕絮。　十載西湖，傍柳繫馬，趁嬌塵軟霧。遡紅漸、招入仙溪，錦兒偸寄幽素。倚銀屏、春寬夢窄，斷紅濕、歌紈金縷。暝隄空，輕把斜陽，總還鷗鷺。　幽蘭旋老，杜若還生，水鄉尚寄旅。別後訪、六橋無信，事往花委，瘞玉埋香，幾番風雨。長波妒盼，遙山羞黛，漁燈分影春江宿，記當時、短楫桃根渡。青樓彷彿，臨分敗壁題詩，淚墨慘淡塵土。　危亭望極，草色天涯，歎鬢侵半苧。暗點檢、離痕歡唾，尚染鮫綃，嚲鳳迷歸，破鸞慵舞。殷勤待寫，書中長恨，藍霞遼海沈過雁，漫相思、彈入哀箏柱。傷心千里江南，怨曲重招，斷魂在否？

(1)殘寒—春天殘留之寒氣。
(2)病酒—謂困于酒也。
(3)繡戶—婦女所居。曰繡者，謂戶飾之華美。
(4)春事—謂春耕之事也，此處係指春遊之事。
(5)遲暮—衰老之喻。離騷：「恐美人之遲暮。」此處係言春晚。
(6)清明—節氣名。每年四月五日或六日爲清明。淮南子天文：「春分後十五日，斗指乙，爲清明。」
(7)冉冉—行貌，謂漸進也。離騷：「老冉冉其將至兮，恐修名之不立。」此處係指煙縷緩緩移動之貌。
(8)趁—逐也。

(9)溯紅句—暗用劉晨阮肇遊天台事。紹興府志：「劉晨、阮肇，剡人，永平中，入天台山採藥，經十三日不得返，採山上桃食之；下山以杯取水，見蕪菁葉流下甚鮮，復有胡麻飯一杯流下，二人相謂曰：『去人不遠矣。』乃渡水，又過一山，見二女，容顏妙絕，呼晨肇姓名，問『郎來何晚也？』因相款待，行酒作樂。被留半年，求歸，至家，子孫已七世矣。太康八年，又失二人所在。」按永平，東漢明帝年號；太康，晉武帝年號。天台山，在浙江省天台縣北。

(10)錦兒—指侍兒。

(11)幽素—素，通愫，眞情也。幽素，卽言隱藏於衷的眞情。又素，謂綃之精白者；古人爲書，多書於絹，故素，亦可作書簡解。

(12)春寬夢窄—意謂春光寬廣無限，而夢魂所擬想者則極爲狹小。古人詩詞往往以春代人，則春寬夢窄，應爲情有獨鍾之意。

(13)歌紈—謂歌扇。

(14)暝—夜也。

(15)杜若—香草。

(16)水鄉—濱水之地。

(17)六橋—杭州西湖有六橋，宋蘇軾建，曰映波、鎖瀾、望山、壓隄、東浦、跨虹。

(18)桃根—桃葉之妹。桃葉，晉王獻之妾，獻之嘗臨渡作歌贈之，桃葉作團扇歌以答。其妹名曰桃根。見古今樂錄。按獻之送桃葉處，在今南京市秦淮與青溪合流處；後人名其地曰桃葉渡。

(19)青樓—謂美人所居之樓。
(20)危亭—高亭。
(12)苧—苧麻也，其葉背皆白色。
(12)鮫綃—謂鮫人所織之綃。
(13)嚲—垂下貌。岑參詩：「柳嚲鶯嬌花復殷。」

此詞是作者悼念其杭州亡妾之作。

本調二百四十字，爲詞調中之最長者，共分四疊：

第一疊從傷春說起，歸結到羈情。開頭「殘寒正欺病酒，掩沈香繡戶」二句，是說暮春時節殘餘的寒氣正侵襲着被酒所困的人，掩閉着沈香華美的門戶。顯示病酒的人心情之黯淡。接下「燕來晚、飛入西城，似說春事遲暮」二句，是借燕子晚來說出「春事遲暮」，傷春之意已露。「畫船載、清明過卻，晴煙冉冉吳宮樹」二句，是說畫船已把清明載去，遙望吳宮，惟有樹上的晴煙冉冉而已。芳時將盡，人意寂寥，自然容易引起心頭舊事的回憶；蓋「畫船」含有無限情事，「清明」是最難忘之時，「吳宮」是最難忘之地。傷別之事已呼之欲出。結語「念羈情，游蕩隨風，化爲輕絮」三句，是說羈情隨風游蕩，已化爲漫無着落的飛絮。融情入景，將傷春之意全納於羈情之中，則上面所寫的一切傷春之意，皆由羈情出，而一切暮春景象，無一而非羈情所凝注的傷心事物了。飛絮，乃是飄浮無定之物，也是春天臨別的象徵，羈情化絮，令人有一種迷離惝怳之感。此處提出羈情，是對於上文「病酒」原因的說明，同時也是爲下文傷別悼亡情事作伏筆。

第二疊全是追憶往事。起頭「十載西湖」一句，承上啓下，開始敍述其悲歡離合的事跡：「傍柳繫馬，趁嬌塵軟霧，」寫其西湖游嬉之興致；「遡紅漸、招入仙溪，錦兒偸寄幽素。」寫其初遇與相戀之事；「倚銀屏春寬夢窄」，寫伊人之多情；「斷紅濕歌紈金縷」，寫分離之悲酸。最後以「暝隄空，輕把斜陽，總還鷗鷺」三句作結。「隄空」，則人已去；人去，則西湖的一切景色都與傷心人無干了，故曰：「輕把斜陽，總還鷗鷺。」至此，「傍柳繫馬，趁嬌塵軟霧」的興致都消，「招入仙溪」、「偸寄幽素」等初遇以至相戀的種種情事，皆成一夢，亦即是「十載西湖」的嬉游歡會行跡，全已終結。而前一疊中所寫西湖的暮春景象，原是早已「總還鷗鷺」了，今日重見此景，自難爲懷，這便是「殘寒病酒」「羈情化絮」的眞正原因。

第三疊是水鄉羈旅追懷分離死生之事。起頭二句「幽蘭旋老，杜若還生，」顯示春去夏來時序侵尋的無常之感。「水鄉尙寄旅」一句，回應第一疊中的「羈情」及第二疊中的「十載西湖」；流年暗換，人事已非，而此身仍然寄旅於此最堪留戀之地。可知第一疊中所言之「羈情」，實含有無限傷心。「別後訪六橋無信，事往花委，」是說分離已成永訣；「瘞玉埋香，幾番風雨，」是伊人死於別後，已經過幾番風雨而非短期之事可知。至此，已將離合死生之事敍述完畢。

「長波妒盼，遙山羞黛」二句，是對伊人的追思。「長波」見伊人之「盼」而「妒」，「遙山」對伊人之「黛」而「羞」，伊人之美，可以想見。「漁燈分影春江宿，記當時、短楫桃根渡，」乃追憶別時情景，於是「臨分」時「敗壁題詩」之事，復重現於腦際，「青樓彷彿」，「涙墨慘淡」，自不免黯然而銷魂矣。「漁燈分影」是「水鄉」的複筆，此句以下是將第二疊中的離合之跡再加描繪，使往昔的情景更明晰地浮現出來，而記憶中的「仙溪」、「幽素」、「銀屏」、「歌紈金縷」以及眼前的「長波」、「遙山」等等，無一不是引起傷心的景物了。

第四疊是從眼前之景著筆，在悵望悲歎中寫其長恨，抒發其纏綿篤摯之思。「危亭望極」，但見「草色天涯」，回應第一疊中的暮春景色，羈旅之懷，益增傷感。「歎鬢侵半苧」，是悵望之餘，又不免自傷老大了。春來春去，鬢髮已斑，而往事則永遠難忘。「暗點檢」四句，再寫其破鏡之哀，孤鸞之痛，可謂纏綿往復，一往情深。「歡唾」，是回應第二疊中的歡會；「離痕」，是回應第三疊中的離別，歡會分離之舊跡猶在，物是人非，自然是廻腸欲絕了。雖然如此，但思念之情，却難以壓抑。在無可奈何之中，猶殷殷擬寫「書中長恨」，其癡頑篤摯之情可以想見。「藍霞遼海沈過雁」，是則藍天渺渺，碧海茫茫，連雁影都無一個，縱有書亦不能寄，何況伊人已「瘞玉埋香，幾番風雨」了呢！於是刻骨「相思」亦只有「彈入哀箏」了。最後以「傷心千里江南，怨曲重招，斷魂在否」三句作總結。江南之地如此遼濶，魂兮何處？但猶寄望其魂魄歸來聽此「怨曲」也。傷心一問，無限酸楚。這一疊以「危亭望極」的「望」字含納其懷舊之情，以「歎鬢侵半苧」的「歎」字引發其悼亡之思；結語三句與第一疊中的羈情游蕩隨風化爲輕絮相應，詞境淒迷變幻，渾然融化，毫無痕跡。

綜觀此詞，以水鄉羈旅之人與死生離合之事爲主幹，以清明時節景色爲背景，其中由樂而哀心情的變化，由初遇而至分離事迹的發展，順序寫來，脈絡井井。而文中逆提倒應，無不得心應手。通篇幽麗綿密，却有靈氣行乎其間，眞是精金百鍊，無疵可指。陳亦峯稱此詞「全章精粹，空絕千古。」確是識者之言。周爾墉謂夢窗詞「於逼塞中見空靈，於渾樸中見鉤勒，於刻畫中見天然。」當是指此等詞而言。

鷓鴣天

化度寺作

池上紅衣伴倚闌，棲鴉常帶夕陽還。殷雲度雨疏桐落，明月生涼寶扇閒。　鄉夢窄，水天寬，小窗愁黛淡秋山。吳鴻好爲傳歸信，楊柳閶門屋數間。

(1)化度寺─吳中名勝。
(2)殷─衣艱切，赤黑色也。
(3)閶門─在蘇州。此處係指作者去姬所居之處。

此詞係作者憶其蘇州遺妾之作。

上半闋全寫吳中名勝化度寺秋日之景。起頭一句「池上紅衣伴倚闌」，是說池上的紅蓮陪伴着倚闌的人，暗示倚闌人的孤單。化度寺是昔時與伊人攜手同游之地，今日重來，只有紅蓮為伴，其淒清落寞之情，可想而知。接下一句「棲鴉常帶夕陽還」，寫晚鴉帶着夕陽的餘暉飛回樹林裏棲息；黃昏人靜，宿鳥還林，客中倚闌人的心頭，自不免又興起一種無所歸依的悵惘。「殷雲度雨疏桐落，明月生涼寶扇閒」二句，寫由昏而夜之景；由「殷雲度雨」而至「明月生涼」，是秋涼乍起，暗驚節序之變更；「寶扇閒」，是秋扇見捐之意，蓋作者此時對蘇州遣妾之去，已興起深深惋惜之念。

下半闋乃抒寫其憶念之情，「小窗愁黛」，是其最懷念之人；「楊柳閶門」，是其最關情之地；「吳鴻傳信」，為此篇主意所在。作此詞時，作者或將離吳他去，故有「鄉夢」之語。所謂「鄉夢窄」者，是其魂夢所繫，惟有「小窗愁黛」「楊柳閶門」而已；所謂「水天寬」者，是此去前路茫茫，相見無期也。

此詞清妍婉雅，境界超逸，是夢窗懷人諸詞中之雋品。陳亦峯云：「北宋晏小山，工於言情，然不免思涉於邪，有失風人之旨，而措詞婉妙，則一時獨步。」觀夢窗此詞，亦是言情之作，工麗婉秀，較之小山，亦不多讓；而能不涉邪俚，一歸純雅，更覺難能可貴。

高陽臺

吳文英

豐樂樓分韻得如字

修竹凝妝，垂楊駐馬，憑闌淺畫成圖。山色誰題？樓前有雁斜書。東風緊送斜陽下，弄舊寒、晚酒醒餘。自消凝，能幾花前，頓老相如。　傷春不在高樓上，在燈前欹枕，雨外熏鑪。怕艤遊船，臨流可奈清臞！飛紅若到西湖底，攪翠瀾、總是愁魚。莫重來，吹盡香緜，淚滿平蕪。

(1)豐樂樓—武林舊事云：「豐樂樓在湧金門外，舊爲衆樂亭，又改聳翠樓，政和中改今名。淳祐間，趙京尹與籌重建，宏麗爲湖山冠。」

(2)頓老—謂遽然而老也。

(3)相如—指司馬相如。

(4)熏鑪—熏香之鑪，亦以稱取暖之鑪。

(5)艤—整舟向岸曰艤。

(6)清臞—謂消瘦也。

(7)攪翠瀾總是愁魚—是殃及池魚之意。呂氏春秋必己：「宋桓司馬有寶珠，抵罪必亡，王使人問珠之所在，曰：『投之池中，』於是竭池而求之，無得，魚死焉。此言禍福之相及也。」

(8)香緜—柳緜。

(9)平蕪—雜草叢生之原野，登高望之如平地，故曰平蕪。

此詞是在豐樂樓聚會時所作，意在傷春，實爲憂傷國事。

上半闋起頭「修竹凝妝，垂楊駐馬，憑闌淺畫成圖」三句，寫豐樂樓之景及聚會之事。「修竹」、「垂楊」，是樓外之景，「凝妝」、「駐馬」、「憑闌」，是衆人來此聚會游賞之情形。「淺畫成圖」，是憑闌時所見景象，實是暗傷南宋的偏安之局。「山色誰題」，意謂如此江山，誰來題署增色？「樓前有雁斜書」，意謂來題山色者，惟有斜書雁字而已，此暗示當時沒有可以託付國家之人才。憂思宛轉，感人至深。

「東風緊送斜陽下」，謂時局已非常危急，而一般人仍然「凝妝」「駐馬」，來此歡會。「弄舊寒、晚酒醒餘」，謂晚來酒醒，又感覺舊日之寒；「舊寒」者，舊日傷心之事耳。此是暗示舊時大家不關心國事，而造成偏安之局，今日猶如此也。「自消凝，能幾花前，頓老相如。」寫傷春之意，亦以自傷。時事如此，人心如此，只有暗自傷心而發出感嘆：再能有幾次花前聚會游賞呢？即使有才華如司馬相如其人，也將遽然而老了。此處作者係以相如自比，語意極爲沈痛。

換頭以後，繼續抒寫其憂時與自傷之思。起頭三句：「傷春不在高樓上，在燈前欹枕，雨外熏鑪。」是從作者個人的想像發揮。意謂傷春者，不是此日登樓歡會游賞的袞袞諸公，而是那些夜深時在燈前欹枕的人，落雨天在屋裏熏鑪的人；此卽是說今天殷憂時事的，不是有權位的大人物，而是那些平凡的人。筆勢陡峭，含有激越之情，故陳亦峯云：「題是樓，偏說『傷春不在高樓上』，何等筆力！」「怕艤游船，臨流可奈淸臞！」乃寫自傷之思。「游船」回應上闋中之「憑闌」，「淸臞」回應上闋結語「頓老相如」。這是說他怕乘船去游湖，爲的是怕臨流照影，看到自己消瘦的面容。他原是爲憂時而消瘦的，如果看到自己的消瘦，豈不是更加深了憂時之苦？

「飛紅若到西湖底，攪翠瀾、總是愁魚。」直承上句而來，「飛紅」回應上闋中的「能幾花前」。仍寫傷春之意，而設想則新奇之至。這二句是說：如果飛紅飄落到西湖水底，攪亂了翠綠的波瀾，使魚兒知道了春殘的訊息必然也會發愁呢。「愁魚」，是用殃及池魚故實，惟恐人間的愁殃及水中無辜的魚，含意至深，其情益苦。

結語三句：「莫重來，吹盡香緜，淚滿平蕪。」與篇首相應，回到登樓聚會的主題上，語意則更爲沈痛。他告訴自己說不要再來了，到那時候，柳緜吹盡，春天一去了無痕跡，面對着一片淒涼的景象，恐怕自己的淚水要灑遍了這亂草叢生的原野了！

此詞用字精密，用典新奇，託意尤爲深遠。在研鍊中不失空靈，亦無晦澀之病，自是夢窗詞中之精品。麥孺博云：「穠麗極矣，仍自淸空，如此等詞，安能以七寶樓臺誚之？」確是公允之論。

周密

周密，字公謹，號草窗，先世濟南人。流寓吳興弁山，故又號弁陽嘯翁，又號蕭齋，又號四水潛夫。生於宋理宗紹定五年，寶祐間曾爲義烏縣令。宋亡以後，隱居不仕，漫遊於東南江浙一帶，與碧山、玉田等結爲詞社，以詩詞自遣，詞與夢窗齊名，合稱南宋二窗。詞集名蘋洲漁笛譜，又稱草窗詞。所編絕妙好詞七卷，選錄南宋諸家之詞，亦頗精審。

草窗詞刻意學清眞，格律嚴謹，清秀妍雅，鍊字鍊句，頗有精心獨詣，其最高之作，亦去清眞不遠。戈順卿云：「其詞盡洗靡曼，獨標清麗，有韶倩之色，有綿渺之思；與夢窗旨趣相侔，二窗並稱，允矣無忝。其於律亦極嚴謹，蓋交游甚廣，深得切劘之益。」於此可見草窗詞之特色。然究其風格，實與玉田最爲切近。其寫身世盛衰之作，多含有悲涼幽咽之音，感人肺腑，亦南宋末期詞人之佼佼者。

一萼紅

登蓬萊閣有感

步深幽，正雲黃天淡，雪意未全休。鑑曲寒沙，茂林煙草，俯仰千古悠悠。歲華晚、飄零漸遠，誰念我、同載五湖舟？磴古松斜，厓陰苔老，一片清愁。回首天涯歸夢，幾魂飛西浦，淚灑東州。故國山川，故園心眼，還似王粲登樓。最負他、秦鬟妝鏡，好江山、何事此時遊！爲喚狂吟老監，共賦銷憂。

(1)蓬萊閣—作者自注：閣在紹興，西浦、東州皆其地。
(2)鑑曲—水流彎曲處。
(3)五湖舟—用春秋時范蠡泛舟五湖事。范蠡事越王勾踐，戮力滅吳。蠡以勾踐難與共安樂，乃辭去，泛舟五湖，不知所終。
(4)王粲登樓—王粲，三國時人，擅文詞，在避亂荊州時，意不自得，作登樓賦，以抒發其懷鄉之思。
(5)秦鬟妝鏡—謂山如秦鬟水如妝鏡也。
(6)狂吟老監—指唐人賀知章。賀工文辭，精草隸，性曠夷，善談說。曾官秘書監，世稱賀監。晚節誕放，號四明狂客。

此詞是作者登蓬萊閣感懷之作，抒寫身世飄零與故國淪亡之悲痛。

上半闋開頭「步深幽」一句，說作者行到深邃幽靜的地方，首先揭出登蓬萊閣的主題。接下「正雲黃天淡，雪意未全休」二句，寫登臨時的天氣，說凍雲黯淡的天空還帶着幾分「雪意」。已顯露作者蒼涼的心境，暗伏下文發抒感慨之根。「鑑曲寒沙，茂林煙草，俯仰千古悠悠」三句，是眼前景物通過作者想像而引發出來的世事無常之感歎；其含意是：今日的「鑑曲寒沙」，明日的「茂林煙草」，俯仰之間，已成陳迹，千古興亡之事，更是眇遠而不可知了。

再下「歲華晚、飄零漸遠，誰念我、同載五湖舟」二句，寫作者的身世之感；說歲時已暮，一身漂泊江湖，更行更遠，有誰還想念着和我同泛五湖舟以遁跡避世呢？天涯淪落之音，悽愴已極。上半結語「磴古松斜，厓陰苔老，一片清愁」三句，突然把「飄零漸遠」的悲懷咽住不說，而以眼前景物詠歎了之，無窮哀感，都在虛處。按此三句，在章法上是遙接首句「步深幽」，回到登臨蓬萊閣的主題上，以結束上闋之意。其含意則是「千古悠悠」的延伸。「磴古松斜，厓陰苔老」二句，強調「古」「老」二字，意味着年代的久遠，是則「松」「苔」已不知閱歷了多少滄桑之變，於是身世飄零與歷史興亡之感，一時交匯心頭，故曰「一片清愁」。

下半闋起頭「回首天涯歸夢，幾魂飛西浦，淚灑東州」三句，乃就蓬萊閣主題抒寫其故土之思。據作者自注，「西浦」、「東州」皆蓬萊閣之地。則此處是說回想流落天涯歲月中的歸夢，曾多次爲想念西浦東州而縈魂灑淚。而今日身臨此地，却有更多的感慨，足見其心情的複雜與迷惘。接下「故國山川，故園心眼，還似王粲登樓」三句，用王粲登樓事，說明其對故國山河的眷戀，對故園的想望。因爲王粲當年遭逢世亂，流落荆州，登樓作賦以抒其懷土之思，正和作者今天登蓬萊閣時的心情一樣。

再下「最負他、秦鬟妝鏡，好江山、何事此時遊」二句，是說他太辜負了眼前的大好江山，爲甚麼偏在此時來遊賞呢？題是遊蓬萊閣，却怪自己不該此時來遊，這不只是表現出筆力之健，尤足見其自覺辜負江山的悲痛之深。結尾「爲喚狂吟老監，共賦銷憂」二句，是在無可奈何中產生的一種尋求解脫的念頭，作者想呼喚那誕放疏狂的賀監來共同賦詩，以排除胸中的殷憂。但這只是一種空想而已。「喚老監」既不可能，則惟有長抱此憂以終老矣。

此詞蒼涼沈鬱，筆力遒健，其悲咽之懷，却能以對景物之詠歎出之，使哀感盡在虛處，手法之高，有如白石，自是不朽之作。陳亦峯云：「公謹一萼紅（登蓬萊閣有感）一闋，蒼茫感慨，情見乎詞，當爲草窗集中壓卷。雖使美成、白石爲之，亦無以過，惜不多覯耳。」是深知此詞者。

王沂孫

王沂孫，宋會稽人。字聖與，號碧山，又號中仙，又號玉笥山人。宋亡以後，流離落魄終身。一說其在元朝至元中曾爲慶元路學正。有碧山樂府，又名花外集。

碧山生當宋末，身經家國淪覆之痛，自多故國之哀與身世之感，惟在異族統治之下，不敢直抒胸臆，往往寄情託物，以吐露其忠愛幽憤之思，宛轉淒涼，動人心魄。且由於其才情豐富，涵養高絕，發爲一種沈鬱深厚之詞風，爲同時諸家所未有。

碧山對白石詞最爲推崇，奉之爲典範。張叔夏謂碧山詞「琢句峭拔，有白石意度。」戈順卿云：「予嘗謂白石之詞，空前絕後，匪特無可比肩，抑且無從入手，而能學之者則惟中仙。其詞運意高遠，吐韻妍和，其氣清，故無沾滯之音，其筆超，故有宕往之趣，是眞白石之入室弟子也。」細玩碧山集中諸作，乃知其實深得白石之奧，可見上述兩家之說，確有見地。

陳亦峯對碧山詞尤爲讚賞，陳云：「王碧山詞，品最高，味最厚，意境最深，力量最重；感時傷世之言，而出以纏綿忠愛，詩中之曹子建、杜子美也。詞人有此，庶幾無憾。」又云：「碧山詞，觀其全體，固自高絕，卽於一字一句閒求之，亦無不工雅。瓊枝寸寸玉，旃檀片片香，吾於詞見碧山矣，於詩則未有所遇也。」又云：「看來碧山爲詞，只是忠愛之忱，發於不容己，並無刻意爭奇之意，而人自莫及，此其所以爲高。」陳氏之說，確能闡發碧山詞之佳處，使其獲得世人更高之評價，可謂碧山知音。王半塘謂碧山爲「南宋之傑」，自可當之無愧。

眉嫵

新月

漸新痕懸柳，淡彩穿花，依約破初暝。便有團圓意，深深拜、相逢誰在香徑。畫眉未穩，料素娥、猶帶離恨。最堪愛、一曲銀鉤小，寶簾挂秋冷。　千古盈虧休問，歎謾磨玉斧，難補金鏡。太液池猶在，淒涼處、何人重賦清景？故山夜永，試待他、窺戶端正。看雲外山河，還老桂花舊影。

(1)新痕—指初出新月之痕。

(2)淡彩—淡淡的光彩，指月光。

(3)初暝—初入夜之時。

(4)香徑—謂花徑。

(5)素娥—謂嫦娥也。文選謝莊月賦：「集素娥於后庭。」翰注：「常娥竊藥奔月；月色白，故云素娥。」

(6)銀鉤—簾鉤也。

(7)謾—怠緩或輕慢之意。

(8)磨玉斧—用神話吳剛伐桂故事。酉陽雜俎：「吳剛學仙有過，謫令伐月中桂，桂高五百丈，砍之，樹剏隨合。」

(9)金鏡—指月亮。

(10)太液池二句—漢唐皆有太液池：漢之太液池，在今陝西省長安縣西北。武帝在池南作建章宮，又在池中建漸臺，高二十餘丈。唐之太液池，在大明宮含凉殿後，中有太液亭。此處用太液池，係借指宋朝宮苑的池沼。按宋太宗嘗幸後池，對月置酒，召盧多遜賦詩云：「太液池頭月上時，晚風吹動萬年枝；何人玉匣開金鏡，露出清光些子兒。」此詞「重賦清景」，當係指此而言。

(11)端正—指月滿而言。

(12)桂影—月影。

此詞係詠新月，寓有君國之憂。

上半闋起頭「漸新痕懸柳，淡彩穿花，依約破初暝」三句，寫新月初上之景。漸，是漸進之意；謂一痕新月由地面徐徐升起，懸在柳梢，淡淡的光彩穿過花間，劃破初暝的夜空。這是以新月的光彩，暗示國家前途露出了一綫光明的希望。

接下「便有團圓意，深深拜、相逢誰在香徑」二句，續寫新月。「團圓意」，是新月有漸趨圓滿的意向；「深深拜」，是作者衷心的拜禱；「相逢誰在香徑」，是詰問語，表示並無他人在花徑與作者同賞新月。這是暗示國家雖然有光明的希望，却無人關心。

再下「畫眉未穩，想素娥、猶帶離恨」二句，仍就新月以發揮其想像。說新月的淡細之痕，彷彿是婦女之眉還未畫得穩妥，料想月宮嫦娥也還帶着離恨；所謂「離恨」，是河山未復之離恨，這是借言嫦娥有恨，以抒發自己的心中之恨。天上嫦娥「猶帶離恨」，而人間那些不關心國家的人，則未必有此「離恨」，語含幽憤，不易爲人察覺。

上闋結語「最堪愛、一曲銀鉤小，寶簾挂秋冷」二句，另換一意，仍不離新月主題。「一曲銀鉤小」，是以新月暗喻破碎的河山；「最堪愛」，是說破碎的河山，最堪珍愛；忠愛之思，感人肺腑。「寶簾挂秋冷」，是暗喻家國之憂，意含警惕，可謂語重心長。

下半闋起頭「千古盈虧休問」一句，突然將上半闋之意完全撇開，筆勢奇峭，這是以千古以來的月圓月缺，來比喻歷史興亡之迹。由於不忍說興亡之事，故曰「休問」。接着二句，便落到君國之憂上面。「磨玉斧」以「補金鏡」，是指重整河山之事，但「謾磨」、「難補」，則又暗示重整河山之不易，這便是作者所以感歎的原因。

接下「太液池猶在，淒涼處、何人重賦清景」二句，承上「難補金鏡」之意。是說宋朝宮苑池沼，今天仍然在黯淡淒涼之處，有誰能重賦當年盛時的月下清麗之景呢？「何人重賦」，是詰問語，與上闋「誰在香徑」筆法相同，就是無人重賦。暗示朝廷尚無恢復河山的賢才，這是全篇的主意所在。

再下「故山夜永，試待他、窺戶端正」二句，仍從新月着想，語不離題。「故山夜永」，就是說故山仍在「淒涼處」，在長夜漫漫中，還是等待着這一鉤新月逐漸趨於圓滿。等待月圓，卽是想望着河山收復的日子。

結尾「看雲外山河，還老桂花舊影」二句，是以感嘆之筆作結，是說雲外尚未收復的山河，仍然在月下掩蔽着舊的陰影。沈鬱悲涼，筆致高遠。

此詞係詠新月，先以新月有團圓之意，象徵有恢復河山之望，而為之慶幸拜禱；後又以新月比喻破碎的河山，而言最堪珍愛。忠愛纏綿，令人尋繹不盡。意深味厚，格調高絕，確是不朽之名作。張臯文云：「碧山詠物諸篇，並有君國之憂；此喜君有恢復之志，而惜無賢臣也。」自是對碧山詞玩味有得之言。

張　炎

張炎，字叔夏，號玉田，本西秦人，世居臨安。生於宋理宗淳祐間，出身貴族世家。宋亡以後，遁跡不仕，落魄縱游，未脫承平公子故態，尤留戀西湖山水。晚號樂笑翁。生平以工詞著稱，有山中白雲詞傳世。

玉田詞空靈淡雅，幽奸諧婉，章法句法，皆具創意。樓敬思云：「南宋詞人姜白石外，唯張玉田能以翻筆側筆取勝，其章法句法俱超，清虛騷雅，可謂脫盡蹊徑，自成一家。迄今讀集中諸闋，一氣卷舒，不可方物，信乎其爲山中白雲也。」此一評語，足以說明玉田詞之風格。觀其感時傷事之作，亦多悽愴幽咽之音，抒發其江湖忠愛之思。故四庫提要云：「炎生於淳祐戊申，當宗邦淪覆，年已三十有三，猶及見臨安全盛之日，故所作往往蒼涼激楚，即景抒情，備寫其身世盛衰之感，非徒以剪紅刻翠爲工。至其研究聲律，尤得神解，以之接武姜夔，居然後勁。宋元之間，亦可謂江東獨秀矣。」由此可說明二事：一爲玉田集中寫其身世盛衰之感者，不祇是玉田嘔心之作，亦是代表宋末詞人暗傷亡國之哀音。一是玉田精解聲律，故其詞音節諧婉實有其緣由。玉田一生最崇拜白石，就其詞風格典雅鍛鍊精深之造詣而言，實不愧爲白石繼承者，亦是南宋末期傑出之詞家。

高陽臺

西湖春感

接葉巢鶯，平波捲絮，斷橋斜日歸船。能幾番游，看花又是明年。東風且伴薔薇住，到薔薇、春已堪憐。更淒然，萬綠西泠，一抹荒煙。　當年燕子知何處，但苔深韋曲，草暗斜川。見說新愁，如今也到鷗邊。無心再續笙歌夢，掩重門、淺醉閑眠。莫開簾，怕見飛花，怕聽啼鵑。

(1)斷橋—在西湖孤山之側。斷橋殘雪，爲西湖十景之一。

(2)到薔薇春已堪憐—薔薇在春末夏初開花，當薔薇着花時春已將盡，故曰堪憐。

(3)西泠—橋名，在孤山下。

(4)韋曲—地名。在陝西省長安縣南。唐時韋氏世居於此，故名。韋氏、杜氏累世貴族，世稱韋、杜。

(5)斜川—古地名，在今江西省星子、都昌二縣間之湖渚中，陶潛有遊斜川詩。

此詞是暮春時游西湖的感懷之作，其中含有作者的家國之哀。

上半闋開頭「接葉巢鶯，平波捲絮」二句，寫西湖春暮景象。黃鶯接葉營巢，言鶯雛已老；

柳絮逐波翻捲，言落絮之多，顯示春殘春盡卽在目前。接着「斷橋斜日歸船」一句，說已游罷西湖，在斷橋斜暉裏返棹歸去，關於游湖時所見景色，則一概不說，這是一般游湖之作所罕見的。爲何不說？自然是不忍說。下面「能幾番游，看花又是明年」二句，乃撇開西湖風景而從想像著筆，開始抒發其感慨。「能幾番游」，是人生苦短之悲；「看花又是明年」，是春光已盡之歎。「東風且伴薔薇住」一句，是轉折之筆，既嘆春光已盡，卻又勸說東風休去且伴薔薇再住些時，這是一種殷切的祈望，足見對春光的依戀。接着「到薔薇春已堪憐」一句，又是一轉折，說縱使東風能住，可是春到薔薇已是「堪憐」的時候了。這一句是從上句轉出，而含意則更深一層。故譚復堂云：「『東風』二句是措注，惟玉田能之，爲他家所無。」足見此種筆法爲玉田絕詣。

上半結語「更淒然，萬綠西冷，一抹荒煙」三句，是追敘歸船以前所見的西湖景色，以補足「看花又是明年」之意。這裏是說東風畢竟留不住了，西冷殘紅飄盡，萬綠無涯，但見一抹荒煙，春天已了無痕跡，使人更爲淒然。這就是前面所說他不忍描寫游湖所見景色的原因。

下半闋起頭「當年燕子知何處，但苔深韋曲，草暗斜川」三句，乃是從空際著筆，寫其憂時之悲。「當年」，是指往昔承平年代，那時的燕子已不知飛向何處，暗用劉禹錫「舊時王謝堂前燕，飛入尋常百姓家」詩意。「韋曲」，是京都繁華之區，也是貴族世家居住之處，「斜川」，是隱逸之士吟賞盤桓之勝地，而今天一則「苔深」，一則「草暗」，就是說不僅京都繁華之區只剩下苔封瓦礫，連隱士吟游勝地也變成一片荒蕪了。燕子已不知棲身何處，則是到處無寧靜之地可見。所以接下「見說新愁，如今也到鷗邊」二句，說與世無爭的閑鷗，如今也有了「新愁」，則此「新愁」將無所不在；世路多艱，就是西湖也非適宜游賞之地了。

再下「無心再續笙歌夢，掩重門、淺醉閑眠」二句，把當年日日笙歌的繁華舊夢，一筆撇開；把勝地西湖的游賞舊夢，也一筆撇開；在無可奈何中，只有把重門深閉，以「淺醉閑眠」來消磨時日，排遣新愁。結尾「莫開簾，怕見飛花，怕聽啼鵑」三句，回應篇首的「巢鶯」、「捲絮」，仍是春盡之悲。「飛花」、「啼鵑」，皆能使人腸斷，故在重門深閉之後，連窗簾也不敢打開，幽咽哀怨之音，令人不忍卒讀。

此詞沈鬱幽咽，含意深遠，是玉田集中最高之作。

蔣捷

蔣捷，字勝欲，自號竹山，宋陽羨人。德祐中登進士。宋亡以後，遁跡不仕以終，有竹山詞傳世。

其詞刻意鍛鍊，鮮妍緻密，有時失之纖巧，氣韻遂減。然幽暢自在之作，亦極清新諧婉。四庫提要云：「捷詞鍊字精深，音調諧暢，爲倚聲家之榘矱。」對竹山詞評價甚高。劉融齋亦稱其詞「洗鍊縝密，語多創獲。」沈偶僧云：「其詞章之刻入纖艷，非游戲餘力爲之者，乃有時故作狡獪耳。」則皆是深知竹山者。

虞美人

聽雨

少年聽雨歌樓上，紅燭昏羅帳。壯年聽雨客舟中，江濶雲低斷雁叫西風。　而今聽雨僧廬下，鬢已星星也。悲歡離合總無情，一任階前點滴到天明。

(1)僧廬—僧舍。

(2)星星—喻白也。謝靈運詩：「戚戚感物歎，星星白髮垂。」

此詞係藉聽雨而抒發其感慨。

上半闋係回憶往日聽雨的情景。開頭「少年聽雨歌樓上，紅燭昏羅帳」二句，寫少年時期沉迷聲色恣情縱樂的生活。「燭昏羅帳」，自有許多風流韻事，歌樓雨聲，也不會在尋歡作樂者心中產生愁緒，「紅燭」、「羅帳」，皆在渲染當時歡樂的氣氛。接下「壯年聽雨客舟中，江濶雲低斷雁叫西風」二句，寫壯年時期漂泊流離的生活。「江濶」，是前路茫茫的暗示；「雲低」，給人一種被壓抑的感覺；「斷雁」，則含有以失羣孤雁自喻之意；「叫西風」，又彷彿是作者心頭蕭瑟淒冷的哀音。「客舟聽雨」，故鄉何處？其心境之淒酸可以想見。

下半闋乃寫今日聽雨的情景，句法則稍有變化。「而今聽雨僧廬下，鬢已星星也」二句，寫老年時期孤寂無依的生活，另是一種境界。雙鬢俱白，暗傷歲月的無情；而今寄宿於枯寂無人的僧廬，其無依的境遇可想。此時簷前淒清的雨聲，更引起舊時的回憶。一時之間，「少年聽雨歌樓」以及「壯年聽雨客舟」的情景，又重現於眼前。撫今追昔，自然是感慨無窮。

結尾「悲歡離合總無情，一任階前點滴到天明」二句，是全篇的總結。過去「悲歡離合」的行跡，從「歌樓」到「客舟」，再到「僧廬」，一樣的雨聲，却由於境遇不同而給人不同的感受。從少年縱樂到壯年漂泊，再到老境淒涼，此日重加檢點，一個歷盡人世滄桑的人，也不禁發出此時「總無情」的深深喟嘆。此處所謂之「無情」，指歲月，也指時世。亡國之恨，隱而未露。此時此境，自然是輾轉難眠。在萬般無奈的情況下，只有任憑那淅瀝的雨聲，點點滴滴，敲打在不眠人的心上，令嘗盡悲酸滋味，直到天明。

此詞是竹山集中的自然諧暢之作，言淺意深，以「聽雨」爲線索，運貫全篇，寫其生平三個時期的不同境遇，有一氣呵成之妙。

詞中所言「聽雨歌樓」時期，是寫宋末作者沉迷聲色的生活；「聽雨客舟」時期，是寫宋室傾覆以後作者漂泊流離的行跡；「聽雨僧廬」時期，是寫宋亡已久作者孤苦無依的困境。此不僅敍述了竹山的一生，也就是宋亡以後一般文人才士流落無依境況的寫照。其中有依戀也有悔恨，有歡樂也有悲酸，情意無盡，感人肺腑。

本書主要參考書目

一	朱祖謀輯	彊村叢書	廣文書局
二	唐圭璋編	詞話叢編	廣文書局
三	姜　夔著	白石道人歌曲	世界書局
四	夏瞿禪著	姜白石繫年	世界書局
五	吳文英著	夢窗詞集	世界書局
六	夏瞿禪著	吳夢窗繫年	世界書局
七	陳　洵著	海綃說詞	臺灣書店
八	陳廷焯著	白雨齋詞話	臺灣開明書店
九	王國維著	校注人間詞話	臺灣開明書店
十	龍沐勛編	詞學季刊	學生書局
十一	薛礪若著	宋詞通論	中流出版社
十二	王　易撰	詞曲史	廣文書局

中華語文叢書
1912

宋詞選粹述評

作　　者／王宗樂 著
主　　編／劉郁君
美術編輯／鍾　玟

出 版 者／中華書局
發 行 人／張敏君
副總經理／陳又齊
行銷經理／王新君
地　　址／11494 臺北市內湖區舊宗路二段181巷8號5樓
客服專線／02-8797-8396　　　傳　　真／02-8797-8909
網　　址／www.chunghwabook.com.tw
匯款帳號／華南商業銀行　西湖分行
　　　　　179-10-002693-1　中華書局股份有限公司

法律顧問／安侯法律事務所
製版印刷／維中科技有限公司　海瑞印刷品有限公司
出版日期／2018年5月再版
版本備註／據1981年6月初版復刻重製
定　　價／NTD 300

國家圖書館出版品預行編目（CIP）資料

宋詞選粹述評 / 王宗樂著.—再版.—臺北市 :
中華書局, 2018.05

面 ;　公分. —（中華史地叢書）

ISBN 978-957-8595-39-2(平裝)

833.5　　　　107004940

NO.H2067
ISBN 978-957-8595-39-2（平裝）